A VISION

WILLIAM BUTLER YEATS

幻象：生命的阐释

[爱尔兰] 威廉·巴特勒·叶芝 著

西蒙 译　水琴 校

北京联合出版公司
Beijing United Publishing Co.,Ltd.

雅众文化 出品

目 录

献 词

　　——献给维斯蒂基亚

1

　　我一直认为我们所写的，是对于年轻时朋友们的赞扬或忠告，而且即使我们活得比朋友们更长久，我们也还会继续并修正在二十五岁前就开始了的话题。四十年前，我们一群年轻人在伦敦相遇，在巴黎讨论神秘哲学，也许写此书的目的就缘于此。你以你的美貌、学识和神秘的禀赋让所有的人仰慕。虽然在写献词初稿时，我已三十多年没见到你了，不知你的下落，也不知你在做什么；虽然自我们用希伯来文抄写有七十二天神名字的犹太《施马汗福拉施》以来，发生过很多事情，但很显然我必须将此书题献给你。我们从前的朋友或是朋友的朋友都已去世，或已疏远。弗洛伦斯·法尔[1]快五十岁时，已人老珠黄，但做出了一个我们都不曾梦想过的决定：到斯里兰卡一所为本地人开的学校当英文教师，以

---

[1]　Florence Farr（1860—1917），神秘主义者，与叶芝同为"金色曙光"组织成员，在塔罗牌占卜方面很有名。

便学习东方思想。后来她就死在了那儿。另一位朋友当了和尚，十几年前我认识的一位旅行家在缅甸的一所寺院里见过他。还有一位朋友经历了奇特的冒险，也许是所有冒险中最奇特的——柏拉图式的精神恋爱。当他还是个孩子时，保姆告诉他："昨晚一个天使俯在你床上呢！"十七岁那年他夜里醒来，在床边看见一位美妇人的幽灵。不久他便热衷于各种爱情冒险，直到大概他五十岁那年——当时他体力还很充沛——他认为"我只需要上帝，不需要女人"。后来他与一位年轻漂亮的女友产生了爱情。虽然只有通过最痛苦的斗争才能抑制住情欲，他还是与女友纯精神地生活在一起。他们这样做绝不是出于成见——我想他们没有成见——而是出于一种清醒的认识，觉得某种东西只有通过似乎是对生命葡萄毫无必要的践踏才能获得。后来她死了，而他又活了一段时间，见到了她的幽灵，并通过她获得了某些圣人的传统经验。他是我的挚友，假如他还活着，我会要求他接受本书的献词，虽然并不指望他会满意此书，因为在他后半生，他只关心一种极为简朴的虔诚。我记得我们大家不同于一般的哲学或宗教学生，因为我们相信真理不可能被发现，而只可能被启示；相信一个人如果不失去信仰，并做好某些准备，那么启示会在适当的时机降临于他。有一位英格兰北部的黄铜铸工常来拜访我们，他相信每年都有某一瞬间会带来"至善，智者的石头"。因为很显然，必须有一种交流的工具或象征，所以也有人认为信使会自己让人认出来，比如说在一列火车里，或是一番搜寻在某个遥远的地方被找到。我认为那时我们充满了代代相传的幻想，而现在是一种阐释，一种乡村的民间传说。那种幻想并没有为我们非常现代的理智解释这个世界，但它唤醒了某种已被遗忘的冥想方法，主要是如何中止意志，使思想成为自动的，成为一种可能的与幽灵交流的工具。它将我们带向变幻的道，我们学会了这样称呼它。

2

有人寻找精神幸福，或是某种未知力量的形式，而我有个实际的想法。我渴望一种思想系统可以解放我的想象力，让它想创造什么就创造什么，并使它所创造出来或将创造出来的成为历史的一部分、灵魂的一部分。希腊人肯定有过这样一种系统，但丁也有过——虽然薄伽丘认为他是个痛苦的党徒，是现代抽象的人——不过自他以后我想再没人有过这样的系统。在我停止所有积极的探索，但并没有停止欲望之后，我得到了本书所基于的材料。我终于得到了我所需要的。但这些材料也许来得太迟，我的确没发现什么新东西，后面我将证明斯威登堡[1]和布莱克[2]，以及他们之前的很多人，已经了解了所有事物都有自己的螺旋；但斯威登堡和布莱克喜欢将它们作隐喻式的解释，所以我是第一个用《圣经》或神话中的人物、历史运动，以及行动中的男人和女人来解释的人。

1　Emanuel Swedenborg（1688—1772），瑞典科学家、哲学家、神秘主义者和神学家。

2　William Blake（1757—1827），英国诗人、版画家，虔诚的基督教徒。

3

我有时会狂喜，就像我写《万灵节¹之夜》那次；但有时也会记起自己对哲学的无知，我怀疑自己是否能让别人分享自己的激动。我最怕让那些读者失望，他们出于对我的诗的喜爱才来读此书。我劝他们不要看《巨轮》那章，卷二也全不用看，他们最好浏览一下书里的诗歌。

4

还有我关于生命和历史的评注。另一方面，我从前的伙伴们也许只需看专门性和解释性的那些部分。思想而无行动，思想就什么也不是；但如果他们愿意掌握书中最抽象的部分，并使之成为他们幻象的基础，那么幕布也许会提起来，而上演的正是一部新剧。如果我把书在身边再留一年，我敢说我将使此书更为丰富，也许是极为丰富；况且我还没全面论述我的课题，甚至没涉及最主要的部分：关于"至福幻象"什么也没写，性爱也只写了一点；但我很想将此书付印，不然我很可能再写些诗加在书中。如果有精力的话，我现在就能发现我一直没找到的那种单纯。我再也用不着写像《月相》

1　All Souls' Day，亦称"追思节"或"追思已亡节"，天主教纪念已去世教徒的节日。998 年，克吕尼大修道院的修士圣奥迪劳（St. Odilo）将万圣节（11月 1 日）的后一天（11 月 2 日）定为追思已亡教友之日，即"万灵节"，如逢星期日，则移至 11 月 3 日。

《自我支配你》那样的诗了，再也不要虚掷岁月，努力以抽象观念代替我曾计划过的戏剧，我已经这样做过三四回了。

5

我肯定将来某一天我会完成我现在开始的事，而现在我的想象力落在鲍伊斯·马瑟的《天方夜谭》上，这本书还在家里等我。我想忘掉东方的智慧，只记住它的渊博与浪漫。但当我漫步于屋大维[1]和提比略[2]曾漫步过的峭壁，我明白这种似乎进入了一切可见与有形事物的强烈情感并非来自智慧的反作用，而正是智慧本身。我昨天在海边看见凋零的葡萄园，我把褐色的藤条从峭壁边沿薄薄的泥土中挪开，在路口看见果实累累的橘林和柠檬林，还有绛红的仙人球花，我感觉到从蓝色间落下的温暖的阳光。默默低语，像我无数次低语过那样："我永远是它的一部分，也许无法摆脱，忘记生命，又回归生命，不断轮回，就像草根里的一只昆虫。"低语时没有恐惧，有的甚至是狂喜。

叶芝

1925 年 2 月，卡普里

1　Gaius Octavius Augustus（前 63—后 14），罗马帝国的第一位元首（Princeps），元首政治的创始人，是世界历史上最为重要的人物之一。

2　Tiberius Claudius Nero（前 42—37），屋大维在罗马帝国的继任人。作为屋大维的养子，曾做过杰曼尼亚的总督。有历史学家称他执政的时间为虐政时期的开始，相传耶稣基督在他任内被判钉十字架。

巨轮

导　言

　　1917 年春，我在国立美术馆遇上一个人，19 世纪 80 年代末 90 年代初我曾与他相识，却从未料想到会重逢。迈克尔·罗巴茨和我曾是同窗好友，后来由于神学上的分歧而分道扬镳。我隐约听说他在近东流浪或定居在那儿。开始我不能肯定那人究竟是不是他，犹豫着从他面前走了好几回。他那健壮的体格，被阳光晒得干黑的皮肤，鹰似的侧影，自我们相识起就是这样，不可能是别人。但愿这三十年也没怎么改变我。我看他挺直的身躯几乎没有改变，只是红色的头发变灰了，有几处已经花白。我知道他是个不妥协的拉斐尔前派，那天他站在几幅描述格莉赛尔达的故事画前，三十年前他就很崇拜这类作品。我让他认出我，又费了好大劲才把他从画幅那儿拖开，因为美术馆的负责人认为不值得把这些画从德国人的炸弹下抢救出来，这激起了罗巴茨的义愤，更加深了他对这类风格绘画的崇拜，尤其想把这种崇拜表达出来。"从前的画家们，"他说，"画他们愿与之消磨一夜甚至一生的女人，画他们情愿参加的战争，画宜人的房子或景物，但现在什么都变了，天知道人们在画些什么。但我们干吗要抱

7

怨呢？事物在按数学必然性运动，一切变化都可通过螺旋和锥体显示出来，预先标注在历书上。"我带他到展室中央的椅子上，开始谈论我们相逢于其中的变化了的世界。他说："叶芝在哪儿？我想要他的地址。在这个城市里我简直迷了路，什么都找不到了。"我有点扫兴，因为我俩都和叶芝吵过架，而且我自以为很有理由。叶芝先生把虚构的人物安在罗巴茨和阿赫恩的名下，并让他们加入对真实事件滑稽的模仿中。"别忘了，"我说，"他不但描述了你的死讯，而且说你死得极不光彩。""我冒昧地说一句，"他说，"我很快发现其实他帮了我一个忙。他的话引起了关于我死亡的谣传，而且越传越远。原来和我通信的人一个也不再给我写信了。好多人都知道我的名字，没有那次谣传，我就是在沙漠里也过不了安宁日子。如果我不留地址，我总忘不了他们来的一大堆信正躺在什么地方，或正在骆驼背上穿越沙漠呢。"我当时不知道叶芝的地址，说我们可以从赛西尔宫那儿的书商魏特金斯先生那里找到。果然找到之后，罗巴茨说我们一定要去拜访他。一路上我俩尽量绕开大街，以便能安静地交谈。"你要对叶芝先生说什么呢？"我问。他没回答，而是叙说起我们分手后他的生活："你会记得那次在乡下的狂欢，叶芝在《炼出的玫瑰》里夸耀了一番。后来几位老朋友受伤死掉了，另一个可恶的后果，使我很长时间内放弃了我所喜爱的研究。我早年生活有时非常快活，至少是很激动，有时却也过起苦行僧的生活。我从巴黎去了罗马，又到了维也纳，去追一位芭蕾舞女演员。在维也纳我们吵翻了，我就试着以酒浇愁，但过了几周我就烦了。旧时的兴趣使我隐隐激动，我去了克拉科夫，部分原因是那里被誉为印刷中心，更主要的是迪博士和他的朋友爱德华·凯里在那儿弄炼金术和水晶球占卜术。我在那儿搭上一位出身低微、但漂亮极了的姑娘，在摇摇欲坠的老房子里租下一套房间。一天夜里我从床上掉到地上，点亮蜡烛，发现床塌了一头，那原是用压印器和一本牛皮面旧书撑着的。到早上我看书名是《神圣人类星相图》，作者是吉拉德斯，1594年印于克拉科夫，那时克拉科夫的印刷业还远没发展起来，木刻画和样本都很古老。书残得厉害，中间的书页被撕掉了，书后有一些寓言式的图画：一个女人一只手里拿着块石头、另一只手里拿着箭，一个男人在抽打自己的影子，一个男人被鹰和野兽撕成两半，这类画有二十八幅；吉拉德斯的一幅肖像和一只独角兽；还有很多示图，螺旋和圆圈连在一起像奇异的植物；书的开头还有一张大图，月相、黄道十二宫与难解的符号——一个苹果、一粒橡子、一只杯子——混在一起。我的穷女伴说是她找到这本书的，上一位房客把它留在壁橱的最高一层上，他是位被免去圣职的牧师，加入了一队吉卜赛人后便下落不明。他把中间的书页撕下来生火。仅有的内容是用拉丁文写成的。我把这些段落连在一起，对两三幅示图有点开窍时，我和那贱女人吵了一架，又开始酗酒，觉得苦闷。后来我断然抛弃了所有感官的享乐，决心到圣地去祈祷。我从克拉科夫出发到大马士革，以便学习阿拉伯语，因为我想日后去麦加祷告，并希望乔装到那儿。我已走完了大半旅程，有一天在路边沙地上看到某些标记，几乎与《星相图》中的一幅完全一致。没人能解释它们，或说出是谁留下的。当我知道几天前一支阿拉伯部落在附近宿营，并已往北出发时，我便闯进沙漠去追寻了。从一个部落到另一个部落，我走了好几个月，什么也没打听到，最后来到一个偏远的镇上。幸好我一直随身带着一只小药箱，我在那儿先当了一名医生，后来又做了一个阿拉伯首领或小王公的侍从。我逢人便询问沙上的标记，一直没有结果，直到一支朱得瓦利的部落来到小镇上。这奇特的种族有几个部落，在阿拉伯人中以其性格的强烈差异、放荡及圣洁著称。他们对教义非常狂热，对人类弱点的宽容超出了任何我所知道的信徒。他们中的一位以虔诚闻名的老人，要我给他看病，当他走进我屋里时，那本书正摊放在桌上，露出卷首的插画。他转向书，因为书是欧洲的，任何欧洲的东西都让他感到好奇，然后他指着书上的月相和神话符号，说看见了他部落的教义。朱得瓦利部落曾有一本深奥的、名为《太阳与月亮之间的灵魂之路》的书，作者据说是库斯塔夫·本·卢加，是哈伦·赖世德宫廷的一位基督教哲学家，还有一本小册子描述这位哲学家的生平。书在几代前的沙漠战争中丢失或毁掉了，但书中的教义被记了下来，因为朱得瓦利人一直把这些教义作为他们的信仰，并把卢加看作他们的奠基者。因为我想弄明白吉拉德斯的示图（这念头占据了我整个思想），就说服他让我加入他们的部落，并随朱得瓦利人在沙漠里跋涉了几年，但并不总是跟这个部落在一起。我发现虽然他们的圣书丢了，大量的教义却记了下来，老信徒经常在沙上画出示图，解释给他们的孩子们。这些示图通常与《星相图》里的完全相同。但我认为这些教义不是库斯塔夫·本·卢加所创，因为有些术语和表达形式看来源于远古的叙利亚。有次我把这种想法告诉一位老朱得瓦利人，他说：'卢加肯定受过沙漠神灵的教育，那些神灵很长寿，并且还记得古代语言。'"

说到这儿，我们到了布鲁姆斯伯里区，叶芝先生的寓所就在这里，罗巴茨却说："不，最好是先写信订个约会。他现在肯定不在家。"当时暮色渐深，我指指二楼窗帘露出的一束光，但他说："不，不，我想还是先写信。"然后又说，"我手里有很贵重的礼物，而我却处在两个敌人之间：我和叶芝吵过架，还未得到他原谅；和你也吵过架，也没得到你原谅。"他转身就走，我只好跟在后面。后来我俩谈论起无关紧要的事情来。我们在一家饭店里吃了晚饭，饭后他拿出示图和注释，开始讲解它们的大意。这些又脏又破的纸卷在一张旧骆驼皮里，用线绳和旧鞋带捆成几捆。其中一捆，他解释说，描述了历史的数学规律，那一捆描述了灵魂在死亡之后的历程，另一捆描述了活人和死人之间的相互影响，等等。他见我很感兴趣，就问我能否安排出版。我一向对这种事着迷，于是就答应了。以后的几个月我俩结伴旅行，他用与注释和示图同样晦涩的话解释它们。当然每个人都自有他的表达能力。我们一起到了法国，又去了爱尔兰，因为他想再看一次他所熟悉的地方。在都柏林的那段时间，我们住在我的多米尼克街的房子里，那条街在《摩西十诫》里曾被加以夸大地描述，还保留着18世纪的风格，贫民窟的孩子们在台阶上玩耍，隔壁房子的窗户上贴着牛皮纸。步行去康诺特途中，我们经过叶芝先生消夏住的苏尔白里利，我俩当时说的话有点类似《月相》中的语言，我注意到他对我的友谊更密切了，对叶芝先生的敌意却又恢复了。

但我们的友谊突然被一场暴烈的怒气破坏了，就像我们年轻时的情景。我们那时回到了伦敦，我已写完八九十页的评注。他以夸张的口吻抱怨说，我把这个体系作为基督教的一种形式来阐述，而且只对那些可作为基督教表达方式的特征方面感兴趣（用这种哲学的话来说就是根本的特征），又说我转到对立类型时既无兴趣，又无知识。我争辩说他的体系和基督教之间没有什么不相容的东西。亚历山大的圣克莱门特宣讲灵魂的再生，但他还是个圣者，当今方济各会大主教帕西瓦利也这样宣讲，还戴着主教冠。我说由于缺乏这一点，中世纪的教会在地狱边界和未受洗儿童问题上，陷入了难以摆脱的荒谬困境。现在某些天主教徒已经认识到，上帝很可能要求那些未完成工作的灵魂离开炼狱，重新回到这个世界。但任何言语都说服不了罗巴茨，他宣称要把全部材料送给叶芝先生，让叶芝按自己的意愿处理。这回轮到我生气了。在他散乱的注释上，我已花了不少力气。"你应当把它们交给那样一个人，"我说，"他比爱上帝更爱女人。""是的，"他答道，"我想给一位抒情诗人。要是他什么也不管，只专注于表现，那更好，我的沙漠几何学书只关注真理。"我说（我想最好把我的话如实记下来）："叶芝先生有理性的信仰，但他根本不具备道德信念，没有圣灵存在的感觉，这种感觉降临凡人时总是带着恐惧与欣悦。即使叶芝在寻找这种感觉（也许他一直都在寻找），我也肯定他不会在此生找到。"这话更加激怒了罗巴茨，因为我差不多是在重复他自己的话。他指责基督教毁掉了希腊-罗马的艺术和科学，因为基督教认为除了信仰，什么都无关紧要。我否认了这一点，说即使将蒙昧主义作为怜悯和良心的代价，这代价也太高了，并提醒他这个系统本身就使对上帝的认识成为生命的一半。后来他说了几句尖刻的话，又使我们重演了三十年前的一场争论，说我一直没变，只不过暂时是个自由人，甚至问我是否请教过我的忏悔牧师。他第二天来向我道歉，并说我一定要去见叶芝先生，他为我俩订了约会。在布鲁姆斯伯里的叶芝先生住所，罗巴茨谈了他的旅行和发现。前一天晚上我就想了好多，觉得自己应摆脱这劳而无益的事情，所以我帮他向叶芝解释。他带了吉拉德斯的示图，叶芝先生一见这些图片，就和罗巴茨本人同样感兴趣。他很乐意写评注，只不过要我写个导言，以及任何我愿意写的注释，并劝我接受一份酬金。我拒绝了，我准备以后发表自己的评论。

两天后，罗巴茨回到美索不达米亚，有几处战火已停，可以居住。他打算在那儿安度晚年，从那以后我再没收到过他的信，也没听人说起过他。他的沉默很自然地使我记下这些话，我知道他也会希望我这样做。他的言论和癖好几乎已经作古，大概他永远也读不到叶芝先生和我所写的东西了。离开欧洲这么久，他也不会有什么朋友觉得这篇坦率的记录有冒犯之处。

叶芝先生完成的手稿现在就摆在我面前。他具体的表达使系统本身更为清楚，但我知道如果我认为对立相位不怎么样的话，那么叶芝搞的根本相位也不见得好多少。另外，我认为叶芝先生一定感觉到，这种抽象的基础还需要探索，我自己就曾经探索过。与基督纪年阴、阳历月份相关的十二自转，正如叶芝先生所认为的那样，起始于某些天体的聚合与分离。我认为应称这种形式为椭圆面，而且正如我们所知，自转并不是与现实很相应的运动。无论如何，我会记住罗巴茨的一个似是而非的比喻，他把现实描绘为不死鸟下的几个巨蛋，这些蛋不停地从里往外翻，壳却始终没有被打破。

欧文·阿赫恩

1925 年 5 月，伦敦

卷　一

哈里发所学的

I　轮子与月相

老人竖起耳朵贴在桥上，
他和他的朋友面朝南方，
踏上崎岖的道路，靴子满是尘土，
康尼马拉装褴褛不堪；
他们步伐坚定，仿佛他们的床榻
依然遥远，而那轮残月
正迟迟升起。一位老人竖起耳朵

阿赫恩

那是什么声音？

罗巴茨

一只老鼠或是番鸟
溅了下水，或是只水獭滑进河里。
我们在桥上；那阴影就是塔楼，
那灯光证明他还在阅读。
他按照自己的方式，找到了

纯粹的意象；选了这居所来生活，

弥尔顿的柏拉图主义者或雪莱耽于幻象的王孙

曾在塔中熬夜，远处塔中亮着的烛火：

是辛劳而得的神秘智慧的意象，

帕尔默[1]曾将那孤寂的烛火刻下。

如今他在书籍或手稿里寻览

他永不会找到的东西。

阿赫恩

你既然明了

为何不按响他的门铃，对他讲真话，

说他全部生命也难为他找到

那些真理的一点碎屑，

而真理正是你日常的面包？

说完这些后再重新上路。

罗巴茨

他以夸张的笔调写过我

他从佩特[2]那儿学了点东西，为了自圆其说，

竟说我死了；而我也就选择了死亡。

1　Samuel Palmer（1805—1881），英国风景画家、蚀刻师和版画家。他是英国浪漫主义的重要人物，创作了许多富有远见的田园画。

2　Walter Horatio Pater（1839—1894），英国唯美主义批评家及散文家。

阿赫恩

再为我唱唱月亮的阴晴圆缺；

虽是谈话却是真正的歌："我的作者为我歌唱。"

罗巴茨

月亮的二十八相，

满月、晦月和所有的新月，

二十八相，但只有二十六相

人们需要放在摇篮里摇：

月满或月阴时没有人类生命。

从最初的新月到半月，梦召唤着

去冒险，人类永远快活

像一只鸟或一头野兽；

当月轮渐满，人类虽受创伤

仍在可能的狂想中

追随那最难实现的狂想，

脑中想着九个传说中的那只猫，

自他体内铸成的躯体

发育得更为标致。第十一月相后。

雅典娜提着阿基里斯的头发，[1]

赫克托埋在地下，尼采诞生了，

第十二相是英雄的新月，

但两次诞生，两次埋葬，满月之前

---

1 据《荷马史诗·伊利亚特》，阿基里斯与阿伽门农争执中想要拔剑斩杀后者时，雅典娜直接现身，提着阿基里斯的头发制止了他。

人类必定像蛆虫般无助地成长。
第十三相在自身的存在里
把灵魂投入战争，而当战争开始，
臂膀上肌肉全无；
第十四相的狂喜之后
灵魂开始颤抖，渐渐化为静寂，
死于它自己的迷宫之中！

阿赫恩

接着唱，把歌唱完，唱出
所有那惩戒的奇异奖赏。

罗巴茨

所有思想变成一个意象，而灵魂
变成一个躯体：那躯体和灵魂
月满时过于完美，难以躺在摇篮里，
过于孤寂，难以在世上运行：
躯体和灵魂被抛出，
抛到可见的世界之外。

阿赫恩

灵魂的一切梦想
都在美丽的男人或女人体内终结。

罗巴茨

你不是一直就知道这一点？

阿赫恩

歌中会唱到

那些我们所热爱的人从死亡、

从伤口、从西奈山上、从他们自己手中

血淋淋的鞭子得到他们长长的手指。

他们从摇篮跑到摇篮，直到

他们的美从躯体和灵魂的孤寂中

掉落下来。

罗巴茨

恋人的心知道这些。

阿赫恩

当阳光普照，苍旻赤裸，

他们眼中的恐惧必定是

时间的记忆或预见。

罗巴茨

月满时那些满月的生命

在荒山上被乡下人撞见，

乡下人战栗着逃开：躯体和灵魂

被隔离于它们自己的生疏之间，

21

在冥想中被看见，心灵的眼睛
盯住一度是思想的意象，
孤立、完美而不可动摇的意象
能将可爱、自满而漠然的
眼睛的孤寂打破。

想到塔内的那个人，那人失眠的摇篮
和辛劳的笔，阿希尔尼笑起来，
发出苍老尖嘎的声音。

罗巴茨
月亮缺损之后：
灵魂还记得自己的孤寂
在很多摇篮里战栗：一切都变了，
灵魂是世界的仆人，在它服侍时，
在并非不可能的工作中
灵魂选择了最困难的，它把繁重的苦工
担在躯体和灵魂之上。

阿赫恩
月满之前
灵魂曾寻找过自己，后来又寻找世界。

罗巴茨
因为你已被遗忘，半弃于世，

又从不写书，你的思想才清晰。
改革者，商人，政治家，学者，
尽职的丈夫，忠诚的妻子，按着次序
摇篮压着摇篮，他们都在飞行
都被变得丑陋，因为只有丑陋
能将我们从梦中解救出来。

阿赫恩

最后那奴性的残月
所释放的那些又怎样呢？

罗巴茨

因为都是黑暗，正如都是光明，
它们被抛出边界，抛进云里，
像蝙蝠一样相对尖叫；
没有了欲望，他们无法说出
是非好歹，服从达到完美的时候
是什么将会获胜；
但他们把吹进思想中的说出；
变形而又变形，它们无法定型，
像烘烤前的面团般乏味，
形体说变就变。

阿赫恩

然后又怎样？

罗巴茨

当整块面团都这样被揉过

它就能获得本性所幻想的形状

纤纤的新月又转了一轮。

阿赫恩

这离题太远；歌还没唱完。

罗巴茨

驼背、圣者和愚人是最后的残月。

那燃烧的，曾射出

升与降之箭

美的残忍与智慧的赘语的轮替之箭

咆哮的潮汐之箭的弓

被拉开在躯体与灵魂的畸变之间。

阿赫恩

要不是门铃离床太远我会去按响，

站在城堡门厅粗糙的木顶下，

那里一切都那么僵硬，他从那儿出发寻找智慧，

但他永远不会找到；我想演一演戏，

这么多年了他不会认出我

只会把我当作喝醉的乡下佬；

我会站在那里喃喃低语，直到他看见

出现于残月下面的

"驼背、圣者和愚人",
然后我就蹒跚而出。他会绞尽脑汁
日复一日,却永远不会理解其中的含义。

他笑着暗想,看来如此困难的
却不过如此简单—— 一只蝙蝠飞出榛树林
吱吱叫着绕他飞旋,
塔窗内的烛光熄灭了。

II 四个王族的舞蹈

　　迈克尔·罗巴茨讲了下面这个示图的故事。在吉拉德斯的书中，示图名为《巨轮》。一位在哈伦·赖世德死后执政的哈里发，发现一名侍从在爬他爱妾的花园围墙。他大为震惊，因为他一直认为这个侍从对他绝对忠实。三思之后，他悬赏一大笔钱，看谁能把人性加以彻底的解释，使他不会再感到惊讶。库斯塔夫·本·卢加那时已老态龙钟，带着他的几何图案书到王宫觐见。他把那些图案解释了一个钟头之后，哈里发将他赶出王宫，并下旨再有不智者去觐见将被处死。几天之后，四个穿着华丽黑衣的人站在城门口，宣称他们来自一个遥远的国度，来解释人性，但要求在沙漠边上觐见哈里发。哈里发在一名大臣的陪同下到了那儿，问他们来自哪个国度。四人中的年长者答道："我们是智慧之国的国王、王后、王子和公主。我们听说有人伪称智慧很难，所以想以舞蹈来揭示一切。"他们跳了几分钟后，哈里发说："他们跳得很乏味，又没有伴奏，我想再没有比他们更不明智的人了。"大臣于是下令将他们处死。当弓弦拉开时，四个舞蹈者对刽子手说："以安拉的名义，请抹掉我在沙上的脚印。"刽子手说："只要哈里发许可。"哈里发听到舞蹈者的话，心想："他们的脚印里一定有什么秘密。"他立刻去到他们跳舞的地方，望着那些脚印，伫立良久，说："把库斯塔夫·本·卢加带来，告诉他不再判他死罪了。"库斯塔夫·本·卢加被带到那儿，第二天从日出到日落，以及后来的很多天，都在解释沙上的脚印，最后，哈里发说："我现在明白了人性，我再也不会感到惊讶了。我要把这四个舞蹈者的酬金放进一座坟墓。"库斯塔夫·本·卢加答道："不，国王，赏钱应该归我。""这怎么可能呢？"哈里发问，"你不过是解释了沙上的脚印，而这些脚印又不是你踩出来的。""它们是我的学生踩出来的，"卢加说，"那时我被你赶出王宫，他们到家里来安慰我。那个最聪明的学生说，'故事里死掉的那个人是领头的'，然后他与另外三人为你表演了我所选定的舞蹈。""赏金归你了，"哈里发说，"以后就把他们踩出的图案称为'四个王族的舞蹈'，而你的学生们应以死相酬。"

以上根据罗巴茨手稿。朱得瓦利部落的长者在教育年轻人时，画出的第一张图的名称之一就是"四个王族的舞蹈"，而吉拉德斯称之为"巨轮"。

我很高兴在这个故事中看到后来一个具体故事的原型，后来的故事讲到库斯塔夫·本·卢加的妻子画在沙上的一个示图。我还高兴地看到，在我提及几何画图之前，示图与月相的联系、运动、四种机能的本性，以及它们在人类生命事实中的一般应用，就已被全面地解释过了。本书中曾出现的那位朱得瓦利医生，曾说全部哲学都是以一系列片段的形式阐述的，这些片段就像小孩拼图用的小方块，只有当拼在一起时才显示出其意义。这样做的目的，似乎是防止智者形成自己的结论，还防止了那些只对好奇与消极讲话的幽灵。然而，我在这里必须指出，我怀疑这个故事的真实性，叶芝在《沙漠几何学或哈伦·赖世德的礼物》一诗中解释过这个故事。我至少怀疑它现在的形式，它与罗巴茨给一位伊斯兰语法家的一份文献相当类似，而此文献距今近得多。在我写的关于哲学及其本源的书中，我将以较长的篇幅探讨这些问题。

欧文·阿赫恩

1925 年 5 月

III 巨轮 [1]

一 对立的与根本的

巨轮示图展示了一系列代表月相的数字和象征；一切可能的人类类型都可归于二十八相中的某相。数字指的是月亮的阿拉伯二十八宿，但只把它们作为一种分类方法加以使用；为分类时方便起见，它们的象征全由我个人私断。当月轮渐亏为残月，残月又渐亏为更纤细的残月，月亮在接近太阳，好像在太阳的影响下陨落；因此，示图中的太阳和月亮是相互影响的。

它们可以分别发出金光或银辉。如图中所示，第一相是满日，第十五相是满月，而第八相是半日，第二十二相是半月。卷二描写了这种象征体系，以及轮子其他特征的几何基础。人们在一般说明中，或出于某种象征目的使用相位时，认为满日不过是没有月亮的夜晚。为了把某一相位可见地呈现出来，人们制造了并非月阴的那部分。太阳是客观的人类，月亮是主观的人类，或者更确切地说，太阳是根本的（primary）

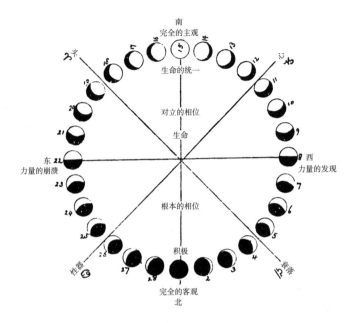

巨轮示图

人类，而月亮是对立的（antithetical）人类——这些名称我以后解释。客观和主观是按其通俗意义来说的，而不是按其玄学意义。默雷词典[1]对"客观"一词的口语用法解释如下："一切诉诸意识、并与自我意识相对立的感觉或思考的客体，亦即非我。"当用客观来描述艺术作品时，意指"表现或强调独立于意识之外的事物，处理外部事物和事件，而非内心的思想"，"处理一个主题以展示实际事实，而不受作者意见或情感色彩所影响"。解释"主观"的那卷默雷词典还未印出来，

1　即《牛津英语大词典》，因其首任主编名为默雷，故又称"默雷词典"（Murray's Dictionary）。

但既然"主观"与"客观"恰恰相反,也就不需要再作解释了。在日光下,我们能看清事物的真实形体;而在月光下,我们只能朦胧神秘地观察事物,一切都处于睡眠的梦幻状态。最初的分析显示,一切人都是由于下列两种特性或特征——客观或根本与主观或对立——的结合比例而显示其特征的。据说人类有一系列的体现(embodiment,任何一种都可能重演),相应于二十八种基本类型。第一相和第十五相,各为全部客观和全部主观,并非人类的体现,因为没有特征间的冲突,人类生命是毫无可能的。

二 四种机能

肉体的人类具有构成特征(tincture)的四种机能——意志、创造性心灵、命定的躯体、面具。意志和面具主要是月亮的或对立的,创造性心灵和命定的躯体主要是太阳的或根本的。分别加以思考时,它们时而具有这个月相的天性,时而具有另一个月相的天性。意志[1]是指尚未成为欲望的情感,因为此时尚无欲望的客体;意志是一种倾向,灵魂借此得以分类,其相位得以固定,但在行动中不产生结果;意志是一种

---

1 我已将文献中"创造性天才"(creative genius)改为"创造性心灵"(Creative Mind),以避免"天才"(genius)和"魔"(Daimon)相互混淆;我还把"自我"改为"意志",因为"自我"让人联想到具有全部四种机能的整个人类。我不指人而指人的根(Man's root)时,唯一找到的词是意志或自我意志。假如布莱克没给"个性"(selfhood)赋予一种特殊意义,这个词本会适合我的表述。——叶芝原注

精力，但受思想、行动或情感影响；意志是某一个性的首要事件——选择。假如一个人的命运在第十七相，我们就说他是第十七相的人，依此类推。面具是我们所希望成为的形象，或我们所崇敬的形象。在某些情况下我们称之为意象。创造性心灵是指理智，在 17 世纪结束前人们就了解了理智——一切自觉的建设性思想。命定的躯体是指肉体和心理环境，不断变化着的人类躯体，影响某一特定个体的现象流，外部强加给我们的一切，以及影响感觉的时间。示图中所显示的意志永远与面具相对，而创造性心灵永远与命定的躯体相对。

意志观察的是画，创造性心灵观察的是照片，二者所观察的都是与其自身相反的事物。图画是自选的，而照片是混杂的（heterogeneous），是命定的（fated），因为命运（fate）是外来的；而面具是注定的（predestined），宿命（destiny）是内在的。为了更好地表达照片的混杂性，我们最好想象一张以拥挤的街道为内容的照片，在不受面具影响时，创造性心灵会冷静地沉思；而图画只包含了很少的几个对象，沉思着的意志是热情而孤独的。

四种机能相互影响，巨轮示图旨在揭示何时及何种程度上它们相互影响。在意志进行支配时，具有强烈的欲望，面具或意象（image）是可感的（sensuous）。在创造性心灵进行支配时，却很抽象。在面具支配时，意象又变得具体起来。依此类推。如果我把一个客体与自己联系起来，它就是可感的，"我的火，我的椅子"，等等；如果我说"一把椅子，一团火"，那么它便是具体的，如果我把它们作为某一类事物的代表，它就是抽象的，如"椅子，火"，等等。

三　四种机能在巨轮上的位置

一个人的意志如果在第十七相，那么他的创造性心灵在第十三相，面具在第三相，命定的躯体在第二十七相；如果一个人的意志在第三相，这些位置就正好颠倒过来。如果意志在第十五相，创造性心灵也在那里。另一方面，如果意志在第二十二相，意志和命定的躯体重叠，而创造性心灵和面具在第八相重叠。示图中标为"头""心""性器""衰落"（fall）的那些点，标志着四种机能等距时的位置，部分解释了为什么用基本的记号来代表它们。它们还有另一重要意义，后面再加说明。

在特征中，意志和面具是相反的，创造性心灵和命定的躯体也是相反的。根本的与对立的力量相等。根本的与对立的解释了意志的倾斜，并通过意志影响其他三种机能。这也许可以称为品质上的差异。意志在第十八相的倾斜度，与意志在第四相的根本完全一样。另一方面，第十八相的意志与第十二相的创造性心灵在特征部分完全相同，具有一样的特征品质，但以相反的方向运动—— 一个从第一相运动到第二十八相，另一个从第十八相到第一相。这样就有必要考虑两种方向和品质。

意志和面具之间、创造性心灵和命定的躯体之间的关系称为对立，在某些情况下称为对比；而意志和创造性心灵之间、面具和命定的躯体之间的关系称为不一致——原因以后再做解释。

示图中，在第十二相和第十三相之间，在第四相和第五相之间，出现了"特征的开始"；在第十八相和第十九相之间，在第四相和第五相之间，出现了"结束"。这意味着在第十二相和第十三相之间，每一特征分裂为二，在第十八相和第十九相之间又合而为一。在第二十六相和第二十七相之间，两种特征合而为一，在第四相和第五相之间又分为两种。第十五相之前根本的，成为第十五相之后对立的，反过来也一样。也就是说，思想和情感在第十五相之前天性是对立的，而在第十五相之后天性是根本的；在第十五相之前对自身判断很苛刻的人，在第十五相之后将转为对他人判断苛刻。

这种互换以及特征的结束与开始的几何原因，将在卷二中加以论讨。

四　机能及特征的戏剧，等等

描述对立的人类时，可以将其与意大利即兴喜剧或即兴戏剧作比。选定了意志为演员的舞台指导，为了让人类表演得更好，将命定的躯体选作他的剧情说明，而他的创造性心灵通常都只能绝望地面对这个命定的躯体。他必须扮演一个角色，并戴上一个尽可能不像他天性（或意志）的面具，通过创造性心灵即席表演对话和剧情细节，去即兴表演。他必须付出极大的努力，才能找到一种存在（being）。他的肌肉看似非常结实，精力充沛，因此面具被称为"热情所创造的一种形式，把我们与自己同一起来"。本书此后的很大一部分将是对这种深层存在的解释或描述，这种深层存在也许就是但丁在《宴会》（Convito）中所描述的同一（unity）。

关于根本的人类，人们必须到即兴喜剧的衰落中去寻找例证。意志虚弱无力，无法创造一个角色；如果它将自己变形，就会按照某种已被接受的方式、某一传统的小丑或傻老头来变形。也许意志的目的不过想感动群众，如果它"插科打诨"，也许是因为当地的掌故实在太多。在根本的相位中，人类必须通过停止自我表现来停止对面具和意象的欲望，并用服侍的动机来取代自我表现。人类用模仿的面具来代替创造的面具；当人类承认这一点时，他的面具也许会成为人类的意象。《效法基督》（The Imitation of Christ）[1] 的作者肯定是后期根本的相位的人。据说对立的面具是自由的，而根本的面具是强迫的；自由的面具是人的存在，是质量的结合，强迫的面具是个性，是数量的结合，是各种限制的结合，也就是说，是那些由于受到强迫而给予精确力量的各种限制的结合。无论是多么习以为常的人格，都是一个不断更新的选择，而且不同于个人的魅力。更为对立的相位，趋于硬实而客观的戏剧化，人格与性格相异，主要是因为在对立的特征勉强掌有支配权的相位中，人格是一种戏剧化。

对立的人们，例如兰多[2]，自身内部暴烈，憎恨一切妨碍他们存在的事物，但他们理智上很温柔（创造性心灵）。而根本的人们，他们的仇恨是非个人的，理智上很暴烈，自身

---

1 文艺复兴时期托马斯·厄·肯培（Thomas à Kempis）的神学著作。

2 Walter Savage Landor（1775—1864），英国诗人和散文家。

内部却很温柔，无疑罗伯斯庇尔[1]就很温柔。

第十五相之前的面具称为"启示"，因为生命通过它获得了自知，并在人格中看见了自己；第十六相之后的面具是"隐匿"，因为生命变得不和谐、模糊而破碎，其理智（创造性心灵）越来越关注于与它的同一性无关的客体，这些客体只与社会整体或物质有关，是通过命定的躯体了解到的。这些客体还接受了一种越来越外向、越来越戏剧化的人格。人格是正在解体的暴烈的幽灵，将自己捏在手中重新组合起来。第十二相之前，对立的人类存在据说充满怒气，反对世界上所有妨碍他表达的事物。但第十二相之后，这愤怒是一把转向自己的刀。第十五相之后，第十九相之前，生命充满幻想，但又不断从它对世界上诱惑性事物的承认中逃脱，不断与那必然将其吞没的事物游戏。根本的在服务，对立的在创造。

第八相是"力量的开始"，是具体化的纵欲，因为使其受限于种族准则的模仿已停止，而具有自身准则的人格还未开始。根本的和对立的地位平等，并争夺统治权；这场角逐结束时，对虚弱已经确信，对愤怒已有准备，面具又一次被意志所控制。第二十二相是"力量的崩溃"，因为生命在此最后一次试图将其个性强加于世界之上，然后面具再次成为被迫的，角色再次诞生。

对于这两个相位（或许所有的相位）来说，生命在通过之前也许要回复四次。然而，四次已是极限。通过生命，我们理解了分裂的四种机能；通过个人，我们分析了意志与个

1　Maximilien François Marie Isidore de Robespierre（1758—1794），法国大革命时期雅各宾派的领袖人物。

人的关系；通过生命存在，我们分析了意志与面具的关系。由于意志和面具之间的对立，主观天性称为对立的，而受个性和创造性心灵支配，满足于自己所发现事物的天性，称为根本的。人格（personality）在接近第十五相时最强，个性（individuality）在接近第二十二相和第八相时最强。

五　发现真假面具的法则

意志在对立的相位中时，真面具是相对相位的创造性心灵在那个相位上的效果，假面具是相对相位命定的躯体在那个相位上的效果。

例如，第十七相的真面具是"由强度产生的简化"，来自被本相位创造性心灵所修改的第三相（第三相称为"简单"，来自圣者的第二十七相）。

第十七相的假面具是"分散"，来自第三相位，并被第十三相位命定的躯体所修改，而称为"兴趣"，你会发现这个词极为精确地描述了那种"分散"；当第十七相的人们试图在根本的特征中生活时，"分散"削弱了他们。

当意志在根本的相位中时，真面具是相对相位命定的躯体在那个相位上的效果；假面具是相对相位创造性心灵在那个相位上的效果。

第三相的真面具是"天真"，来自第十七相，并被它称为"损失"的命定的躯体所修改；其命定的躯体来自第二十七相，亦即圣者的相位。

第三相的假面具是"愚蠢"，来自被本相位的创造性心灵所修改的第十七相；这种创造性心灵称为"源于对立情感的创造性想象"。当根本的第三相试图对立地（antithetically）生活时，它显得不合逻辑，因为它在面具下不可能具有创造性。另一方面，当它忠实于相位、根本地生活时，它在转瞬即逝的事物中，获得了它相对相位的快乐，"在一粒沙中看到世界，在一朵花里看到天堂"，从而变为一个游戏的小孩，一点也不了解结果和目的。"损失"影响到第十七相本身，因为对命定的躯体的根本的欲望被迫收回，这对于对立的天性是有害的。

只有相当熟悉了这个系统，才能明白面具、创造性心灵等整个表格——参阅本节第十二部分——应在下列两条规则的帮助下加以研究：

在对立的相位中，生命在创造性心灵的帮助下设法揭示命定的躯体的面具。

在根本的相位中，生命在命定的躯体的帮助下设法揭示面具的创造性心灵。

六 发现真假创造性心灵的法则

当意志处于对立的相位中时，真创造性心灵产生于创造性心灵相位，并被其相位的创造性心灵所修改；假创造性心灵产生于创造性心灵相位，被其相位命定的躯体所修改。

例如，第十七相的真创造性心灵，"源于对立情感的创造性想象"，产生于第十三相，而第十三相被称为"真实的自我表达"的创造性心灵所修改。

第十七相与第十三相具有相同数量的特征，但方向不同。第十七相发展得更为根本，第十三相情感地具有的，它则理智地具有；第十三相转向内部的，它则转向外部。

被"真实的自我表达"激发为创造的第十五相，把第十七相激发为意象的创造；另一方面，被"强制的爱"所激发的第十三相，在第十七相中成为"人为的自我戏剧化"。这种"强制的爱"对第十三相来说是一种影响，强制生命去尝试对生命来说是不可能的行动，去尝试一种病态的自我吸收。

当意志处于根本的相位中时，真创造性心灵产生于创造性心灵相位，并被此相位命定的躯体所修改；假创造性心灵产生于创造性心灵相位，被其相位的假创造性心灵所修改。

例如，第二十七相的真创造性心灵被称为"精神接受力"，产生于第三相，而第三相又被产生于第十三相、称为"兴趣"的命定的躯体所改变；而其假创造性心灵源自第三相，被称为"傲慢"，并被此相位的假创造性心灵所改变，这个假创造性心灵源自第二十七相，被称为"抽象"。后面将看到第二十七相（圣人之相）的大罪就是"抽象"，并借助于"谦卑"逃脱此罪。

两面镜子再次相对。第三相和第二十七相特征相似，而方向不同。在对相位的说明中，将能更清楚地看到"傲慢"和"抽象"之间的互换意味。

七 发现命定的躯体的法则

任一特定的命定的躯体，都是其命定的躯体相位的全部天性作用于特定相位的结果。然而，命定的躯体一直是根本的时，它与根本的相位一致，与对立的相位相反；命定的躯体是面具的反面,面具与对立的相位一致,与根本的相位相反。

八 轮子的再分

除去四个危机相位（第八、二十二、十五、一相）外，轮子的每四分之一由六个相位构成，或由两组各含三个相位的相位组构成。每四分之一部分的第一相可称为力量的表现形式，第二相为模式或力量的安排，第三相为信念，此信念就是对将在下一相成为力量的某种品质的领会或屈服。这是因为含有三相的每一相位组本身也是一个轮子，与巨轮有相同的特征。第一相到第八相与基本的土有关，是萌芽抽条的相位；第八相到第十五相之间的相位与基本的水有关，因为那里制造意象的力量很强；第十五相到第二十二相之间的相位与基本的气有关，因为通过气或空间，事物彼此分离开来，这里理智很强；第二十二相到第一相之间的相位与基本的火相联系，因为这里所有的事物都得以简化。在头四分之一部分意志最强，第二部分面具最强，第三部分创造性心灵最强，第四部分则轮到命定的躯体。

还有其他分类和归属情况，以后再加考虑。

九 不和、对立与对比

由于某些对立与不和（discord）的事实——意志和面具情感上的对立，创造性心灵和命定的躯体理智上的对比，意志和创造性心灵之间的不和，创造性心灵和面具之间的不和，面具和命定的躯体之间的不和，命定的躯体和意志之间的不和——生命逐渐认识到自身是孤立的生命。不和永远是对意志与面具、或创造性心灵与命定的躯体之间差异的强制性理解。对立的二者之间有一种强制的吸引力，因为意志对面具有一种自然的欲望，创造性心灵对命定的躯体有一种自然的感知；在一者中狗吠月亮，在另一者中鹰凭借自然权力盯视太阳。然而，当创造性心灵通过提供某种面具根本的意象而欺骗意志时，或者当意志为创造性心灵提供应单独转向面具的情感时，由于情感的冲突、意象的摩擦，对立再次以简单的形式出现。另一方面，也许是面具滑向命定的躯体，直至我们将我们会成为的与我们必须成为的混淆。当不和通过四种机能的旋转达于对立，例如，当第十五相创造性心灵达于面具的对立面时，它们同时具有对立的品质。另一方面，当四种机能互相接近、不和又逐渐成为一致，依照它的位置在第一相还是在第十五相，某种机能被削弱，最后被吸收。在第十五相是创造性心灵被意志所吸收，在第一相是意志被创造性心灵所吸收，依此类推。如果是在第八相或第二十二相，先是一者居于统治地位，然后是另一者，情况不稳定。

如果这种"骗局"（deception）带来不和，也就不会有意识，不会有行动；以后会看出"骗局"是作为专业性词语来使用的，可用"欲望"来代替。生命是一种行为，被生命磨坊的四扇风车弄得徒然，成为自选的意象与命定的意象的双重冥想。

也存在着和谐，与图像中心具有几何上的联系，但把和谐与系统的另一部分联系起来才能最好地考虑。

十　四种完美与四种无意识

只有考虑到四种完美的相位，才能理解它们。例如，在本能或种族占统治地位的相位中，自我牺牲必然是品性中有代表性的品德，在内省出现之前出现的三个相位中更是如此。在对立的相位中，通过拒绝或停止冲突，而与命定的躯体或意志分离开时，无意识升起于面具和创造性心灵；在根本的相位中，当倦于争取完整的根本的存在，或拒绝这种斗争时，自动主义升起于命定的躯体和意志。这并不是说人类不忠实于相位，或像他人所说的在相位外不忠实；最强大的生命力正属于那些经常需要无意识作为休息的人。

我们文学艺术欣赏的一个组成部分，或许就是心灵被节奏和样式所唤醒。但是，如果一个人一心想要停止与作为能量来源的命定的身躯的冲突，就可视作模仿的或创造的无意识；如果是在根本的相位中，他拒绝与面具冲突，就属于驯顺的或本能的无意识。

十一　魔，两性，生命的统一，自然和超自然的统一

意志和创造性心灵处于光明之中；通过偶然事件起作用的命定的躯体处于黑暗之中；而面具或形象，是由产生于黑暗的情感联想本能地选择的一种形式，而这种形式是由偶然事件带到我们面前的，或是从思想的暗处浮现出来的。但另外还有一种思想，或是我们思想的另一部分，处于这黑暗当中，而对于思想自己的感知来说，却处于光明之中；对于那个思想来说，我们却是黑暗。这两种思想（对其中一种思想来说，一个永远是光明，一个永远是黑暗）产生了人和魔，魔的面具即人的意志，魔的命定的躯体即人的创造性心灵，等等。轮子按这种方式被颠倒过来，像圣彼得被钉在十字架上时，身体的位置与基督受难时是颠倒的："魔是颠倒过来的神"（Daimon est Deus Inversus）。因而，在人的面具里人类的魔有她的精力和偏见，在人的命运里有她的建设性力量；人和魔在永恒的冲突或拥抱中面面相对。这种关系（魔的性别与人类的正相反）能创造出类似性爱的热情。当男人和女人的关系保持热情时，这种关系便重新产生了人和魔的关系，并成为人和魔相争相逐、彼此行善或是作恶的一部分。然而这并不是说，相对相位中的男人和女人彼此相爱，因为男人往往选择其面具落在他的面具和命定的躯体之间的女人，或者男人与女人的面具彼此毫不相干；但每一个男人按其性别的权利（right），都是一个轮子，或四种机能的组合，每一个女人按其性别的权利，是一个颠倒的男性的轮子。只要男人和女人按性别区分开来，他们就像人和魔那样相互作用，

虽然在别的时候他们的相位并列在一起。魔继续与人冲突或是保持友谊，这并不只是通过生活中的事件来进行，也存在于思想本身，因为守护神占有思想的全部黑暗。我们所梦到的，或是突然进入我们头脑中的事物，就是魔的创造性心灵（我们的创造性心灵是她的命定的躯体），她的精力或偏见通过创造性心灵得以表达；如果人们愿意，可以把人只作为意志和创造性心灵来思考，永远与另一个作为意志和创造性心灵的生命相对，在人们看来它们是欲望的对象，或是美，正如以各种形式出现的命运。如果人类试图完全生活于光明之中，魔就会用黑暗扑灭光明，因而出现冲突，面具和命定的躯体变得邪恶；而在对立的人身上，魔的思想可以通过人类生活事件（魔的创造性心灵）流出，不需要扑灭光明就能使人类的创造性心灵保持活力，得到生命的统一。一个人变得充满激情，这种激情用它奇异的光使魔的思想熠熠生辉——这就是魔的客体——魔因而创造出一种非常人格化的英雄行为或诗歌。魔本身毫无激情，只有一种思想形式，这种思想不需要前提或演绎，也不需要任何语言，因为它通过一种机能理解真理，此机能没有器官，却与视、听、味、触、嗅相似。获得了"生命统一"的人，不断与他的命运和宿命作斗争，直到他生命的每一种精力都被激起。他安于此斗争，并不寻求最后的征服。对他来说，命运和自由不可分；他不再痛苦，甚至会喜爱悲剧，像那些"热爱天神又反抗天神"的人；这类人能将所发生的一切，以及他们所渴望的，带进情感或理智的综合，以占有善的和恶的幻象。他们据说死后先进入黑暗，再进入光明；而那些不受冲突启示的人，或处于黑暗、或处于光明之中。但丁在《宴会》中提到他的流放，及流放生活强加给他的群体性，认为对于他这类人是大不幸；但作为诗人，但丁又必须接受这种生活。流放，以及他对于贝雅特丽齐之死的哀恸，使他不仅成为奎多·卡瓦尔康帝[1]那样的诗人，还使他具有了魔性（Daimonic）。在对立的人身上，理智的创造伴随生命推翻其命运的斗争，这被表征为创造性心灵位于与命定的躯体相反的相位中。生命的统一在第十二相成为可能，在第十八相不再可能，而在第十三相之前和第十七相之后非常难得，在第十七相最为常见。当人处于最对立的相位中，魔最根本；人在追求、爱或恨，或既爱又恨——激情的一种形式，一个强加于魔思想上的对反的形象——但当人处于最根本的相位中，守护神最对立。人类现在被爱或恨所追逐，必须接受一种异己的恐惧或喜悦；我们用"与上帝的统一""与自然的统一"这样的短语来描述这种最终接受。在第二十六相之后，与上帝的统一是可能的，而在称为"圣者"的第二十七相之前几乎不可能；与自然的统一在第一相之后也许会发生，在第四相之后不可能。由于这种统一的可能性，人在他根本的相位中将沉入一种机械客体性，整个成为自动的。但在第二十六相，通过屈服于心灵的眼、耳、味、触所理解的，人能从其靠感官所理解的事物中逃脱。当他满足于被追逐、被忽视，甚至被他所深切理解的对象所仇恨时，他就成为爱的客体，而非恨的客体，因为魔的精神，已从思想过渡为激情，变成了对立的。对立的人在追逐，或感到饥饿，

1　Guido Cavalcanti（1250 至 1259 年间—1300），文艺复兴时期佛罗伦萨诗人，但丁的朋友。

具有一种野兽的激情，也许受到了激情的刺激，这种激情首先是由比他的思想更完善的思想所发现并表达出来的；而魔同样在追逐，感到饥饿，同样受到刺激，因而我们有权描述我们与魔的统一，就像描述与自然、与上帝的统一一样。第一相之后，这统一便是与自然的统一。

按照太阳系象征系统（卷二再加解释），并非两个处于光明之中，而另外两个处于黑暗之中；与太阳系完全黑暗的四原则对比时，四者都处于光明之中。

十二　四种机能的表格

每种机能在哪个相位形成，那么就置于哪个相位的号码后面，而非置于机能所影响的相位之后。

	意志	面具	创造性心灵	命定的躯体
1	除完全的可塑性外别无描述			
2	精力的开始	真：幻觉 假：错觉	真：躯体行动 假：狡猾	强制的对世界的爱
3	野心的开始	真：由强度产生的简化 假：分散	真：精神接受力 假：傲慢	强制的爱 （对另一者）
4	对外部世界的欲望	真：情感带来的强度 假：好奇	真：超感官思想的开始 假：对罪恶的迷恋	强制的理性行动
5	与天真的分离	真：确信 假：支配	真：雄辩 假：精神的傲慢	强制的信仰
6	人为的个性	真：宿命论 假：迷信	真：建设性情感 假：权威	强制的情感

		意志	面具	创造性心灵	命定的躯体
7	个性的维护	真：自我分析 假：自我适应	真：为怜悯而进行的创造 假：自我驱使的欲望	强制的纵欲
8	种族和个性之间的战争	真：自我杀戮 假：自我安慰	真：融合 假：绝望	力量的开始
9	信仰代替个性	真：智慧 假：自怜	真：理智的支配 假：歪曲	刺激个性的冒险
10	意象破坏者	真：自我依靠 假：隔离	真：面具的戏剧化 假：自我亵渎	人性
11	意象焚烧者	真：对自我的意识 假：自我意识	真：情感的理智 假：不忠	自然法则
12	先驱者	真：自我实现 假：自我抛弃	真：情感的哲学 假：强制的法则	探索
13	感官的自我	真：放弃 假：竞争	真：源于对立情感的创造性想象 假：强制的自我实现	兴趣
14	执着的人	真：遗忘 假：狠毒	真：剧烈 假：固执的意志	除单调外一无所有
15		除完全的美外别无描述			
16	积极的人	真：潘笛吹奏者 假：暴怒	真：情感的意志 假：恐惧	愚人是他自己命定的躯体
17	魔性的人	真：天真 假：愚蠢	真：主观的真理 假：病态	除个人的行动外一无所有
18	情感性的人	真：激情 假：意志	真：主观的哲学 假：两种表现形式之间的战争	驼背是他自己命定的躯体
19	武断的人	真：过度 假：限制	真：道德偶像破坏 假：自我肯定	迫害
20	具体的人	真：正义 假：专制	真：压制情感的统治 假：改革	客观的行动
21	渴望的人	真：利他主义 假：效率	真：自我戏剧化 假：无政府主义	成功
22	野心和冥想之间的平衡	真：勇气 假：恐惧	真：多面性 假：虚弱	力量的崩溃

	意志	面具	创造性心灵	命定的躯体
23	接受的人	真：敏捷 假：茫然	真：英勇的情感 假：刻板的感伤	强制胜利的成就
24	野心的结束	真：组织 假：惯性	真：理想 假：嘲笑	强制的行动成功
25	条件性的人	真：拒绝 假：道德改革	真：社会理智 假：限制	强制的行动失败
26	多重人， 也叫驼背	真：自我夸张 假：自我抛弃	真：特征的初次感知 假：肢体残缺	强制的幻灭
27	圣人	真：自我表达 假：自我吸收	真：简单 假：抽象	强制的代价
28	愚人	真：安详 假：自我不信任	真：希望 假：苦闷	强制的幻觉

十三　某些相位的特征

四种完美

在第二相、第三相、第四相……自我牺牲。

在第十三相……自知。

在第十六相、第十七相、第十八相……生命的统一。

在第二十七相……圣洁。

四种智慧

在第四相……欲望的智慧。

在第十二相……理智的智慧。

在第十八相……心的智慧。

在第二十六相……知的智慧。

四种竞赛

在第一相……道德的。

在第八相……情感的。

在第十五相……躯体的。

在第二十二相……精神的或超感官的。

暴怒、幻想，等等

从第八相到第十二相……暴怒。

从第十二相到第十五相……精神的或超感官的暴怒。

从第十五相到第十九相……幻想。

从第十九相到第二十二相……力量。

十四　影响某些相位的创造性心灵的普遍特征[1]

（1）影响二十八、一、二，来自二、一、二十八。受控制的。

（2）影响三、四、五、六，来自二十七、二十六、二十五、二十四。变形的。

（3）影响七、八、九，来自二十三、二十二、二十一。数学的。

（4）影响十、十一、十二，来自二十、十九、十八。理智上充满激情。

1　本表和下表（指十四与十五部分）各分为十部分，给我时就是这样。我目前所掌握的知识，尚不足以将它们分为更为方便的十二部分。巨轮和一年的关系在卷二中加以解释，也许画出这些表格的人把一年分作十等份。——叶芝原注

（5）影响十三，来自十七。静止。

（6）影响十四、十五、十六，来自十六、十五、十四。情感的。

（7）影响十七、十八、十九、二十，来自十三、十二、十一、十。情感上充满激情。

（8）影响二十一、二十二、二十三，来自九、八、七。理性的。

（9）影响二十四，来自六。服从的。

（10）影响二十五、二十六、二十七，来自三、四、五。安详。

十五　命定的躯体的一般特征

（1）影响二十八、一、二，来自十六、十五、十四。喜悦。

（2）影响三、四、五、六，来自十三、十二、十一、十。呼吸。

（3）影响七、八、九，来自九、八、七。吵闹。

（4）影响十、十一、十二，来自六、五、四。紧张。

（5）影响十三，来自三。疾病。

（6）影响十四、十五、十六，来自二、一、二十八。世界。

（7）影响十七、十八、十九、二十，来自二十七、二十六、二十五、二十四。悲哀。

（8）影响二十一、二十二、二十三，来自二十三、二十二、二十一。野心。

（9）影响二十四，来自二十。成功。

（10）影响二十五、二十六、二十七，来自十九、十八、十七。吸收。

十六　四分区间的表格

对立性内部的四种竞争

第一个四分之一：与躯体竞争。

第二个四分之一：与心竞争。

第三个四分之一：与思想竞争。

第四个四分之一：与灵魂竞争。

（在第一个四分之一，躯体获胜，在第二个四分之一，心获胜，依此类推。）

四种无意识

第一个四分之一：本能的。

第二个四分之一：模仿的。

第三个四分之一：创造的。

第四个四分之一：服从的。

意志的四种情况

第一个四分之一：本能的。

第二个四分之一：情感的。

第三个四分之一：理智的。

第四个四分之一：道德的。

面具的四种情况

第一个四分之一：紧张（影响第三个四分之一）。

第二个四分之一：坚韧（影响第四个四分之一）。

第三个四分之一：常规或系统化（影响第一个四分之一）。

第四个四分之一：自我分析（影响第二个四分之一）。

戴假面具的创造性心灵的缺点

第一个四分之一：感伤。

第二个四分之一：暴行（对生活根本事实的欲望）。

第三个四分之一：仇恨。

第四个四分之一：感觉迟钝。

（注：在根本的相位中，这些缺点将面具与命定的躯体分开，在对立的相位中，将创造性心灵与命定的躯体分离开。）

四种原素的归属

土……第一个四分之一。

水……第二个四分之一。

气……第三个四分之一。

火……第四个四分之一。

十七　未归类的

磨破的面具——道德的和情感的。

戴着的面具——情感的。

抽象

在六、七、八强烈。

在二十二、二十三、二十四、二十五最强。

在十开始，在二十减少，在二十一又增强。

三种精力

自我的意象产生情感。

世界的意象产生激情。

超感官的意象产生意志。

IV 二十八种相位的具体化

一 第一相和特征的交替

从下面对相位的描述中可以看到，第二十二相之后，生命的每一成就都是对个人理智的消灭，对道德生命的发现。如果个人的理智迟迟不去，就是傲慢，自我表现，一种枯燥的抽象，因为生命受增长着的根本性特征（primary tincture）的驱使，先是被根本性整体（primary whole，一种感官或超感官的客体性）帮助，后来就被它所吸收。

当旧的对立发展为新的根本，道德情感转变为一种经验的组织，这种组织必须寻找一个统一，一个经验的整体。当旧的根本发展为新的对立，旧的客观道德规范的实现转变为潜意识的骚动的本能，严厉的习俗和规范的世界被"兽性地面上不驯的神秘"[1] 所破坏。

第一相是非人类的，在第二十八相以后能更好地加以描述。

---

1 出自叶芝 1914 年住在伦敦的布鲁姆斯伯里时写的一首诗《东方三贤》（"The Three Magi"）。

二 第二相

意志：精力的开始。

面具（来自第十六相）。真：潘笛吹奏者；假：暴怒。

创造性心灵（来自第二十八相）。真：希望；假：苦闷。

命定的躯体（来自第十四相）："除单调外一无所有"。

当这一相位的人生活于相位之外，想要面具，并允许面具来支配创造性心灵，他就在相位差所允许的范围内模仿第十六相的情感爆炸。他自弃于暴烈的动物的武断，只能破坏，就像一个小孩暴怒时左冲右打，寻求肉体需要的满足，既无知，又充满忧郁。

> 但他们找到皱眉的婴儿时，
>
> 恐惧冲击着茫茫大地；
>
> 他们大叫着"婴儿！婴儿诞生了！"，然后逃向四面八方。[1]

但如果他按照相位生活，他就使用命定的躯体来清除受到面具影响的理智。他自己从情感中解脱出来；产生了第十四相的命定的躯体，把思想拖回超感觉之中，并使思想变得服从于再次发生的一切；而完全受强制的面具，是一种有节奏的冲动。他献身于瞬间的功能、瞬间的希望，既非不道

1　出自布莱克的诗《思想旅行者》（"The Mental Traveller"）。

德也非暴烈，而是天真；他仿佛就是颤动于深渊表面的呼吸，半醒来的婴孩脸上的微笑。也许，我们这个时代还没人遇着过他，当然也不存在这种会面的记录。但假如这种会面是可能的话，他将作为一种快乐的形式而被人铭记。他看上去比任何人都更有活力，是其他所有人生命的典型与综合。他不是靠理智的平衡来决定各种事物，而是靠确信的快乐。假如他诞生于严厉的机械制度中间，他会为自己创造一个位置，就像一条狗在松土中为自己刨个洞那样。

这里和第十六相一样，一般情形有时被颠倒，美会取代丑，否则就会和其他根本性相位的情形一致。新的对立的特征（再生的旧的根本性）非常暴烈。当一种极端对立的产品处于个体过去的生命中时，新的诞生有时是如此暴烈，以至缺乏外界的混合。它预言了最终的躯体的命运。它将一种美的形式强加于根本性和它自身之上。它具有动物的肌肉平衡和力量，有农牧之神舞蹈时的心境和恰当的美丽。如果这种罕见的偶然事件不发生，肉体就很粗糙；不是变丑，而是由于缺乏敏感而变得粗糙，最适于做笨重的体力活儿。

那些从早期相位中抽取自己面具的抒情诗人明白，第二相位的人被美化了。他们倦于解释和判断，倦于理智的自我表达，而渴望"隐藏"，渴望超验的陶醉。主观地领悟到的肉体本能，成为常春藤缠绕的酒杯。也许在任一早期相位中，命定的躯体都足以创造这个意象，但当它影响到第十三相和第十四相时，意象就更具质感，更类似直接经验。

印德王公放下宝杖，

从宝库中撒出珍珠雹子，

大梵在神秘的天国里呻吟，

他所有的祭司在悲叹，

年轻的巴克斯眼神变暗之前。[1]

三 第三相

意志：野心的开始。

面具（来自第十七相）。真：天真；假：愚蠢。

创造性心灵（来自第二十七相）。真：简单；假：抽象。

命定的躯体（来自第十三相）：兴趣。

他出离自身的相位，模仿相反的相位，并愚蠢地献身于粗人，佯装使理智活动于常规想法中。他痛苦地生活着，无法获得连贯的思想和道德意愿，试图整合出一套连贯的生命计划，把破布补在破布上，因为他期待的就是这些，也可能是出于自负。另一方面，如果他利用命定的躯体来纯化他面具的创造性心灵，如果他满足地允许感官和潜意识天性支配他的理智，他会对一切消逝的事物都感到欣悦；但由于他不宣称任何东西是自己的，什么也不选择，认为所有事物都一样好，所以他不会因为万物皆逝而忍受痛苦。这是一个身体性的明智（bodily sanity）的相位，几乎没有理智，因为肉体

1　出自济慈的长诗《恩底弥翁》（Endymion）。

虽然和超感官的节奏还保持密切联系，却不再被那种节奏所吸收；眼睛和耳朵都张开着；一种本能平衡着另一种；每个季节都带来欢娱。

> 谁想让欢乐屈从自己
>
> 就毁灭了带翼的生命
>
> 亲吻飞逝的快乐的人
>
> 生活在永恒的旭日中。[1]

很多抒情诗人属于神奇的第十七相。他们看出：如果简单和强度结合为一体，第三相的人就成为一个意象，他似乎活动于金黄的谷物间，或是悬着的葡萄下。他把牧羊人和树精给了兰多，把"神秘岛的水"给了莫里斯[2]，把漫游的情侣和圣人给了雪莱，把羊群和牧场给了塞奥·喀里特斯[3]；本博[4]哭泣时，他想到的不正是"但愿我是个牧羊人，可以天天蔑视乌尔比诺[5]"？在某一对立的思想的想象中，季节性的变化和肉体的圣洁似乎是持久的激情和肉体美的意象。

---

1 引自布莱克的《永恒》（"Eternity"）。

2 William Morris（1834—1896），19世纪英国设计师、诗人、早期社会主义活动家，自学成才的工匠。

3 Theo Calides（公元前3世纪），希腊抒情诗人。

4 Pietro Bembo（1470—1547），文艺复兴时期欧洲作家，他出生于威尼斯，从事诗歌创作和文论写作，曾参与16世纪初期语言之争，建议将薄伽丘和彼特拉克的托斯卡纳语作为16世纪意大利文学语言的典范。

5 Urbino，意大利的一座山城，文艺复兴时期因乌尔比诺公爵闻名，也是拉斐尔的故乡。

四　第四相

意志：对外部世界的欲望。

面具（来自第十八相）。真：激情；假：意志。

创造性心灵（来自第二十六相）。真：特征的初次感知；假：肢体残缺。

命定的躯体（来自第十二相）：探索。

当他出于相位，试图获取对立的智慧（沉思已开始）时，将他自己与本能分离（"肢体残缺"由此而来），并努力将各种抽象或常规的思想强加于本人和他人之上。由于他处于经验之外，这些思想不过是佯装。缺乏对立的能力，缺乏各种基于观察的根本的东西。他盲无目的，不断出错，除了一点知识外一无所有，而这点知识在别人看来不过是本能。当忠实于相位时，他对所发生的一切事极为感兴趣，对一切刺激他本能（"探索"）的东西极为感兴趣，他不再渴望按其自身的意志要求什么；天性依然把他的思想作为激情加以支配，然而本能逐渐开始沉思。他富于实际的智慧、格言和谚语的智慧，或是基于具体事例的智慧。他看不见任何超出感官的事物，但他的感官能扩张和紧缩，来满足他的或那些信任他的人的需要，仿佛是他突然醒来，比别人看到了更多，也记住了更多。他具有"本能的智慧"，这智慧不断受到关系到他本人和种族的需要的刺激（创造性心灵来自第十二相，当个性与思想相结合，它作用于与个性一致的种族）。相反的或接近于相反的相位的人，被一种与劳动和不确定性相关的智慧所磨垮，他们把这一相位的人看作平静的意象。勃朗宁[1]的两段诗浮上心头：

> 一个老猎手，与众神交谈，
> 或与朋友们航行到特尼多斯。

> 从前有个国王，
> 生活在世界的早晨，
> 那时尘世比今天更近天国。
> 国王鬈曲的头发
> 密密地在额上分开，
> 一只祭牛角与角之间的
> 奶白空间——
> 像初生的婴儿般恬静。
> 因为他生下来就想睡，
> 他肯定不会衰老，
> 岁月带着死亡，从容逝去，
> （他入梦时天神如此爱他）
> 活过那么久，这位国王
> 似乎再没必要死去。

1　Robert Browning（1812—1889），英国诗人、剧作家，主要作品有诗集《戏剧抒情诗》（*Dramatic Lyrics*）、长诗《指环与书》（*The Ring and The Book*）、诗剧《巴拉塞尔士》（*Paracelsus*）。

五　特征的开启

第二十六相后，根本的特征如此具有支配性，而人如此沉沦于命运、生活，以至不再有沉思、经验，因为能够沉思并获取经验的事物已被淹没。人不能视自己与那些肉眼或心灵的眼睛所见的东西毫不相关。虽然他也许处于恨或爱中，他却不再恨，不再爱。《奇迹岛的水》(*The Water of The Wondrous Isles*) 中，波德隆 (Birdalone，第八相的一个女人，表现出对立的思想) 爱上了她朋友的情人，而这位情人也爱上了她。具有巨恸而无斗争，她要消隐的决定突如其来，似乎是她无法控制的力量使然。她不正是按她所不知道的父亲们与母亲们所强迫的那样做出决定的吗？不正是与她种族的特征相一致吗？她不正是"命运女神"的一个孩子吗？在最根本的相位中，他们不都是"命运女神"的孩子吗？他们对一切事物使用一种无意识的区分，在第一相之前解释他们的命运，在第一相之后解释他们的种族。通过第一相时，他们灵魂的每一项成就从躯体中迸发出来；通过第一相后，他们的工作将取代命运被冻入规矩和俗套的生活，取代一切都被本能所融合的生活，在工作中渴望、体验、欲求，即变得明智。

在第四相和第五相之间，各种特征分离，可以说是开启，沉思开始。闭合时，有一种方法可以让意志达到完全的屈服，先是屈服于神；第一相通过后，屈服于自然。这种屈服是命定的躯体之自由的最完整形式，命定的躯体自第二十二相以来不断地增强。当人与他的命运一致，当他能说"你的意志就是我们的自由"，或当他处于完全的自然状态，即完全成为环境的一部分时，他就是自由的，即使他的一切行动早被预言，即使每一次行动都是基于以前发生的事件的逻辑演绎。他是全部命运（Fate），却毫无宿命（Destiny）。

六　第五相

意志：与天真的分离。

面具（来自第十九相）。真：过度；假：限制。

创造性心灵（来自第二十五相）。真：社会理智；假：限制。

命定的躯体（来自第十一相）：自然法则。

如果离开相位，寻找对立的情感，他会枯燥无味，从一种不诚实的态度过渡到另一种，活动在一组道德的意象中，这组意象没有背景，毫无意义。他对每一次与经验的分离都感到无比自豪，成为发怒的或微笑的驼背木偶，木头胳膊夹着根棍子，这里戳戳，那里点点。他的命定的躯体是强制性的，因为他颠倒了相位的情形，并发现他与世界处于冲突之中，而这个世界除了诱惑和侮辱，什么也没给他。如果忠实于相位，他就与这一切截然相反。抽象确已开始，但在他看来只是一部分，与其他任何事物分离，因而适于作为冥想对象。他不再触摸、吃喝、思考和感觉自然，而是观察自然，把自然作为他与之分离的某种东西，作为通过感觉或思想某种零碎的暴力能加以支配的某种东西（即使是一瞬）。自然已去了一半，而自然法则已出现。他可以利用他的知识来改变自然的节奏和季节。他只存在一瞬间，但具有第二、第三、第四相从未有过的强度，意志达到顶峰。他不再是一个清醒的人，而是半睡半醒。他是一个堕落的人，一个扰乱者、流浪者、教派和种族的缔造者，以巨大的精力工作，而他的报酬不过是生活于精力的闪光之中。

在一位相反相位的诗人，一个把枯萎的情感隐藏在破碎的重点（broken emphasis）下的人看来，他是唐璜，或吉奥尔[1]。

七 第六相

意志：人为的个性。
面具（来自第二十相）。真：正义；假：专制。
创造性心灵（来自第二十四相）。真：理想；假：嘲笑。
命定的躯体（来自第十相）：人性。

例子：沃尔特·惠特曼。

假如沃尔特·惠特曼生活于相位之外，渴望证明他所有的情感都很健康、很容易让人理解，将他实用的明智置于一切不按他的风格制造出来的事物之上，大叫："我今年三十岁，身体健康！"他会变成煽动家，这也让人想起梭罗[2]，当梭罗捡

1　Giaour，拜伦叙事诗中的人物。

2　Henry David Thoreau（1817—1862），美国诗人、散文家、神秘主义者。

起猪的下颚骨时，那上面的牙齿完好无缺，据说梭罗也很健康。如果他愿意的话，他就会相信自己，并强迫别人也信。但如果他利用命定的躯体（他对大众的兴趣，对漫不经心的爱与感情的兴趣，对一切概括性的人类经验的兴趣）来擦亮对的情感的理智（从第一相到第八相总是不诚实的），并处于不情愿的面具的困扰和追逐下，他就创造出一个模糊的意象，半开化的人；而他全部的思想与冲动都是温和的民主，中学、大学、公共讨论的产物。抽象已诞生，但它是团体的、传统的抽象，是综合的开始，不像第十九、第二十、第二十一相那种基于观察到的事实的逻辑演绎，而是基于某种经验，或个人或团体的整体经验："我有如此这般的感情。我有如此这般的信仰。在感情之后是什么呢？在信仰之后又是什么呢？"而托马斯·阿奎那[1]（他的历史年代接近此相位）则会把一切可能的经验概括进抽象的分类，不仅是他可能知道的经验，还有他可能感觉到的。沃尔特·惠特曼把使他赏心悦目的一切编成目录，借以诗化自己的才情。经验是一切观察到的、吸收和从属的事实，甚至淹没了真理本身（这里真理被设想为某些事物，与冲动、本能和意志相分离，而冲动和本能开始变成一切的一切）。虽然此时还未发生什么，但片刻之后，冲动和本能在清除目录和分类时，将把恐惧注入思想。

---

1 Thomas Aquinas（约 1225—1274），意大利中世纪基督教神学家、经院哲学家。他把理性引进神学，用"自然法则"来论证"君权神圣"说，是自然神学最早的提倡者之一，也是托马斯主义的创立者。

八 第七相

意志：个性的维护。

面具（来自第二十一相）。真：利他主义；假：效率。

创造性心灵（来自第二十三相）。真：英勇的情感；假：刻板的感伤。

命定的躯体（来自第九相）：刺激个性的冒险。

例子：乔治·博罗[1]、大仲马、托马斯·卡莱尔[2]、詹姆士·麦克弗森[3]。

在第二、三、四相，人活动于传统或一时的限定之内；第五相以后，界限逐渐模糊，一切依附于习惯的公共模式都解体了，甚至第六相的目录和分类都不再充分。如果在相位之外，人就渴望成为第二十一相的人；这是不可能的欲望，因为第二十一相的人是理智综合的顶点，而第二相到第七相之间的人理智上都很简单。他的本能几乎处于综合的顶点，他受到迷惑，很快就会变得无助。在相位之外，他的毁灭特质会渴望获得破碎的个性，渴求所有个性都具备的思想和情感，思想和情感对一切来说都很平常，它能创造出宏大的幽灵，靠欺人而自欺；但是他无法获得，甚至无法想象个性。我们将逐渐发现，第二十一相在相位之外时，会夸耀它那想

1　George Borrow（1803—1881），英国作家、旅行家。

2　Thomas Carlyle（1795—1881），苏格兰散文家、历史学家。

3　James Macpherson（1736—1796），苏格兰作家。

象的天真。

如果忠实于相位，第七相屈服于命定的躯体。从个性首次显现的相位中产生的命定的躯体，被激发为性格的形式，这些形式完全融解于意象与本能中，几乎难以将它们与个性区分开来。这些性格的形式，不像个性那样依靠自我，无法与环境分开：一个手势，产生了某种情形下、时过境迁又被遗忘的一个姿势；勇敢的最后一次行动，如同狗的一次挑衅，它们迟早会把月亮撕成碎片。这类人对历史、场景、冒险有一种欲望。他们在行动中兴高采烈，无法把行动与落日或海上的暴风雨或一场鏖战分开来观察，他们的行动由情感所驱，可以打动所有听众，因为任何人都能理解这种行动。

大仲马处在完美的相位，乔治·博罗则处在有缺点时的相位，因为他有时出于相位，足以证明他的天真，并夸耀想象中的理智主观性，正如他夸耀令人毛骨悚然的恐怖，或他对多种语言的掌握。卡莱尔和麦克弗森相似，显示出最糟糕的相位。除历史性格以外，他本来就不应该，也无能力关注任何东西；但他在很流行的修辞学中，把历史性格作为大量的比喻加以利用，来表达那些似乎是他自己的思想，用他那布道式的作品来激怒无知的教徒。他的修辞学如此喧嚣、如此可怖，他的精力如此巨大，以至于两代之后，人们才注意到：他写的每个句子都不过是缠附于记忆上的粗俗的幽默。性无能无疑会使命定的躯体变得虚弱无力，因而加强了假面具，然而人们怀疑，在极不诚实的地方，仅仅贴一层蚁卵是否有用？

九 第八相

意志：种族和个性之间的战争。

面具（来自第二十二相）。真：勇气；假：恐惧。

创造性心灵（来自第二十二相）。真：多面性；假：虚弱。

命定的躯体（来自第八相）：力量的开始。

例子：也许是陀斯妥耶夫斯基的"白痴"。

如果出离于相位，是一种恐怖的情形；如果忠实于相位，是一种败而不馁的英勇状态。

从第一相到第七相，所有根本的性格中逐渐出现了虚弱。性格（character）已采取个性（individuality，在与其自身关系中受到分析的意志）作为掩饰；但即使个性坚持要通过另一相位，人格（personality，在与面具的关系中受到分析的意志）也仍然居于统治地位。只要根本的特征居于统治地位，对立的特征就接受它的感觉方式；性格已被受到命定的躯体刺激的植物性与感觉性机能所扩大，这是对立的情感走向根本的天性的最短距离。然而此时必须打破瓶子。被理想化、神学化了的思想与本能之间的斗争，精神和肉体之间的斗争，病态的根本与成长着的对立之间的斗争，必须要决出胜负，而植物性和感觉性的机能必须暂时获得统治。只有那时，意志才被迫承认得不到面具协助的创造性心灵的虚弱，允许不自愿的面具变为自愿的。对于道德的每一次修改或编辑，都是意志通过创造性心灵进行的尝试。意志赋予秩序本能与植物的机能，必然感到自己无力再创造秩序。这里有一种挣扎的特征，在这场挣扎中，灵魂必须失去所有来自对世界意识的客观接受的形式，这一世界拒绝将我们接纳为一种历史典型。在人们考虑可能的例子时，必然会排除哈特莱·柯勒律治，而勃朗特姐妹的兄弟尽管可能很合适，可惜我们对他所知甚少。陀斯妥耶夫斯基的"白痴"肯定是个例子。但陀斯妥耶夫斯基的"白痴"是一个过于成熟的类型，他多次通过二十八个相位，有助于我们的理解。此相位大部分是些无用之人，他们似乎无力将自己从某种情感的诱惑（酒、女人、毒品）中解救出来，在不断出现危机的生活中，他们创造不出任何持久的东西。据说，此相位的生命在对立的特征取得统治之前，经常要诞生四次。生命像行将淹死的人那样抓住每一根稻草。公共思想和习惯是根本的人的支撑物，在支撑物的崩溃之中，正是这种抓稻草的行为（这种看似无用的对力量的寻求），最后使生命到达第九相。生命不得不通过改变一直是它弱点的本能，来发现它的力量，进而集合起四分五裂的各种因素。作为命定的躯体与意志之联合对立面的创造性心灵与面具之联合，通过将天性分成无法进行特质互换的两部分加剧了这种挣扎。人和命运不可分，他无法孤立地观察自己，也无法区分情感和理智。他没有意志，被到处拖来拖去。他专注于未被情感化的第二十二相的理智，总是将自己展示给欲望的客体，一种类似数学能量的情感，一种类似轮子和活塞的思想。他被悬空，不带偏见，直到偏见出现，直到他在自己的生命内摸索力量，他的思想和情感叫他判断，但思想和情感无助于他的判断。因为第二十二相的人必须将

68

戏剧化的面具分解于抽象思想中，才会发现具体的世界。他必须将思想分解于非个人的直觉中，分解于种族中，才会发现戏剧化的面具。他选择了他自己，而非他的命运。勇气是他的真面具，是不带习惯性目的的多样性，是他真正的创造性心灵，因为这是具有最虚弱相位的人从最有力的相位所能带进他自身的一切。他的手握住一根稻草，那就是勇气，他的多面性在于每一浪都可能漂来一根稻草。在第七相，他出于野心，试图改变他的天性，就像一个没有心的人应该做爱，但现在震击能把心还给他。只有来自最大可能冲突的震击，才能产生这种最大可能的改变，即重新从根本到对立，或从对立到根本。任何事物都无法介入。他除了冲突肯定什么都意识不到，他的失败是必然的，他是所有人中被诱惑得最深的——"我的神！我的神！为什么离弃我！"[1]

每一相位都有两种类型的人，分别称为受难者和圣人，前者重情，后者重智。虽然不一定首先要理解"轮子"（第二十二相在当今历史时期极为重要，描述它的篇幅比其余各相的都长），但在描述第二十二相时肯定会提到轮子，因此有必要指出轮子在第八相或第二十二相具有内部交换的性质，与特征的内部交换一致。后面在阐述此系统的另一部分时，将给出轮子的示图。

1　出自《圣经·马太福音》（27：46）和《圣经·马可福音》（15：34），耶稣在十字架上的呼喊。

十　第九相

意志：信仰代替个性。

面具（来自第二十三相）。真：敏捷；假：茫然。

创造性心灵（来自第二十一相）。真：自我戏剧化；假：无政府主义。

命定的躯体（来自第七相）：强制的纵欲。

例子：一位不知道名字的艺术家。

当此人出离相位，处于强壮和完成的相位中时，他不断出错，且变得无知；在他自己内部发现的力量似乎是金属杆和轮子的力量。他应当在创造性心灵的帮助下，将面具从命定的躯体中解放出来，也就是说，雕出并戴上现已自愿的面具，来保护并传递意象。只要他这样做，在自我表达时就会极为自信，强烈的自我通过数学计算发挥作用，有一种以直线和直角组成的喜悦。但如果他设法按照根本的特征来生活，利用命定的躯体来清除面具的创造性心灵，生活于客观的野心和好奇心中，一切就会混淆起来，意志用一种野蛮而受惊的暴力申张自己的权利。所有具有这种个性的人如果出于相位，都很粗野。第十二相以后，真个性开始，野蛮让位给捉摸不定的冷漠——"假的、短暂的、伪证的克莱伦斯"[1]——在它们根本的关系中缺乏良好的信任，在对立的关系中经常

1　引自莎士比亚《理查三世》。

伴随着自我折磨的焦虑。如果对立的人出离相位，他会重新制造出根本的状态；但由于感情的介入，对意象或面具的爱变得令人畏惧，或者在第十五相以后，变成仇恨，而面具缠附于那人，或在意象中追逐他。甚至也可能他被虚妄的希望所追逐，被秘密地珍爱，或被大声夸赞，他也许继承了与自己相位相反的相位的命定的躯体和面具。他接受那些反对他的事物来避免对立的冲突，他的对立的生活受到侵犯。在第九相，命定的躯体独自就能净化卡莱尔或是惠特曼式人物的思想，命定的躯体是一种统一性的敌人，它用淫荡将这种统一体打碎（纵欲是从第七相升起的本能的洪水）。如果这人出离相位，不以自我戏剧化作为充满激情的自我主宰的方式来控制纵欲，或是寻找某种类似方式的意象，就会变得愚蠢，并且不断出错。所以人们在此相位发现，那些害怕、厌恶并迫害他们所热爱的女人的男人，比其他任何相位都要多。但在泥泞、泛滥、野蛮的自我后面，也许存在着一个茫然、胆怯的灵魂，知道它自己被对立物所捕获，这是灵魂无法控制的改变。关于灵魂有这样的说法："在第八相发现自己弱点的灵魂，在第九相的暴怒中开启了灵魂的内向戒律"，以及"一度处于自己欲望中的人在第九相获得了最真挚的信仰"。

一位艺术家在对一位学生讲述这些象征时，曾提到一位有名望的人及这位名人的夫人和孩子："她不再关心他的工作，不再给予他所需要的同情。他为什么还不离开她？他欠她或孩子们什么呢？"他的学生发现这位艺术家是位极富想象力的立体派艺术家，并注意到他的头颅让人想起某种阴沉的固执，但他的举止言谈一般说来是温柔敦厚、颇富同情心的。

十一 第十相

意志：意象破坏者。

面具（来自第二十四相）。真：组织；假：惯性。

创造性心灵（来自第二十相）。真：压制情感的统治；假：变革。

命定的躯体（来自第六相）：强制的情感。

例子：帕奈尔[1]。

如果他像相反相位那样生活，把这设想为根本的状态——野心在此相位死去——他会缺乏一切情感的力量（假面具："惯性"），将自己献身于无方向的变化和没有形式想象力的变革。他接受周围的人们所崇拜的形式（面具和意象），当发现它们与自己相异时，又以野蛮的暴力将其推开，来选择其他的异己形式。他扰乱了自己的生活，比第九相更强烈地扰乱那些靠近他的人，因为第九相除了与其自身的关系外，对别人并无兴趣。另一方面，如果他忠实于相位，利用其理智从种族（第六相命定的躯体，种族在第六相得以整理）规范中创造出某种个人行为的规范——这种规范永远暗示着"神圣的权利"——他就会变得傲慢、专横而实际。他无法完全逃避命定的躯体的影响，将屈服于它最个人化的形式；他不会屈服于杂乱的同情，而只会屈从于某个女人悲剧

1　Charles Parnell（1846—1891），爱尔兰民族主义者、政治家。

性的恋情。虽然命定的躯体会设法破坏他的面具，但也许暂时会将一场尚有获胜可能的斗争强加于他。当命定的躯体相位和面具相位互相接近时，它们分享彼此的某种天性；相互仇恨的影响越来越分散，不再那么严厉和明显。例如，第十相命定的躯体的影响比起第九相"强制的纵欲"，就不那么严厉和明显。它现在是"强制的情感"。第九相还没有制约，但现在制约已骄傲地出现；坚持野蛮事实的需要已有所减轻，他也许能从它们的魅力中逃脱；主观暴怒事前已有所考虑，意志和面具的对立不再在非个人的精确和力量中产生类似机械（情感和思想的机械）的喜悦，而是产生某种炽热的制约，某种让人想起野人雕像的东西，人们向它供献祭品，这种祭品是规范，是不再仅仅被感知为力量的个性。在祭品的帮助下，他力图把创造性力量从集合的情感中解放出来，但从未完全成功，因而生活继续受到骚扰；骄傲使种族之间的冲突危机不断。在第九相几乎没有性的区分，现在有一种由环境所创造的情感，而不是由肉体或性格独一无二的美所创造的情感。人们还会记得浮士德，他把每个荡妇都看作海伦；他喝了女巫的酒，便以全部生命来爱他的格丽卿。也许人们还会想起一个人，他爱了一辈子，就因为一位年轻女子悠闲时，用阳伞把他的名字写在了雪地上。这是要逃脱的愤怒与欲望，但现在仅仅通过破坏对立的命运，还无法摆脱；因为某种与情感相和谐的某一世界、某一意象、某一环境的模糊而抽象的感觉已经开始，或者某种与情感相和谐、并可放于空底座上的感觉已经开始，从前一度可见的世界、意象与环境已遭到破坏。他的表达欲望小于第九相，而行动和统治的欲望却大于第九相，这人（来自戏剧性力量最大的第二十相位的创造性心灵）把他的一生看作一场戏，只有一部分较为出色；然而没有人指责他是一名舞台演员，因为他永远戴着那石头面具（第二十四相被对立地感知为"野心的结束"）。而且，如果他成功的话，他可以通过对众人的统治来结束野心，因为他就像斯堪的纳维亚神话中的神，把献给他的祭品在悬崖边吊上三天。也许摩西走下山时，也戴着一副类似石头的面具，面具和十诫是用同一块石头刻成的。

帕奈尔的生活证明他属此相。约翰·莫利 [1] 在提到他时曾说，帕奈尔的思想就他所知是最不散漫的，所有实际的好奇心都已丧失，而个人目标还未加入，哲学和艺术的好奇心还未发现。他给同时代人留下一种无动于衷的印象。然而他的一位追随者记载说，在一次看似粗蛮无情的讲演后，他的双手满是鲜血，那都是他用指甲挖出来的。在委员会十五号房间内一次平静的讨论过程中，他的一位追随者大吃一惊：帕奈尔这位极其寡言的人在提到性交时却滔滔不绝，就像一位数学家谈到某种算术量一样。这位追随者因此拂袖而去。帕奈尔夫人说，在布赖顿码头一个风雨交加的夜晚，当他的力量达到顶峰时，他曾把她举起来托在水面上。她静静地躺在他两只手上，知道只要动一动，他俩就会一起淹死。

1　John Morley（1838—1923），英国政治家、批评家。

十二　第十一相

意志：意象焚烧者。

面具（来自第二十五相）。真：拒绝；假：道德冷漠。

创造性心灵（来自第十相）。真：道德变革；假：自我亵渎。

命定的躯体（来自第五相）：强制的信仰。

例子：斯宾诺莎、萨伏那洛拉 [1]。

个人关系、声色、享乐，以及各种粗野的行为，使第九相与其主体性分开；而人们出于实际目的的联想，出于这类联想的情感，或具有普遍兴趣成分的悲剧性的爱，使第十相与其主体性分开；而信服的兴奋，有组织的信仰的感染，或出于自身原因对组织的兴趣，则阻碍了第十一相。第十一相的人是半隐居者，他维护孤独，却无能或不愿意拥有这种孤独。他的面具来自抽象信仰的相位，不断为他提供大量数学公式一般与他天性相反的东西。后面将看到，正如第二十四相创造模式、第二十五相创造信仰系统一样，这里的面具将一切对于笨伯和无赖来说过于困难的东西都排除掉；但第十一相的人创建系统，并诉诸某种信念的疯狂，想把为理智而理智的理智变为可能，而且或许他对循规蹈矩的习惯性思维感到愤怒，想把理智之外的一切变为不可能。他将成为这一切的对立物，并被其命定的躯体所征服。他的命定的躯体

1　Girolamo Sarvonarola（1452—1498），意大利宗教改革家，佛罗伦萨神权共和国领袖，1498 年被教皇下令逮捕处死。

（来自第五相，一般的本能初次与沉思联合）被某种信仰能传播的某种普遍兴趣夺去，他被迫以某种个人的骄傲形式取代理智的愤怒，因而成为正统的傲慢的高级教士。

在斯宾诺莎身上，人们发现了该相位最纯粹、最有力的形态。他在最个人的灵魂表达中看到了神圣的能量，并且穷其一生，以证明这种表达并非像表面看去的那样是无政府主义的形式，而是为世界幸福而努力的表现。在其命定的躯体的影响下，他的面具将迫使他从对外界强硬事物的屈服中寻求快乐；但创造性心灵会破坏外界流行的习俗，而创造性心灵所解放的面具首次使对上帝坚定的信念成为可能。人们想象他是那个时代众多神学家中的一个，他或许一直在寻找某种准则，为普通的头脑寻找牧羊犬，而将自己变成纯粹的狼，向荒野走去。他的泛神论对于他这样的学者来说当然很受欢迎，但对于法官或主教的辩术来说几乎毫无帮助。通过他冷静的解释（他很以自己著作中的数学形式而自豪），人们推测出在他传记中没有记载的他与父辈和家族的争吵，这种争吵几乎使他心碎。没有命运的一击，任何天性都不会自分为二。

十三　特征的开启，等等

就在巨轮上写有"心"的位置前一点，特征的分裂或开启开始了；这种运动到第十五相之前一直在增长，然后到写有"头"的位置开始衰落；在那一点上它们又一次闭合。对立特征据说在第十一相开启，而根本特征在第十二相开启。

当特征开启时，即当观察让位给经验，生命获得自知或可能性，四种机能便作为四种品质在经验或知识中沉思自己，意志作为本能（或种族），面具作为情感，创造性心灵作为理智，命定的躯体作为欲望。

在第十五相特征的内部交换之前，对立被反映为理智和欲望，根本被反映为情感和本能。第十五相之后，情况正相反。当情感和本能作为一体活动时，它们是爱；而理智和欲望在一起时是恨。第十一相之前和第十九相之后的所有相位中，除去第二十六相和第四相之间的那些相位，尤其是在第八相和第二十二相附近的那些相位，人通过行动后的爱和恨来了解自己；在第二十六相和第四相之间，爱和恨本身是不可知的，因为它们是一体，就像命定了一样。

爱，是指那种特定的统一，天性趋向于它，或是指那些确定它的意象和思想的统一；恨，是指所有阻碍那种统一的恨。在第十二相和第十八相之间，人所寻找的统一是生命的统一，它不会与第十五相的完全主观性相混淆，因为它暗示了对立和根本生活的和谐，而且第十五相没有根本。在第十二相和第十八相之间，为统一而进行的斗争成为自觉的，并有获得的可能。所有对立性都控制着根本性机能的增长，生命几乎变成完全是注定的（predestined），而不像在根本相位那样，是命定的。它在自己内部进行斗争，因为它现在必须将其本能与情感、理智与欲望协调起来，不是按照某种特定的行为，或为了它的缘故，而是按照自身即统一这一观念。随着这种变化，性爱成为生活中最主要的事情，因为异性是命定（fated）与选定（chosen）的天性——意象和命定的躯体。

生命的统一趋近时，文学风格最伟大的美成为可能，因为思想富于质感及乐感。一切感动我们的都与我们可能的统一相联系；我们对抽象和具体的事物都同样不感兴趣，只有当我们说"我的火"，因而将它与"火"（the fire）和"一堆火"（a fire）区分开来，火才显得明亮。每一种情感都开始与其他情感相关联，就像各个音符相互关联一样。我们轻轻拨动某根琴弦，便同时把别的琴弦也置于和谐的颤动之中。

十四　第十二相

意志：先驱者。

面具（来自第二十六相）。真：自我夸张；假：自我抛弃。

创造性心灵（来自第十八相）。真：主观的哲学；假：两种表现形式之间的战争。

命定的躯体（来自第四相）：强制的理性行动。

例子：尼采。

一个人处于此相位就是出离本相位，完全是一种反作用，从一种自觉的姿态被赶到另一种，并满怀犹豫；如果他忠实于相位，会是一只仅记得自己的盈满的杯子。他的相位由于零碎和暴烈，而被称为"先驱者"。人主要以其实际关系界定自己的那些相位已经结束，或正在结束，而主要以其思想的意象界定自己的相位已经开始，仇恨外部命运的相位已让位于仇恨自我的相位。这是一个具有巨大能量的相位，因为四种机能等距。各种对立（意志和面具，创造性心灵和命定的躯体）由不一致所平衡，四种机能由于在一致与对立之间等距，所以强度最大。本性意识到最大限度的欺骗，被变成对自我的真相的狂乱欲望。第九相位如果曾有过可能性最大的"自身欲望中的信仰"，那么这里则最有可能产生对个性创造的价值的信仰。所以首先这个相位是英雄的相位，是超越自己者的相位，所以不再像第十相那样需要屈服于他人，也不再像第十一相那样需要他人的信服来证明自己的胜利。孤独终于诞生了，虽然这种孤独受到侵犯，并且难于守卫。在此也不再需要第十一相那种裸露的解剖；每一种思想都伴随着声音和比喻出现，生命的圣洁不再来自它与事实的关系，而是来自它与自身统一的接近。从此相位开始，我们将遇到某些男人和女人，对于他们来说，事实是危险的麻醉或陶醉。事实来自命定的躯体，而命定的躯体来自本能达于最有说服力的相位——在沉思完成之前。他被一连串意外所追逐，除非他对立地面对它们，否则它们将把他赶进各种与他本性相反的暂时的野心中，也许还让他与自己的反对派联合起来（第四相理智化的家庭或邻居），而他通过某种肤浅的理智行动——小册子、粗暴的演讲、流氓的刀子——来维护这种野心。他一生都在狂暴地主张某种老生常谈，时而又去主张某种除了把自身与创造了它的环境区分开来之外一无是处的教条。但是，如果他以对立生命的觉醒去面对这些事件，那么就会出现一种崇高的挥霍，一种个人生命之泉的满溢。他转向真面具，用哲学的理智（创造性心灵）将它与一切有关时事的和暂时的事物分开，并宣布一种哲学，这种哲学是对其欲望对象的有逻辑的思想表达。源于可怕的第二十六相（被称为"驼背"之相）的真面具，与一切感性事物刚好颠倒，感情冷漠；它不是数学的，而是大理石般纯粹的，因为理智的抽象在第十一相就停止了。面具出现时，创造性心灵像月光下的泉水般孤独；然而人们必然不断地将意志（现在正接近敏感的最微妙性，越来越认识到它的弱点）与它将要变成的孤独、冷静、傲慢的面具区分开来，就像区分创造性心灵与意志不一致；在创造性心灵里绝对没有任何东西从生活中退缩。人跟随一个意象，它是由创造性心灵从命运所提供的东西中创造出来或选择出来的；他将迫害并支配这个意象；而这个意象在具体和感官的意象之间摇摆。它已成为个人的；现在有了一个选定的美的形式，虽然还没有以后那样明确，而性的意象是用钻石画的，给雕刻家有时画在雕像上的那些苍白的面容染上一层淡淡的色泽。像第十五相之前的所有人一样，这类人充满对自身弱点的认识，除了意象和面具，再也不知道别的力量。

十五　第十三相

意志：感官的自我。

面具（来自第二十七相）。真：自我表达；假：自我吸收。

创造性心灵（来自第十七相）。真：主观的真理；假：病态。

命定的躯体（来自第三相）：强制的爱。

例子：波德莱尔、比亚兹莱[1]、厄内斯特·道森[2]。

　　据说这是唯一可能完全耽于感官享乐的相位，也就是说，这种感官享受不含任何其他成分。现在可能有一种完全理智的统一，通过思想意象所理解的生命的统一；命运（躯体完整而从容的第三相）对此是反对的，命运提供了相同感觉的圆满及完整。意志现在是情感经验或感觉的一面镜子，看其是被面具还是被命运所摆动。虽然意志转变为情感或感觉的每一个印象，但它通过对真理的激情（创造性心灵）变成意志的对立，并从处于圣者之相（第二十七相）的面具接受处女般纯洁的情感。如果它客观地生活，也就是说让自己屈服于感觉，它就成为病态的。在长期的分析之光下（处于一个分散相位的创造性心灵），他看见每一感觉都与其他感觉分离。第十三相是极其重要的一相，因为它是最理智主观的相位，在对立生活中与在根本生活中的圣洁相一致，只有在这里才能完美地获得；并非自我否定，而是为表现而表现。它的确影响了某些作家的文学批评，使他们把批评中思想的诚挚提高到圣洁在神学中的位置。在此相位，在与命定的躯体的斗争中，自我在其内部发现了情感病态的形式，别的人将这些形式看作他们自己的；因为圣人也许会染上别人身上的疾病。他几乎总是专注于那些比喻、象征和神话意象，而我们正是通过这些来解释任何看似最奇怪的病态。自我仇恨现

1　Aubrey Beardsley（1872—1898），19世纪末最伟大的英国插画艺术家之一。

2　Ernest Dowson（1867—1900），英国诗人、短篇小说作家。

已达于顶点，通过这种仇恨，出现了理智之爱的缓慢解放。有胜利的时刻，也有失败的时刻，各处于其极端的形式中，因为主观的理智还丝毫不懂得节制。随着根本特征的减弱，量的感觉也已减弱，而对立的特征专注于质。

若不是从第十二相，那就是从现在起，直到过了第十七相或第十八相，愉快的爱情很罕见。因为男人如果要寻找强烈的性吸引，就必须找到一个女人，她的面具落在他的命定的躯体和面具之内，或稍微偏出一点，否则选择的范围就会越来越小，而生活只会变得更具悲剧性。这种女人越来越难以找到，每一种心爱的东西也越来越难找到。缺乏合适的客体，人和魔之间的关系越来越明显地变成一种斗争关系。

十六　第十四相

面具：执着的人。

意志（来自第二十八相）。真：安详；假：自我不信任。

创造性心灵（来自第十六相）。真：情感的意志；假：恐怖。

命定的躯体（来自第二相）：强制的对世界的爱。

例子：济慈、乔尔乔内[1]、许多美丽的女人。

当我们接近第十五相时，个人的美有所增加，在第十四

1　Giorgione（1477—1510），意大利文艺复兴时期威尼斯画派画家。

相和第十六相，最伟大的人类美成为可能。生命的目标应是将那些作为欲望的意象与命定的躯体的兴奋和混乱分开，并在某些环境下，使这些客体带有面具的全面特征。来自第二十八相的面具，卷入或消失于自身之中。正是这种始于概念的理智的行动，赋躯体以美。命定的躯体源于体力最大的相位，但这种孩子般的体力毫无目标；命定的躯体抵制这种卷入，它所提供的对象，却并不比它们的兴奋及基本甜蜜多多少。欲望的对象与面具分离而隶属于面具，孤立而静止（来自暴烈的分散相位的创造性心灵），第十三相，甚至第十二相的意象也稍具这种特征。当我们把这些意象与后面任何一个相位的意象相比较时，每一意象都显得似乎因其自身原因而得到探究；它们似乎是在宁静的空气中飘荡，或是深藏在某个山谷中；如果它们运动，它们就好像是随着某种最终将回到同一音符的音乐而运动，或是像一种回环复沓、永不停息的舞蹈。

当生命出离相位，并被根本的好奇心所诱惑，生命意识到自己的根本的虚弱，生命的理智则变成理解的激情，或是对孤寂的畏缩；生命甚至会发疯；或者也许会利用自知的虚弱和不断的恐怖作为获取他人同情心的磁铁，将其作为一种支配方式。在第十六相将发现一种欲望，它接受每一种可能的责任；但现在责任受到谴责，而这种谴责又成为力量的工具，由别人抬起的负担。那些最美丽动人的女人于此诞生。海伦出于此相位，她带着一种美妙的个人原则出现于心灵的眼睛前，仿佛要把她整个生命塑造成一个统一的对立能量的意象。她看似温柔恬静，却不断用金刚石在玻璃上画。然而她不会把任何未破坏个人原则的事情算作她的罪过，不管按别人的原则看起来如何；但如果她破坏了自己的原则，她不会欺骗自己。尽管她举止慵懒，以及对别人的行动漠不关心，但她的思想永无安宁。她将孤零零地游荡，仿佛是在冥想她那月满时将出现的杰作，那杰作人眼是看不见的；而当她回到家中，她将用胆怯的目光注视她的家人，就好似所有自我保护的力量都已被夺走。她从前暴烈的根本特征，除了一种奇异而不负责任的天真，什么也没有留下。由于高贵，由于对立能量的过度，她早期的生命也许充满危险。对立的能量如此限制了渐渐消逝的根本，以至它不过是翅膀无力的拍动，或是遁入忧郁的静止，并未成为对那些能量的表达。危险越大，她便越接近于根本与对立的最终联合，那时她对什么都再无欲望；也许通过欲望的虚弱，她看似理解了一切，其实她什么也不理解；她看似在服侍什么，其实她什么也没有服侍。难道不是由于她欲望如此小，奉献如此少，男人才在她的服侍中死去或被谋杀吗？我想起罗丹的《永恒的偶像》(*The Eternal Idol*)：那个跪着的男人双手交叉于背后，带着谦卑的崇拜，吻着一位少女乳房下的部位，而她双目微合，朝下看，什么也不理解。也许片刻之后，我们会看到她面颊通红，把钱扔在赌桌上，我们会困惑于为什么行动与形式不一致，而我们并不知道愚人的面具是她选定的小丑彩衣。在死亡与静止之前，我们也不会理解她的恐怖。我也想起伯恩·琼斯[1]的

1　Edward Burne-Jones（1833—1898），英国画家、图书插画家、彩色玻璃和马赛克设计师。

女人，而不是波提切利[1]画的那些好奇心太重的女人，也不是罗塞蒂[2]画的那些欲望太强的女人；在心灵的眼睛前，我们看见那些纯洁的面孔聚集在"亚瑟的睡梦"四周，或拥聚在"金色的台阶"上，我们猜想她们是否会由于某种狂乱、某种纯刺激的激情，或是对某种毒品的屈服而使我们充满惊惶。

在属于这个相位的诗人身上，人们发现作为陶醉或麻醉的命定的躯体的印痕。华兹华斯惊恐于他的孤独，把他的艺术注入几页见解平庸、情感平平的书页里；济慈的诗中却有种直接诉诸人的感官的东西——虽然很少性的刺激——它使我们能深深记住舌头上的辣味，好似那就是他的象征。思想消失于意象中；济慈在某些方面是完美的典型，理智的好奇处于最弱阶段；在他最好的诗作中，几乎所有意象的主观性都由于某些大诗人、画家、雕刻家的使用而得以提高。生命几乎达到了自我塑造的终点，这种塑造的顶峰就是专注于时间，那时空间在头脑中只不过是象征或意象。即使在表现的细节里，也极少有观察，一切都是梦幻；但在华兹华斯身上，客观地说，灵魂日益加深的孤独已将人类降低为瞬间描写出的山湖之间人物淡淡的轮廓。1870年后，绘画中相应的天才是蒙蒂切利[3]，也许是康德[4]，但康德身上有某些前一相位的成分。

1　Sandro Botticelli（约1445—1510），欧洲文艺复兴早期佛罗伦萨画派的最后一位画家，也是意大利肖像画的先驱。代表作《春》《维纳斯的诞生》《三圣来朝》等。

2　Dante Gabriel Rossetti（1828—1882），出生于英国的意大利罗塞蒂家族成员，是19世纪英国拉斐尔前派重要画家。

3　Adolphe Monticelli（1824—1886），法国画家。

4　Charles Conder（1868—1909），澳大利亚画家、平版画家和设计师。

所有那些生于第十五相之前的人，因为命定的躯体不确定的能量，都屈从于暴力；这种暴力似乎纯属偶然，无法预见且残酷无情——这里的女人都被强盗劫走，或被小丑迷惑。

十七　第十五相

意志
面具（来自第一相）
创造性心灵（来自第十五相）　除完全的美外别无描述
命定的躯体

命定的躯体和面具现在是同一的；意志和创造性心灵是同一的；或者不如说创造性心灵融于意志，命定的躯体融于面具。思想和意志不可分，努力和收获不可分；这是不断完美的缓慢进程；除了梦想的意志和它所梦到的意象，一切都不明显。自第十二相以来，所有意象及心灵的节奏都表达了意志和思想、努力和获得的这种聚合，从而使思想感到满意。"音乐性"与"诉诸感官"等词语不过是聚合过程的描述。人们已开始寻找思想，不是作为手段，而是作为目的——诗、绘画、幻想等都已自足。然而，理解时不可能将意志同创造性心灵的合并与面具同命定的躯体的合并分开。没有面具和命定的躯体，意志就没有可欲望的东西，创造性心灵就没有可理解的东西。自第十二相以来，创造性心灵已被对立特征如此渗透，越来越把它对于实际事物"局限于那些意志所欲望，并代表思想"的意象事物上。生命已经选择、反复铸造并缩窄它的生活圈子，它越来越像艺术家，变得越来越"卓越"。现在冥想和欲望结合为一体，生活在这样一个世界上：每一心爱的意象都有肉体形式，每一肉体形式都被人挚爱。这种爱对于欲望一无所知，因为欲望暗示努力。虽然还存在着与所爱对象的分离，爱情却把这分离作为自身存在的必需而加以接受。命运以它赋予宿命形式的边界而为人所知，而且因为我们对那种形式以外的东西不能有任何欲望，所以命运也是对我们自由的一种表达。机会和选择在不失其身份的情况下，已能够内部交流。所有的努力都已停止，所有的思想都已成为意象，如果思想不是在恐惧或冥想中被带往自身的毁灭，任何思想都不会存在；每一意象都与其他意象相分离，如果意象与意象相联，灵魂就会从其不可动摇的昏睡中醒来。生命作为思想所加以体验的一切，在它的眼中是可见的一个整体，生命就是以这种方式感知所有存在的秩序，不是按照别人，而是按照自己的感知。生命自身的躯体具有最大可能的美，灵魂将永远居住在这个躯体之中，而所有的相位都已按分配的数字重复完毕：我们称之为净化的天体。当生命出离相位，设法通过对立的相位来生活，仿佛它们原本是根本时，有了孤独的恐怖，痛苦而缓慢的接受，一种被噩梦所追逐的生活。即使最完美的人也有一段痛苦的时间，一种通过梦幻的阶段，在幻象中魔将自己启示为最终的意义。据说在此阶段，耶稣哀恸于时间的漫长及人的命运与人的不相配，而他的先驱者曾经哀恸于，他的后继者也将哀恸于时间的短暂及人与其命运的不相配；但这一点现在还无法理解。

十八　第十六相

意志：积极的人。

面具（来自第二相）。真：幻觉；假：错觉。

创造性心灵（来自第十四相）。真：强烈；假：固执的意志。

命定的躯体（来自第二十八相）：强制的幻觉。

例子：威廉·布莱克、拉伯雷[1]、阿雷蒂诺[2]、帕拉塞尔苏斯[3]、一些美丽的女人。

第十六相与第十四相形成对比，虽然它们在极端主观性这一点上有相似之处；第十六相具有来自"愚人"相位（一个吸收的相位）的命定的躯体，来自"孩子"相位（一个精力充沛而漫无目的的、为肉体本身而生活的相位）的面具；而第十四相具有来自"孩子"相位的命定的躯体，以及来自"愚人"相位的面具。命运将漫无目的的兴奋抛到第十四相，而第十四相在其内部发现了一个对立的梦；第十六相有一个抛在自身上的梦，在其内部发现了一种无目的的兴奋。这种兴奋，以及这个梦，都是幻觉，所以自身作为强烈扩散能量的意志，不得不使用它的理智（创造性心灵）在幻觉之间进行

1　François Rabelais（约 1493—1553），文艺复兴时期法国最杰出的人文主义作家之一，其主要著作是长篇小说《巨人传》。

2　Pietro Aretino（1492—1556），意大利威尼斯作家，从事艺术批评，提香的朋友，在罗马时曾与米开朗基罗和拉斐尔有过接触。

3　Paracelsus（1493—1541），中世纪瑞士医生、炼金术士、占星师。

分辨。二者都是幻觉，因为根本天性还如此微小，事实的感觉完全不可能。如果意志使用最狭隘、最坚定、在综合中最为残忍而对人类来说是可能的理智，来脱离漫无目的的孩子（例如：在孩子的玩具中发现面具和意象），意志就会发现灵魂最光辉的表达，并以某种仙境、智慧或笑的神话环绕住自己；意志自身的扩散，向外界混乱无疆界的奔突，在第十五相的沉睡之后，已找到意志的对立物，因而也找到了自知与自控。但是，如果意志让其理智屈从于命定的躯体，那么理智所有的残忍与狭隘将在对一个又一个荒谬意图的服侍中显示出来，直到最后只剩下固定的思想与歇斯底里的仇恨。通过这些源于吸收相位的目的，命定的躯体把意志赶回到其客观性，并破坏面具，直到意志在这些面具中只能看见其欲望的客体。命定的躯体并不因恐惧而仇恨，正如对立的情感不断增加的相位一样，而是仇恨那些反对欲望的事物。命定的躯体一无所长，只有一种无能的理想主义（因为它除了在神话中，或是为神话的辩护中，别无思想），这肯定是由于它看见一面全是白的，另一面全是黑的缘故；只有梦中的龙和圣乔治 [1]。在此相位的人身上，一般都有两种天性，要忠实于相位是一场无休止的斗争。一会儿他们满怀仇恨——布莱克笔下"佛来芒和威尼斯的魔"，或是他的某幅被"斯多达特邪恶的咒语"所破坏的肖像——他们的仇恨总是近于疯狂；过一会儿他们又产生出阿雷蒂诺和拉伯雷的喜剧，或是布莱克的神话，并发现了象征手法，用它来表达思想的外溢和迸

1　Saint George（?—303），英国保护圣徒，民间一直流传着他屠龙的故事。

发。总是有一种疯狂的成分，在某些光彩熠熠的浓缩意象中总有一种喜悦；在铁匠铺里，在心里，在人类充满活力的发展形式里，在日晷里，在性器的某种象征式呈现里：因为生命总因它对自身的无条理的胜利而扬扬自得。

从第八相起，人越来越倾向于以时间来评定什么是正确的，正确的行动或动机，就是他认为可能并且想要永恒地思考或做的；他的灵魂"在一瞬间永恒地占有了自我"；但现在他又一次开始以空间判断行为或动机。正确的行为或动机对于其他处于类似环境下的人很快就会变得正确。迄今为止，行为或动机完全正确，是因为它对一个人完全正确，虽然这永远只对那一个人来说是正确的。在这种变化之后，对灵魂永恒的信仰逐渐衰落，但这种衰落过程非常缓慢，一直要到过了第一相才能恢复。

此相位的人中，也许有伟大的讽刺家、伟大的漫画家。但他们怜悯美，因为美是他们的面具；而憎恨人，因为人是他们的命定的躯体，所以他们与那些根本相位的人不同。例如伦勃朗，他就同情丑，对美感到难过，把它称作枯燥，或是转身走开，暗自鄙视或仇恨它。这里也有美丽的女人，她们的躯体戴上了真面具的意象，在这些人身上有一种灿烂的强度，就像伊丽莎白体抒情诗里的"燃烧的婴儿"。她们走起路来宛若女皇，背上像是背了一袋箭。但她们只对那些被她们选中或征服的人才温柔，要不就是对那些跟在她们身后的狗。她们慷慨无度，幻想无穷，嫁给乞丐而终身不二，因为乞丐像一幅宗教画；或者看中一打情人，死时还坚信除了第一个或最后一个情人，谁也没碰过她的嘴唇，她们是那些

"其贞洁像月亮般更新"的女人。出离相位后，如果她们的恋人在全是自己人的四步舞中迈错了一步，或是被幻觉攫住时不加提示就变换舞步，她们就会变为泼妇。也许躯体的确是完美的，但头脑总有点不完美，总有对面具的拒绝或不足：出于相位的维纳斯选中了瘸子伏尔甘[1]。这里也有一些极丑的人物，他们的躯体被新的根本撕扯扭曲，但躯体具有这种丑陋时，精神的圣美便成为可能。这的确是唯一使丑陋成为可能的对立的相位。

从此相位起，我们会遇见那些使用暴力的人，而不是忍受暴力的人，并会见到那些爱真的人，而不是爱心灵意象的人，但这种爱不过是忠诚的"刻板观念"。随着新爱的增长，美感逐渐消失。

十九　第十七相

意志：魔性的人。

面具（来自第三相）。真：由强度产生的简化；假：分散。

创造性心灵（来自第十三相）。真：源于对立情感的创造性想象；假：强制的自我实现。

命定的躯体（来自第二十七相）：强制的代价。

例子：但丁、雪莱。

1　Vulcan，罗马神话中火和锻冶之神。

他被称为"魔性的人"，这是因为生命的统一以及魔的思想的随之表达在此相位比别的相位容易得多。与第十三相和第十四相相比——在这两相，精神的意象彼此分离，以便从属于知识——现在所有的东西都在流动、变化、震颤、哭喊，或是混入别的东西中；但与第十六相不同，因为它们互相不会摩擦破坏，第十七相作为其三元组的中间相位，不会疯狂。意志在破碎，但没有爆炸和噪声。分散的碎片寻找意象而非思想。而位于第十三相中的理智，徒然地要综合这些片段，用它的罗盘针尖画一条线，形成一个爆裂的豆荚的轮廓。生命的最高目标就像第十六相一样（以后所有的对立相位也一样），要把这种分离的混乱瞒过自己和他人，同时又把它们隐藏在第三相情感意象下面；正如第十六相将其更大的暴力隐藏在第二相情感意象下面。忠实于相位时，生命必然以综合性的力量完成此任务。它发现的不是第十六相所发现的充满热情的神话，而是简单与强度的面具。此面具可代表理智或性的激情，类似亚哈随鲁[1]或亚他那修[2]；是《神曲》中憔悴的但丁；它相应的意象是雪莱的幽兰尼、但丁的贝雅特丽齐，甚或是"天国的大黄玫瑰"。当忠实于相位，意志在戴上面具时戴上一种强度，这强度从来不带戏剧性，而永远是抒情的、个性化的。虽然这种强度是有意戴上的，但在别人看来是生命的魅力；而意志一直意识到命定的躯体，它不断破坏这种强度，使意志自己"分散"。在第三相，不是

1　Ahasuerus，《圣经》上记载的古波斯国王。

2　Athanasius（298—373），东方教会的教父之一，埃及亚历山大城的主教，因不满君士坦丁大帝的作为，遭到贬黜和流放。

作为面具而是作为相位，应该有躯体的完美或平衡，尽管没有美或情感强度；但在第二十七相是那些脱离开第三相所代表的事物的人，他们寻找那些无法识别的事物。所以来自一个"放弃"相位的命定的躯体意味着"丧失"，从而使"借助强度的简化"成为不可能。生命通过理智选择了某种欲望客体，将面具作为意象呈现出来，这客体也许是某个妇人，而命定的躯体夺走了这个客体。然后理智（创造性心灵）——在最对立的相位被称为想象力——必然更换某个新的欲望客体，其力量及获得统一的程度与失去的东西有关，理智把失去的及被夺走的，与新的欲望客体及威胁新意象生命的统一的东西联系起来。无论它的统一已经过去，还是尚未到来，生命都忠实于相位。生命会用理智把面具与意象作为心灵选定的形式或概念。如果生命出离相位，它将避免这种主观冲突，默认并希望命定的躯体死去；然后面具就会缠住它，意象就会引诱它。生命会感到自己被出卖、被迫害，直到卷入根本冲突，它对所有破坏面具和意象的东西都大发雷霆。它将屈从于噩梦，它的创造性心灵（由意象和面具转向命定的躯体）赋予所有激起他的事物以孤立的神话或抽象的形式。生命甚至令梦想通过占有其相反相位非个性的命定的躯体，占有对于桌子及坟墓台石交替产生激情的命定的躯体，从而逃脱噩运。由于综合的习惯，在能量的作用下变得愈加复杂（这引起很多兴趣），且由于对事物重量与体积仍旧模糊的感知，此相位的人几乎总是党徒、鼓动家和喜群的人。但由于简单的面具把猎人、渔夫空寂的生活，以及"恬淡的情感所挚爱的树林"举到他们面前，他们厌恨党派、煽动及人群。

雪莱出于此相位，他写小册子，梦想改变这个世界，或是梦想鼓动群众推翻政府，然后一次次回复到那两个孤寂的意象：一位由于思想负担白了头的年轻人；一位在满是贝壳的山洞里的老人，当他向苏丹演说时，可以说"他像上帝或你一样难以接近"。另一方面，雪莱是多么屈从于噩梦！他看见魔靠在树上，被想象中的刺客所杀，并遵从他认为的超自然的声音；他创造了"倩契"，给了贝雅特丽齐·倩契一位不可思议的父亲。他政治上的敌人是庞然空洞的意象。与两个相位之后的拜伦不同，雪莱无法看清任何反对他的事物。但丁哀痛自己的流放，对他这样的人来说，那是一切可能发生的事情中最糟糕的，因为他为他失去的孤寂叹息；但他离不开政治，照当时的一个人说，他完全是一个党棍，而且如果有哪个小孩或妇女说点什么反对他的党的话，他会用石头砸那妇女或小孩的。然而作为诗人的但丁，已获得生命的统一——诗人看到一切秩序井然——并且获得了只服务于面具的理智，这种理智甚至强迫反对它的也为面具服务，它无论看到善或恶，都感到心满意足。另一方面，在作为诗人的雪莱身上，这种统一也只是部分的获得，但雪莱发现了对他的"丧失"的补偿。他用对人类未来的希望补偿失去孩子、与前妻的争吵、后来的性失望、流放，以及他人的诽谤。据雪莱说，当时只有三四个人不认为他是邪恶的妖怪。他缺乏"恶的幻象"（Vision of Evil），无法将世界设想为连续的冲突，所以，他虽然无疑是个大诗人，却不是最伟大的。但丁忍受了各种不幸以及失去贝雅特丽齐的痛苦，但发现了神圣的正义和天国的贝雅特丽齐，而获得解放的普罗米修斯的正义，是一种暧昧的宣传家的情感，等待他的女人们不过是些云朵。这部分由于雪莱所生活的时代本身是如此破碎，以至真正的生命的统一几乎完全不可能，但部分由于他出于此相位——至少从其实际原因来看是如此——他屈从于一种下意识，并将其误以为是诗歌的发明，尤其是在较长的诗中。对立的人们（第十五相之后）利用这种下意识逃避仇恨，或把它藏于他们自己看不见的地方，也许迟早在疲劳的时候，他们就自己屈从于狂想出来的意象，或是一阵几乎机械的笑声。

我已经在《宁静的月色中》（*Per Amica Silentia Lunae*）中讨论过兰多了。他是人类中最暴烈的，利用他的理智来破坏完美的圣洁（第三相的面具）幻想的意象，这意象总是在所能想象出的、最安详、最优秀的艺术中见到。他具有他那个年代所允许他具有的最多的生命的统一，并具有"恶的幻象"——虽然还未完全具有。

二十　第十八相

意志：情感性的人。

面具（来自第四相）。真：情感带来的强度；假：好奇。

创造性心灵（来自第十二相）。真：情感的哲学；假：强制的法则。

命定的躯体（来自第二十六相）：强制的幻灭。

例子：歌德、马修·阿诺德[1]。

对立特征在此相关闭，生命逐渐失去对原先的对立生活的直接认识。属于他统一情感生活的部分，与他和别人相同部分之间的冲突正在结束，已开始摧毁那种直接认识。《恋人夜曲》(*A Lover's Nocturne*)或《西风颂》大概已不再可能，当然更不会有这种典型。如果他没有行动及有关行动的理智，他几乎无法再造他的梦幻生活；当他问"我是谁"时，他发现很难考察各种思想的相互关系，以及各种情感的相互关系，但发现很容易考察它们与行动的关系。他能以一种新的清晰来考察那些行动。自第十二相以来还是头一次，歌德的话差不多是真的："人类永远无法通过思想来认识自己，而只有通过行动。"同时，对立特征不再采用从前的努力或自我分析，开始获得它的行动形式，即爱（作为情感和本能的结合的爱），而在出离相位时，是感伤。意志试图用某种情感哲学的形式（面具）从"幻灭"中解脱出来，与第十六相"错觉"的连续不同，因为它允许间歇的觉醒。意志正关闭它的对立，从意象生活转向理念生活，它彷徨、好奇，它在一个来自各种机能均可完美的相位的面具中，寻找在对立地思考时，可以成为情感的智慧那种东西。在下一个相位中意志行将崩溃，而只有通过有意的经验平衡（第十二相的创造性心灵，第二十六相的命定的躯体）来保持意志的统一，所以意志必然渴望那个智慧仿佛是偶然的物理事件的相位（虽然那

1　Matthew Arnold（1822—1888），英国诗人、批评家。

相位转变为情感的生活）。意志的欲望对象不再是激情的单一意象，它必然将一切都与社会联系起来；这人不寻求圣人，而是英明的国王，不是亚哈随鲁，而是一位智慧的母亲。也许现在是头一次，不含美与功能地对真实女人（"幻灭"一旦被接受）的爱是一个得到承认的目的，虽然还未完全实现。命定的躯体来自"知识的智慧"已迫使面具和意象成为知识的客体，而非欲望的客体的相位。歌德并未像贝多斯[1]所了解的那样娶了他的厨娘，但也肯定没娶他所欲望的女人，这女人死时他痛苦表明他能爱那些幻灭的苦果，而不像第十六相或第十七相的人那样忘掉玩坏的玩具。当歌德试图客观地生活时，他以情感的智慧代替好奇心，他会人为地发明欲望的客体。他也许会说这样的话，"我以前从未爱过耍蛇人"。虽然这句话可能是后边相位的人说的；假面具会压迫他、追逐他，他拒绝冲突，在每一次人为选择时逃离真面具。夜莺会拒绝荆棘，留在意象中，而不飞入理念。他仍处于幻灭之中，但他无法通过哲学来代替欲望，生活已拿走了它所带来的爱。在示图中，意志靠近标着头的位置，即使意志冷漠或有意地忠实于相位时，也能使它选择真面具，而创造性心灵来自"心的智慧"的相位，因而更富激情，比起意志在第十六相或第十七相那种情况来说，不那么微妙精巧，不那么爱争辩或是激烈。在头那个位置的意志完美地使用心，而由于不断增长的根本性，意志开始意识到一群观众，虽然现在意志还没有像第十九相将显示的那样，为了效果而有意将面具戏剧化。

1　Thomas Lovell Beddoes（1803—1849），英国诗人，曾在德国做过医生。

二十一 第十九相

意志：武断的人。

面具（来自第五相）。真：确信；假：支配。

创造性心灵（来自第十一相）。真：情感的理智；假：不忠。

命定的躯体（来自第二十五相）：强制的行动失败。

例子：邓南遮[1]（也许）、奥斯卡·王尔德、拜伦、某位女演员。

此相位是一切做作、抽象、碎片和戏剧的开始。生命的统一不再可能，因为生命被迫生活于自身的碎片之中，并将此碎片戏剧化。根本特征正在关闭，与行动有关的对自我的直接认识不复可能。生命所完全了解的，只是为了行动而判断事实的自我的那部分。如果他按相位生活，他就为确信所控制，而不是为一种主导情绪所控制，并只有在他能发现这种确信时才有效果。他的目标是使用理智，而理智很容易转为雄辩和对情感的强调，所以它在生活中拯救确信。在此生活中只要理智的对象被热烈地欲望着，努力就一无所成。他渴望变得强壮而稳健，但由于生命的统一和自知都已逝去，而现在又不可能通过根本心灵去抓住另一种统一，于是他从强调过渡到强调。由确信（conviction）而来的力量源于第一个四分之一部分的一个面具，它不是建立在社会责任之

1　Gabriel d'Annunzio（1863—1938），意大利诗人、小说家。

上——虽然在别人看来可能是这样——而是无常地变幻以适应个人生活的危机。他的思想非常有效，极富戏剧性，总是出现于他自己所发现或创造的直接处境中，可能像令人兴奋的个性表达那样具有永恒的价值。这种思想总是公开地进攻，或是突然地强调，或是夸张，或是对某种要旨的热烈宣读。创造性心灵源于第十一相，他注定要尝试一切毁坏或妨碍个性的破坏，而这种个性总是被看作片段的、暂时的强度。在第三相曾受到威胁或曾失去对意志的控制，也许又彻底恢复了，但是象征少了，事实多了。来自梦的生命力已经死去，而来自事实的生命力已开始把征服真实世界作为最终目标。水道突然下降，水在较低的平面上继续流淌；冰化为水，或是水化为汽，出现了一个新的化学相位。

如果基于相位生活，此相位的人会对他人有一种仇恨或鄙视，此人会接受一种看法，认为他能将自己强加于人，而不是让自己信服。他专制而任性，他的理智被称为"不忠"，因为他只是为了胜利才使用理智，而理智片刻之后会改变它的背景，在新的强调中感到喜悦，而不管新的及旧的强调是否具有强度。面具来自乖戾开始的相位，技巧也在那个相位开始，面具还具有来自第二十五相的不一致，而第二十五相是能使做作成立的最后一个相位；因而命定的躯体是强制的行动失败。在此相位的很多人都最渴望行动，把行动作为表达的一种方式。不管这类人在相内还是相外，都渴望从生命的统一或任何朝向统一的趋近中逃脱，因为统一不过是幻影而已。只要灵魂还记得潜在的统一，就存在自觉的对立的虚弱。他现在必须通过意志将面具戏剧化，并在其内心深处惧怕那最强盛的旧对立特征的意象，但只要他能发现欲望，这个意象就可能看起来极其称心。被撕裂为两半时，那退逃也许会如此暴烈，以至把他带到假面具和假创造性心灵下面。某位女演员很典型，她在身边摆满了伯恩·琼斯晚期的绘画，并把它们作为圣像颠倒过来。她举止狂暴，自高自大，盛气凌人。画面是沉默女人的面孔，而她却一刻也没有沉默过；然而这些面孔并非像我当初想的那样是真面具，而是真面具所必须隐藏的不一致的一部分。假如她屈从于这些面孔的影响，她的艺术将变得虚伪，利用的是一种不再属于她的情感。我在王尔德身上发现了某些秀丽的、女性的东西，以及虚伪。这些东西来自他要逃避的欲望，来自他对第十七相和一些更早相位作家的崇拜，那些相位大部分暴烈、专横而傲慢。

对立的面具属于第十七相和第十八相的人，作为力量的一种形式，当他们受到诱惑将面具戏剧化时，戏剧化很合适，而且没有带来对力量的确信，因为他们不喜欢强调；但现在对立的虚弱已开始，虽然对立仍然是较强者，它却无法忽视发展起来的根本。对立不再是绝对的君主，它允许移权给政治家或煽动者，然而它经常更换这些人。

这里有那些会爱上抢劫或殴打他们的人的男女，仿佛灵魂陶醉于它对人类天性的发现，甚至在它欲望客体的战栗中发现一种秘密的喜悦。仿佛灵魂喊道"我将被占有"，或"我将占有人性。它是好是坏与我何干呢"。没有"幻灭"，因为他们已经找到了所要寻找的，只不过他们所寻找和发现的是一个碎片。

二十二　第二十相

意志：具体的人

面具（来自第六相）。真：宿命论；假：迷信。

创造性心灵（来自第十相）。真：面具的戏剧化；假：自我亵渎。

命定的躯体（来自第二十四相）：强制的行动成功。

例子：莎士比亚、巴尔扎克、拿破仑。

此相位与前一相及后面紧接着的那些相位相似，是生命裂开和细分的相位。精力总是在寻找那些可分开的、能更清楚地加以观察和表达的事实。但忠实于相位时，旧的统一有一种相似，或是有一种新的统一，不是生命的统一，而是创造性行动的统一。他不再试图通过确信把破碎的东西联结起来，不再把那些确信强加于自己和他人之上，而是设计一种戏剧化或多种戏剧化。他能创造，但只在他能把这些戏剧化看作与其自身分开，而又作为他整个天性的缩影的程度上进行创造。他的面具来自第六相，那里人按照根本特征初次成为一般化了的形式，就像在沃尔特·惠特曼的诗中一样，但他必须通过戏剧化将此面具从第二十四相命定的躯体解救出来。在第二十四相，道德统治在外部世界被设想为一个整体之前死去。命定的躯体可称为"强制的成功"，一种滚滚而出继而消失的成功，它通过创造而消融，对一切外流运动都感到欣喜，并用油和脂肪浸透一切；它把戏剧化变为亵渎：

"我在人前把自己变成一个小丑。"[1] 由于要把戏剧性意象，或意象群作为个体看待，就像把个人安放固定于环境中，他寻找行动的场所，而不是他自己的创造的镜子。与第十九相不同，他无法在完全由自己创造的场面中成功，他作品中的人物或故事必须借助历史。他的相位称为"具体的人"，因为开始于第十九相的孤独部分，在第二十相被超越；从属部分通过具体关系的发现而实现。他的抽象也受到这些关系的影响，也许不过是对诸如"上帝""人"等一般化说法的情感性的兴趣，一个拿破仑式的人物也许只会指着星光灿烂的夜空说，它们证明上帝的存在。在具体的意象中有一种喜悦，与第十七相、第十八相热烈的意象不同，与第十九相雄辩的意象也不同，这些具体意象通过复杂的受苦来揭示人的一般命运。然而，要表现这种苦难，他必须将其人格化而非直接刻画，必然创造而非观察杂多（multitude）；这种杂多就是他在镜中不断增殖的面具，因为根本性还没有强大到足以替代失去的生命的统一，那些外部世界曾被感知为事实。在一个行动的人身上，这种多样性提供了最大可能的丰富资源。他不受占星术、易塑性、接受各种刺激想象的角色的天赋、冲动和放肆的哲学的妨碍；但在行动的人身上，一部分天性必然被粉碎，一种主要的戏剧化或一组意象比起其他的更受到偏爱。

拿破仑把自己看作东征的亚历山大，面具和意象必然采取一种历史的而非神话或梦的形式，一种只能发现而不能创

1　出自莎士比亚的十四行诗。

造的形式，他加冕时所穿的是罗马帝王的服装。莎士比亚是此相位的另一位极端人物，如果我们靠仅有的少量传记事实，靠和他同时代的人加给他的诸如"和蔼""温柔"这类形容词来判断，他似乎是一个个性模糊、没有热情的人。他不像本·琼森[1]，从不决斗，他处于一个颇多争吵的年代却尽力避免争吵；甚至有人非法盗印他的十四行诗时，他也不抱怨；他在"美人鱼酒馆"[2]中并不出风头，但通过反映在另一面增殖着的镜子里的面具和意象，他创造出关于存在的最热情洋溢的艺术。他是现代诗人中最伟大的，部分原因在于他绝对忠实于相位，永远从面具和创造性心灵创造，绝不仅仅从境遇、命定的躯体创造；如果我们了解一切，我们就会看到成功达于他，是作为某种充满敌意、从未意料到的东西，是某种试图从外部强加于命运的本能（如第六相中的情况）的东西。莎士比亚和巴尔扎克都富于想象地使用过假面具，将它强加于真实，而莱克·哈里斯[3]——这个有点江湖骗子味道的美国幻想家——评论莎士比亚的话，对他们两人也适用："他的头发经常竖起来，整个生命变成了坟墓的回声走廊。"

第十九相通过外部化了的面具，创造出一个想象的世界，我们相信其真实存在，而又与之保持距离。在第二十相，我们进入了那个世界，并成为它的一部分；我们研究它，收集历史证据；为了能更好地支配它，我们去掉神话和象征，使

1　Ben Jonson（1572—1637），英国抒情诗人、剧作家兼批评家。

2　Mermaid Tavern，伊丽莎白一世时期伦敦一家很有名的酒馆，社会名流、文学人士和思想家们，每个月的第一个星期五在此聚会讨论。

3　Lake Harris（1828—1906），美国神秘主义诗人及宗教家。

它成为我们生活的真实世界。

这是一个充满野心的相位——拿破仑身上有戏剧家的野心，莎士比亚有其作品人物的野心；但不是那种孤独的立法者的野心，也不是一直反对、抵制、限制的第十相（创造性心灵所处的相位）的野心，而是创造的能量。

二十三　第二十一相

意志：渴望的人。

面具（来自第七相）。真：自我分析；假——自我适应。

创造性心灵（来自第九相）。真：理智的支配；假：歪曲。

命定的躯体（来自第二十三相）：强制胜利的成就。

例子：拉马克[1]、萧伯纳先生、威尔斯先生[2]、乔治·莫尔先生[3]。

对立特征的优势微乎其微，创造性心灵和命定的躯体在欲望的控制下几乎相等。意志几乎难以设想出一个与创造性心灵和命定的躯体分离，或是比它们更为优越的面具；但由于意志能这样设想，所以出现了个性而非典型。换言之，因而第二十一、二十二、二十八相与相反相位一样，可被描绘

1　Jean-Baptiste Lamarck（1744—1829），法国博物学家，生物学奠基人之一。

2　Herbert George Wells（1866—1946），英国作家。

3　George Moore（1852—1933），爱尔兰小说家。

为个性的相位，研究其意志时，主要针对其自身的关系，而较少针对其与面具的关系。到第二十三相，意志与面具的新的关系（作为意志试图逃离的东西），将会变得清晰。

此相的对立特征是高尚的，但依据根本标准来说，又是罪恶的，而根本则既善良又平庸；此相是对立屈从于根本控制前的最后一相，如果此相不仇恨自身的平庸，它就几乎是至善的。个性几乎具有典型的不可变性与永久性，但它不是典型，因为这总是一种假设。我们想起拿破仑时，能看到自己，也许还把自己想象为拿破仑；但第二十一相的人有一种似乎是其环境和错误所创造的个性，一种他所特有而对他人来说不可能的举止。看到他们，我们立即会说："他多么有个性。"理论上说，一个人所选择的，必定在某些时候，出于某种目的，也会是另一个人的选择；但在现实中，我们发现，这个相位中的人没有谁具有模仿者，或是以他的名字命名的一种举止方式。意志已将理智的复杂性驱入终极的纠缠中，这种纠缠是由对新的逻辑因果关系的不断适应所产生的；忠实于相位时，个人目标是通过他对所有因果关系的绝对支配，来实现一种自我分析和自觉的简化。第七相战栗于自身的简化，而他则必然战栗于自己的复杂性。要是离开相位，他不会通过占支配地位的建设性意志寻求这种简化，而是要展现一种想象的天真，甚至在他的作品中接连犯错误，或是鼓励他自己的恶意或情感的愚行，或假冒冲动而做出各种轻率的行为。他被假面具（情感性的自我适应）和假创造性心灵（歪曲：受"强制的纵欲"影响的、狂暴的第九相）所掩盖。他把对立看作恶，并且欲望这种恶，因为他通过这种恶屈从于一种占有，而这恶在现实中不过是戏剧性的场面。正由于他的适应力转向各个方向，当按照根本生活时，他被驱赶进一切异想天开、奇形怪状、随心所欲的激情及假装的情感中；他接受一切可能带来徒劳的内心激情的东西；他变成吹牛的人或小丑。像陀斯妥耶夫斯基《白痴》中的某个人物，他会请别人讲出他们最恶劣的行径，以便自己承认曾偷过半个克朗，还让一个女仆承担罪责。当所有人都转向反对他时，他就大惑不解，因为他知道他的坦白并非真的，或者即便是真的，也不过是一场恶作剧，或是装腔作势，而他心中充满了给他带来羞辱的善良。不管他是按照相位生活并不带情感地看待生活，还是他出离相位而假装激动，他命定的躯体都把他拖离理智的统一；但只要他生活于相位之外，他就拒绝冲突，拒绝抵抗，随波逐流。在相位内时，他通过拒绝一切非对立的行动，把冲突加强到极点：他变得在理智上具有支配地位，并且在理智上是独一无二的。他将其相反相位的简单，理解为某种庞大的系统化，其中，意志将自己强加于鲜活的形象与事件的多样性，强加于莎士比亚，甚至拿破仑身上所有欣悦于自己独特生活的东西；因为他是暴君，必然要杀死他的对手。如果他是小说家，他的人物必然走他的，而不是人物自己的路，并不断展现他的主题；比起生活的流动，他更爱结构，而且，他若是剧作家，他将不带热情、喜好、性格和境遇地创作；然而他是惊奇的掌控者，因为人们永远无法确定枪弹会落在哪里。风格现已存在，但只是作为干得很出色的工作的标志，某种推动情节发展的力量和精确性；而技艺层面的风格则不再可能，因为意志过分紧张，难以允许提示。此相的作家是伟大的公众人物，他们在死后作为历史纪念碑而存在，因为离开了时间和环境，他们就没有什么意义了。

二十四　第二十二相

意志：野心和冥想之间的平衡。

面具（来自第八相）。真：自我杀戮；假：自我安慰。

创造性心灵（来自第八相）。真：融合；假：绝望。

命定的躯体（来自第二十二相）：力量的崩溃。

例子：福楼拜、赫伯特·斯宾塞、斯威登堡、陀斯妥耶夫斯基。

只要到达平衡，此相生命的目的将和第二十一相的一样，只是综合更为完全，个人与思想之间，以及其欲望与综合之间统一的感觉将更接近；性格在这里达到并穿过了平衡，虽说个人在通过此相前也许要一再回到相位，但最多不超过四次。一旦达于平衡，目的必然是运用命定的躯体把创造性心灵从面具解救出来，而不是运用创造性心灵把面具从命定的躯体解救出来。为达此目的，生命将理智运用于世界的事实，而个性的最后痕迹便从世界上消失了。意志卷入与外部事实（命定的躯体）的最后斗争，必须服从，直到它明白自己与被感知为事实的天性不可分离，而且他必须明白自己通过面具融入天性中，或是像一位征服者融入他所征服的对象，或是死于征服的时刻，或是拒绝征服，而不管它是通过逻辑的意志、戏剧的意志，还是手的意志进行征服。自第八相以来，意志越来越多地把自己看作面具，看作个人力量的一种形式，但现在它必须明白，力量崩溃了。从第十二相到第十八相，它曾是或本应是为整个天性所使用的力量；但自第十九相起，它就只为一个碎片所使用，作为某种越来越职业化、不稳定、技术化的东西。意志已变得抽象，而且它越寻找天性事实的整体，它就变得越抽象。可以想象一种溢出的液体，扩散得越远变得越稀薄，到最后不过是一层膜。意志在第二十一相是对自我意识简化的欲望，作为从逻辑的复杂和细分中的逃脱，而现在是（通过来自第八相的面具）对理智的死亡的欲望。在第二十一相，意志还试图改变这个世界，还能是一个萧伯纳、一个威尔斯，但现在它什么都不想改变，它什么也不需要，只需要"现实""真理""上帝的意志"：他们迷惑不解，疲惫不堪，由于要抓取太多，手不得不松开。

这里心灵各部分之间发生了相互交流，与第一相和第十五相旧的和新的根本、对立之间的交流相应，但在示图中要把这表现出来会使示图变得更加复杂。心灵曾显示了以情感为主的特征，可以叫作献祭的特征，通过对立的相位，现在显示的则是以理智为主的特征，可称为圣人的相位（但直到过了第一相，当忠实于相位时，也只能用理智来消除理智）；而一度由圣人主导的心灵现在把献祭推向了前台[1]。天性中一

1　这些说法后面再加以解释。这里提及是为了引起各位对斯威登堡、福楼拜及陀思妥耶夫斯基在此平衡点上变化的注意。——叶芝原注

种成分在平衡点上耗尽，相反的成分就会控制心灵。人们全想到感伤的爆发控制了暴烈的人，残忍的爆发控制了感伤的人。在第八相有类似的相互交换，但在盲目而受扼制的相位，不能显示其重要性。第二十二相的人一般不仅要系统化，直到意志精疲力竭，还要在他所研究的一切中发现意志的疲竭。如果拉马克可能是第二十一相的人，那么达尔文就可能是第二十二相的人，因为他适者生存的发展理论表达了这种疲竭。他本人从不虚弱，其思想从不暧昧或是摇摆，因为如果他把一切带进沉寂，那也是来自紧张的沉寂，而且直到平衡的瞬间，除了那些尽到自己最大努力的事物，什么也不能使他感兴趣。福楼拜是此相最伟大的文学天才，他的《圣安东尼的诱惑》和《布法与白居榭》是此相的圣书，一本描述了对具体而感觉灵敏的心灵的影响，另一本描述了对更重逻辑和事实的、好奇的、现代心灵的影响。在这两本书中，心灵在其范围内穷尽一切知识，而沉于自知无用之中。但问题与其说是相位问题，不如说是方法问题。人们从未怀疑过福楼拜是这个相位的人，一切必然是非个性的。他肯定既不喜欢也不厌恶性格或事件：他是一面"在路上闲逛的镜子"。他是司汤达，具有司汤达所没有的明亮；当我们把他的心灵变成我们自己的，我们似乎在某种奇异、遥远、公正的注视的影响下，放弃了我们的野心。

我们还感到，这个仅仅通过将一种情感联系到另一种并加以系统化的人，已变得异常坚硬、冰冷，而且无懈可击。这面镜子并不脆弱，是用摔不碎的钢做的。"系统化"是唯一进入脑海的词，但它暗示了太多的思考，因为联想用联想限制了自己，就像水碗里漂着的小纸片和小木条彼此相吸。在陀斯妥耶夫斯基身上，"融合"就不那么有理智，不那么有秩序，人们感到他是通过生活达到了平衡点，而不是通过艺术进程；不仅他理智的意志，他整个的意志都已被震撼，而他反映崩溃意志的性格醒着，不像《布法与白居榭》和《诱惑》，甚至不像他们名之为上帝的无法捕捉的整体。片段与关系崩溃于一瞬间，而那正是我们的生命；他们在乌丹·阿丹（Udan Adan）[1] "不存在的边缘恸哭，恸哭耶路撒冷，声音微弱得几乎听不见"；而全面的屈从还未到来。矿物在五十岁之后通过了他的平衡，思想难以形容地贫瘠枯燥，坚硬明朗，犹如他为瑞典政府检验的矿物。他学习新的科学——天国的经济学和自然史，并注意到除了情感、除了统治性的（ruling）爱之外什么都不存在。支配的欲望已彻底消失，"融合"已如此深入到黑暗的潜意识中，我们称之为幻象。假如他出于相位，试图按个人的面具安排他的生活，他就会变得迂腐而傲慢，变成布法与白居榭，从荒谬走到荒谬，无可救药却又贪得无厌。在行动的世界里，这种荒谬也许会变得非常可怕，人们为了一种抽象的综合去死、去杀戮；综合愈抽象，愈使人们远离内疚与妥协；随着综合障碍的增加，综合的意志的暴力也在增加。此相和与它对立的相位一样具有悲剧性，而且更为可怕，因为在达到平衡点之前，此相的人也许会成为破坏者和迫害者，成为混乱和暴力人物；但这类人的暴力必然受到屈从与绝望的时刻扼制，以及平衡的预兆扼制——

1　布莱克在长诗《瓦拉，或四天神》（*Vala, or The Four Zoas*）中虚构的地方。

所以更有可能，他的系统会成为别人手中破坏和迫害的工具。

通过单一机能寻找事实的统一，而不是利用各种机能寻找生命的统一，才能将人与他的天才分开。在轮子中，这是用意志和创造性心灵、面具和命定的躯体的逐渐分离来表示的（当我们离开第十五相）。在第十五相超自然的体现中，我们被迫假定意志或自我与其创造性力量一致，美与肉体一致；但有一段时间，自我和创造性力量成为邻居和亲属，虽然还相互分离。像兰多或莫里斯那样的人，无论多么暴烈，多么像小孩，总是一位杰出的人物；第十九、二十、二十一相，天才变得职业化，成为某种与工作一起开始的东西。在剪贴簿上记下天才人物的蠢行开始成为可能：布法与白居榭由于年老而受到保护。有人曾说巴尔扎克在中午是个非常无知的人，但在午夜喝咖啡时便洞悉世界上的一切。在行动的人身上，例如在拿破仑身上，蠢行隐藏得很深，因为行动是一种抽象的形式，它把无法表达的一切压碎。在第二十二相，愚行非常明显，人们在卡尔·马克思的通信中可以发现这种东西；而对于龚古尔、福楼拜这些人来说，则充满了未经考虑的思想。阿纳托尔·法朗士[1]说福楼拜并不聪明。陀斯妥耶夫斯基，对那些最初称颂他的天才的人来说，他放下笔时完全是一个歇斯底里的傻瓜。人们还记得斯宾塞用吸饱钢笔水的软木塞涂抹地毯上的葡萄，以便把它们染成他所喜爱的颜色——"不纯的紫色"。另一方面，意志越来越远离创造性心灵，而接近命定的躯体，因此非个性的能量和了无生气的

1　Anatole France（1844—1924），法国作家、文学评论家、社会活动家。

客体中出现了一种不断增加的喜悦。随着面具离开命定的躯体并接近创造性心灵，我们在一切人为的、有意发明的事物中愈发感到喜悦。象征对我们来说也许会变得讨厌，那些丑陋专横的则变得令人欣喜，那样我们便可以杀死关于生命统一的所有记忆。我们在环境里辨识自己（在被感知为事实的环境里），同时理智仿佛滑出我们的控制，我们将它的能量想象为某种我们不再能控制的东西，并给那些能量各起了一个合适的名字，仿佛那是有生命的东西。现在意志和命定的躯体是一体，而创造性心灵和面具也是一体，我们不再是四个而是两个，而达到平衡的生命，变成了冥想的行动。与思想本身截然不同，不再有欲望的客体；与被看作事实的天性进程截然不同，不再有意志；所以思想认为自身既无法开始也无法终结，因而是静止的。理智知道自己是自己的欲望客体；意志知道自己是世界；既没有变化，也没有变化的欲望。此时，对形式的欲望已停止，而绝对的现实主义成为可能。

二十五　第二十三相

意志：善于接受的人。

面具（来自第九相）。真：智慧；假：自怜。

创造性心灵（来自第七相）。真：为怜悯而进行的创造；假：自我驱使的欲望。

命定的躯体（来自第二十一相）：成功。

例子：伦勃朗、约翰·辛格[1]。

当出离相位，由于以后将出现的原因，他专横、忧郁、自我陶醉。在相位内，他的精力具有与第十六相从渴望完全逃离的主体性相似的性格：在爆发性喜悦之下它会逃离系统化和抽象。钟表已走完了劲儿，必须重新上发条。根本特征现在大于对立，这人必须在外部世界的帮助下，把理智从基于个人欲望的动机中解救出来，这还是头一次出于自身原因对外部世界加以研究和掌握。他必须通过做一件事杀死所有要把世界系统化的思想，他这样做不是因为他想或应该，而是由于他能；也就是说他从自己技艺的观点去看待一切事情，技艺地触摸、品尝并调查。然而由于其力量的性质，他暴烈而不守法度，像所有四分之一部分的第一个相位。因为他不系统化，他也没有主人，只有通过技艺的掌握，他才能逃脱受别人阻碍和反对的感觉；而他对技艺的掌握必然不是为其自身缘故而存在，因为技艺赤裸呈现给手和眼睛，而与思想、情感这些普遍的人性大相径庭。但这种裸呈是一种永恒的惊奇，一种无法预见的技巧的报酬。而且，与对立的人不同，他必须用命定的躯体（现在总是他的"成功"）把理智从个性中解放出来。只有当他做到了这一点，当他逃脱了这种自发的面具，他才可能发现他真正的理智，而他也才可能被他的真面具所发现。真面具来自疯狂的第九相，那里个人生活首次出现，但自第九相以来就被来自第七相的命定的躯

1　John Millington Synge（1871—1909），爱尔兰象征主义剧作家。

体——"强制的纵欲"所控制，在第七相，本能的洪水几乎要淹过嘴唇了。此相的真面具被称作"智慧"，而这种智慧（反映于一面根本的镜子里的个性）是普遍人性被感觉为一种不自觉的情感形式；这种智慧同时又是生活"琐事"中不自觉的喜悦。这人在窗户上擦拭他口中呼出的水汽，对各种风景愉快地微笑。他的创造性心灵开始于第七相（那里本能的生活几乎达到了终极的复杂性，经受着一种外部抽象的综合），而迫使他加入理智生活的命定的躯体来自第二十一相；他意志的相位是对所有理智概括与抽象的叛逆，这种喜悦不仅仅是喜悦，他将建设一个整体，那整体必然看上去都是事件与画面，而此整体不能是本能的、肉体的、自然的，尽管看似如此，因为在现实中，他只关心人性、个体和道德。在别人看来，他也许只关心不道德的和无人性的，因为他敌意或冷漠地对待道德，就像对待理智概括一样；如果他是伦勃朗，他会通过对解剖的好奇心，或是对光和影的好奇心发现他的基督。如果他是辛格，他会将通过自己的喜剧本能发现的英雄，与人们心目中任一英雄作出对比，并从中得到一种恶意的快乐。确实，不管他是辛格还是伦勃朗，都准备好为了一个令人吃惊的主题或是绘画中人们喜爱的模特，牺牲掉一切传统，也许还是人们崇奉已久的传统；但由于他面具的天性，一直有另一种通过骨骼和神经起作用的概括。他从不是他看似的技工，虽然当你问他意义时，他无话可说，或是说些相当幼稚的话。第二十一相和第二十二相的艺术家已从他们的风格中去掉了一切个人的东西，他们寻求冰冷的金属或纯粹的水；而他则对色彩和作者特有的风格感到高兴，他必须发现而非制造这些风格。辛格必然在阿伦群岛（Aran Islands）上发现节奏和句法，伦勃朗对视觉世界的事件感到高兴；不管在现实中的喜悦如何，他俩都不加夸张地表现它，因为两人都喜爱一切任性的东西，而蔑视理智连贯的东西。他们设想这个世界是一个满溢的大锅。两人都辛劳而痛苦地工作，找到了他们并不想找的东西，因为第二十二相之后欲望就不再创造，意志已取而代之，而他们所揭示的是喜悦。莎士比亚通过一种充满喜悦的风格，展示了从远方寻到的忧郁幻象。有一种风格，就有一种它所服务的心灵。而辛格必然写满很多本笔记，把耳朵贴在天花板的洞上；而伦勃朗在画花边领时要极耐心，要寻觅他的主题，他不得不睁大双眼。出于相位，选择他的面具时，这人充满了别人的忧郁，借别人的专横去专横，因为他不能创造。第九相被欲望所支配，具有人类可能的对自身欲望最大的信念；但第二十三相接受的不是欲望，而是怜悯；不是信念，而是智慧。怜悯需要智慧，就像欲望需要信念；因为怜悯是根本的，而欲望是对立的。当怜悯与智慧分开时，我们有了假面具，一种类似醉汉的怜悯，自我怜悯，不管看来是对别人还是对自己：被欲望所败坏的怜悯。有谁感受不到伦勃朗、辛格身上的怜悯？谁不了解那是与智慧不可分的？在辛格的作品中有大量的自我怜悯，提升为对一切活着的人的怜悯；曾有一位女演员在演他的《黛德丽》（Deidre）时，用一个手势表达了一切。

康克巴谋杀了黛德丽的丈夫和朋友，与要报仇的弗格斯发生争吵。"再离远点，"她喊道，"你和那群唠唠叨叨的傻瓜。"片刻之后，她像个梦游者似的走动，她触摸康克巴的胳膊，这是一个充满温柔和同情的手势，似乎她在说："你也活着。"在辛格早期未出版的作品中——这些作品写于他发现阿伦岛和威克洛的方言之前——有一种沉闷的忧郁、病态和自怜。他在变为让人捧腹的讽刺家之前，必须经历一种美学观念的改变，与宗教信仰的改变相似。只要情感生活是深思熟虑的，它就不得不从第九相改变为第二十三相，灵魂从自我关注的忧郁状态改变为它的对立面。这种改变在他看来必然是他的真自我、真道德生命的发现：当雪莱初次创造了使他忘却自我的热情意象时，他的真自我及道德生命才出现。它出现时，大概雪莱已经经过了《麦布女王》中的雄辩，而到达了《阿拉斯特》中孤寂的梦幻。根本的艺术最看重对自我的忠实，或对意志的真诚，而且是对行动着的、转变着的和感知的自我的忠实。

理智的四分之一部分是分散和一般化的四分之一，是一场在人和动物之间摇摆的游戏；但第四个四分之一部分是撤离和集中的部分，在这里，主动的、有道德心的人应将第二个四分之一的情感的自我实现接纳进他自己，并将它变为根本的同情。如果他不如此接受改变，那他将堕入愚蠢和停滞，除了他自己的兴趣外什么也感觉不到，要么就会成为别人手中的工具；在第二十三相，因为在无法预见的事物中必然有喜悦，他或许粗野而蛮横。然而他不像第三个四分之一部分的人，他并不仇恨什么，只是对别人的感情忽视或冷漠。伦勃朗怜悯丑陋，我们称为丑陋的，在他看来是从经过概括并为人了解的事物中的逃脱；但假如他画了一张美丽的面孔，像对立的人那样理解美，那不过是一种传统，而他却将其看作令人生厌的幻想。

当人们把伦勃朗的作品，与第二十一相的大卫[1]的作品加以比较，或是把辛格的作品与威尔斯的作品加以比较，人们会看见在前者中对立的特征正在崩溃消失，在后者中则正在加强，仿佛是为了最后的抵抗而集中、延展、变形、平面化。伦勃朗和辛格在一旁观看并拍手。在一种情形和另一种情形的事件中确实有同样多的选择，而第二十三相的事件看似惊人，是因为它们逃避理智。

第十五相和第二十二相之间的各相，是对第八相和第十五相之间的相应相位所编织的东西的拆解。第二十三相的人在他第九相的面具里就像他自我的反面，直到他利用那反面的不一致——第二十一相的命定的躯体——赶走面具，解放理智，去掉欲望的怜悯，把信念变成智慧。与意志不一致的创造性心灵，来自一个本能的分散的相位，必然把暴烈的自我或意志的客观性转变为对所有能呼吸和行动的事物的喜爱："月亮吮吸露水时，波涛上欢快的鱼。"[2]

二十六　第二十四相

意志：野心的结束。

面具（来自第十相）。真：自我依靠；假：隔离。

1　Jacques-Louis David（1748—1825），法国著名画家，新古典主义画派的奠基人。

2　布莱克的诗句。

创造性心灵（来自第六相）。真：建设性情感；假：权威。

命定的躯体（来自第二十相）：客观的行动。

例子：维多利亚女王、高尔斯华绥、某位朋友。

由于面具现在变得像他必须逃离的自然的自我，这人力图将其自身一切源于第十相的品质，转向第十四相的某种品质。第二十三相的人处于表面的自然自我中时，充满阴郁的自我专注以及其适当的抽象，而现在那些抽象开始助长自以为是和对他人的轻蔑，最接近的自然自我开始宣示第十相的控制权。已发展得积极而自负的道德，衰落为毫无意义的形式及程式。在命定的躯体的影响下（第十相的拆解者与分歧），这人通过不懈的非个人行动把理智从面具解放出来。他没有像第二十三相的人所做的那样，在技艺之火中焚烧理智的抽象，而是在磨坊中把道德的抽象磨碎。这座由获得解放的理智所创造的磨坊，是个人行为的指令，由社会和历史的传统所形成，总是凝固在头脑中。一切都是此指令的牺牲；道德的力量达到顶点；第十相来自虚无、要摧毁一切妨碍生命的愤怒，现在整个是自甘臣服。有伟大的谦卑——"她每天活着，每天死去"——还有同样伟大的骄傲，骄傲于对指令的接受，一种非个性的骄傲，而他的签名却可能是"仆人的仆人"。这里没有哲学才能，没有智识的好奇心，但也没有对哲学或科学的厌恶；它们是这个世界的一部分，而这个世界也为人所接受。它必然无法破坏或抵抗这种指令，无法容忍那些显然处于其外——无论是在其上还是在其下——的世界的罪恶。这种指令必然统治，而且因为指令是理智的选择，它总是被家庭、办公室或商业的传统所束缚，永远是历史的一部分。它总像是命定的，因为它潜在的目的在于强迫每个人放弃他的野心。虽然人痛苦地接受它——但僵硬的律令中能有怜悯吗——这人充满了自甘臣服的喜悦，充满了对那些指令无法控制的人、孩子和无名之众的怜悯——然而在自我屈从中还能有什么呢？他对自己和那些服侍者从不怜悯，而怜悯那些被服侍的人，他有用不完的宽容。

此相位的男人们和女人们创造了一种艺术，其中个人的存在只是为了表达某一历史指令，或某种关于行为或感受的历史传统，表达那些记在被拉夫特里[1]称作"人民之书"中的事物，被社会或官方所确定的事情，甚至像姓名地址录或贵族名册中所记载的事情。法官席上的法官永远是法官，而被告席上的犯人永远是犯法者，我们可以在传说中或蓝皮书中对他们加以研究。在所有人中，他最看不起波希米亚人，直到他也变为吉卜赛人、补锅匠，以及罪犯一类的人，并因而发现历史的习俗，仿佛把握到某一被继承的指令，或公认的与此指令的关系。他们坚定地检查一切行动，但不具备心理学、自知或自己创造的任何一种标准，他们只是不停地问："我做得像某某人一样好吗？""我是否像我的前辈们一样坚定？"他们完全能独立，对世人的谴责毫不在意，但这并不意味着他们已经发现了自己，倒是别人发现了他们的忠实。在他们眼中，那些波希米亚人并不是个性很强的人，而是生

---

1 Anthony Raftery（1779—1835），爱尔兰诗人，被称为"最后的游吟诗人"。

来就带着上帝或社会必然加在他们身上的诅咒的人。

如果出离相位，他会寻找情感而非个人的行为，有自我怜悯——欲望已不可能——因而不满意于人们和环境，并有一种无法阻止的被抛弃的孤独感。他怨恨一切批评，暴烈地维护微小的个人权利和偏好，尤其是那些受习惯和地位支持的权利和偏好；而对别的权利和偏好，他们根本就漠不关心，就像讽刺作品中的官僚或传教士，或无力洞察却从不犹豫的暴君。

他们的理智来自第六相，但他们的精力、意志或偏见来自第二十四相，如果在相内，他们必然会在多样的人类生活中找到他们的指令，最佳状态的维多利亚心灵，与沃尔特·惠特曼的心灵截然不同。他们的情感生活是第十相的翻转，正如维多利亚身上的专制颠倒了帕奈尔个人的专横。他们逃避面具，受到强制时，面具也许会成为骄傲或谦恭的形式，共同保持职业或社会的秩序。

出离相位时，他们从第十相获取孤立，这对第十相来说本是有益的，但对于一个应为别人而生活的相位来说，则是破坏性的；而且他们从第六相得到许多种族本能，并使他们服从抽象的道德或社会惯例，因而与第六相形成对比，就像处于最劣状态的维多利亚心灵与惠特曼的心灵间的对比。在相内，他们使这些本能服从某一基于死去的或活着的范例的顽固指令。

最后的四分之一部分所在相位的特征是，一种不断加剧的强度，现在开始变得清晰：对本能的迫害——种族改变为道德观念——而理智的相位接近第二十二相时，具有不断加剧的强度，并迫害情感。本能和情感寻求道德和理智的保护，而道德和理智却分别迫害它们。

二十七　第二十五相

意志：条件性的人。

面具（来自第十一相）。真：对自我的意识；假：自我意识。

创造性心灵（来自第五相）。真：雄辩；假：精神的傲慢。

命定的躯体（来自第十九相）：迫害。

例子：红衣主教纽曼[1]、路德、加尔文、乔治·赫伯特[2]、乔治·罗素先生[3]。

正如第二十四相生来就有道德的傲慢，此相的人好像生来就有信仰的傲慢，他们必须颠倒自己，必须从第十一相变到第二十五相；用命定的躯体纯化来自面具的理智，直到这理智接受某种有组织的信仰：植根于社会秩序的信仰，不妨说是基督教的信仰。他必须从信仰中去掉一切个人的东西；通过某种一致的传播去掉理智的必要性，像第二十三相通过其技艺、第二十四相通过其指令所做的那样。带着下沉的意

1　John Henry Newman（1801—1890），英国基督教圣公会内部牛津运动领袖，后改奉天主教。

2　George Herbert（1593—1633），英国玄学、宗教诗人。

3　George Russell（1867—1935），爱尔兰作家。

志、不断松散分离的理智，他必然像第二十八相或第二十四相一样，发现自己处于这种境地，他不得不凝成综合（第十九相命定的躯体，第十一相的不一致），但这种境地使意志——如果它追求假面具——受到他人迫害；而如果意志被真面具发现的话，这种境地又会使他忍受迫害。第十九相，命定的躯体的相位，是一个崩溃的相位，当意志在第二十五相时，第十九相是被信仰所破坏的相位。它在其中发现了它的灵感和喜悦。他被称为条件性的人，也许因为这人所有的思想来自实际生活的某一特定条件，或是一种用道德客体来改变条件的尝试。他依然强壮，充满首创精神，充满社会理智；吸收刚刚开始；但他的目的是约束、改良众人，使他们不可能不成为好人；同时，他又安排禁忌和习惯，使人们天生就是好人，就像他们天生就是白人、黑人或是黄种人。他也许拥有伟大的辩才，并掌握所有非个人表达的具体意象的能力，因为虽然除大量清晰的特殊性和个性，还没有什么淹没在这个世界中，但已有了一种泛滥的社群意识。其他相位没有任何人能产生对群众同样持久的影响；因为指令已过去，普遍道德取而代之。他不应满足个人兴趣，而应尽少使用需要一连串前提或大量术语的争论，因为他的力量就在某些经过简化、与他的性格一起发展起来的信念中；他需要理智是为了表达，而不是为了证明，在没有情感和力量的情况下，他就没有信念。他只有一种主导的激情，就是使所有人变好，这种好既具体又非个性化；虽然他至此已经把某一教堂或国家的名字赋予它，但也随时可能给它一个新名字，因为他不像第二十四相的人，并不以从过去汲取营养为荣。他被一切非个性化的东西所感动，变得非常强大，犹如在厌倦了美味佳肴的人群中，对面包和水胃口最好的人，会变成最强的人。

因为第十一相是散逸的个性和泛神论之梦幻的相位，所以如果出离相位，他或许会变得感伤暧昧，飘入某种情感的抽象，头脑中充满早已与生活分离的意象，以及早已与经验分离的思想；他会变得颠顶粗俗，用人类所可能有的最大傲慢来证明他的地位。即使接近于完美，他也很难脱离傲慢，红衣主教纽曼不就是因为某些神学的分歧而与他的老朋友绝交的吗？

在所有根本的相位中，假创造性心灵中的生活产生感觉迟钝，正如假面具中的生活产生情感的因袭和陈腐，因为假面具没有受到命定的躯体的影响，没有受到个性和兴趣的铸造，可以说是自我悬置的。第二十五相这种感受迟钝，也许是位下令让人受刑的法官，也许是把大屠杀作为历史的必然而接受的政客。人们会想起路德对他的煽动所引起的暴行漠然视之，无论这种暴行是农民们所施还是他们所受的。

辛格和伦勃朗的天才被描述为第二十三相的典型。这三相中的第一相是孤立的力量的表达。它们使群众惊讶，但并不试图控制群众；第二十四相的人会为群众选择一个道德标准。第二十五相的人则试图控制群众，不是通过表达他们，不是通过使群众惊讶，而是通过把理智的标准强加给他们。辛格要是再生于第二十五相，就不会对阿伦群岛上农民们的原始活力与悲剧感兴趣，而是对他们的信仰感兴趣，发现他们身上的古怪之处（不是相位的，而是占星术的）；不是那些农民与纽曼那样的天主教徒共有的那部分，而是形成他们的宗教与哲学的民间信仰当中，与日本农民相同的那部分，更能引起二十五相之人的关注。辛格会用宗教和哲学抹掉个人抽象玄思的所有痕迹，然而这种呈现于他思想中的宗教和哲学，将是矫揉造作的、经过选择的，虽然永远是具体的。在这里精神的根本性的平息和吸收能力还不可能，甚至还无法设想。

此相的诗人，总是被某种宣传激起一种想象的强度。乔治·赫伯特无疑属于这一相位；还有乔治·罗素先生，虽然中间的对立相位的诗人和画家对他早年的影响模糊了这一迹象。根据这一假定，罗素先生的幻象绘画，或他的"自然精灵"（nature spirits）的幻象，都不忠实于相位。每一首他受到某种哲学宣传刺激而写出的诗，都精确、纤巧而独创；但在他的幻象绘画中，人们会发现他人的影响，例如居斯塔夫·莫罗的影响。绘画就像许多的"幻象"，是到面具中生活的一种尝试，由建立在对立艺术基础上的批评思想所驱使。方言对于辛格来说，就像实际工作对他来说一样，是个辅助的组织者。他在确信的表达中发现了精确的思想和真诚的情感。他在实践中，而不是理论中，得知他必须逃避面具。他的作品既不应是有意识地具有审美性质，也不应是有意识地具有玄思意味，而是要模仿一种核心的存在——其追逐者为面具——要有意地与众不同，成为某种永不迫近，却又永恒地与灵魂相统一的东西。

他的假面具向他显示到底"自然精灵"意味着什么。因为第十五相前的所有相位都处于自然之中，而不是在上帝之中；而在第十一相，自然开始理智地意识到它与一切被创造物之间的关系。当他欲望面具时，他可以不逃避面具，而是跟随面具；他并没有对上帝的直觉，而只是假装有对自然的直觉。假装的直觉披上理想的常规感觉意象，而没有装扮成某种抽象意见，这是由于他的星象特征。

二十八　第二十六相

意志：多重人，也叫"驼背"。

面具（来自第十二相）。真：自我实现；假：自我抛弃。

创造性心灵（来自第四相）。真：超感官思想的开始；假：对罪恶的迷恋。

命定的躯体（来自第十八相）:驼背是他自己命定的躯体。

这是所有相位中最困难的一个，也是第一个人们从个人经验中几乎找不到例子的相位。我认为至少在亚洲寻找第二十六、二十七、二十八相的例子不会太困难，这几个相位是相位圈中的最后几个。如果这类例子出现于当代欧洲文明中，它们会显得很模糊，这是由于缺少自我表达的工具。人们必须在没有经验帮助的情况下，从象征中创造出类型。

以前的一切抽象，不管是道德的还是信仰的，现在都已耗尽；但在出离相位的第二十六相，在看似自然的人身上，抽象将尝试代之以一种新的形式，一种自我表达的幻影。这人因为欲望感情，而成为所有可能的人当中最孤绝的，因为一切与他本质的交流都已过去了，即与共同学习、对完成作品的兴趣、对指令的接受、共同享有的信仰的交流都已过去了；没有个性，他必须创造个性的象征。我们也许会在历史传说中发现尼禄[1]，他缺少肉体的畸形，而我们知道此相位对个性的最重要抑制就是畸形。畸形可以是各种各样的，或轻或重，因为它不过是以驼背为象征，这种驼背可以挫败恺撒[2]或是阿基里斯那类人的野心。他犯罪，不是因为他想，也不是因为像出于相位的第二十三相那样因为他能，而是因为他想确认他能；他还满怀怨恨，因为在自己的野心中他找不到冲动，他就妒忌别人的冲动；他完全是强调，而强调得越重，他越发不能进行情感活动，越发显示出他的贫瘠。如果他生活于具有神学思想的民族中，对他最大的诱惑也许就是蔑视上帝，做个犹大，不只是为了三十个银币，而且为了能自称为创造者。

在研究他是如何变得忠实于相位时，人们会惊讶于命定的躯体含糊的描述，"驼背是他自己命定的躯体"。这个命定的躯体来自第十八相，而且（反映于第二十六相躯体存在中）只能是这样一种作用的分离——畸形——来破坏自我关注的假面具（第十八相作为第十二相的破坏）。从第二十六相到第十一相（包括这两相）是爱交际的；当忠实于相位地生活时，从第二十六相到第二十八相具有与超感觉生活的联系，或是肉体沉溺于超感觉的源泉，或是对这种联系与沉溺的欲望。第二十六相已出现道德生活潜意识的疲竭——不管是在

---

1 Nero Claudius Caesar（37—68），罗马帝国第五位皇帝。

2 Gaius Julius Caesar（前100—前44），史称恺撒大帝，罗马共和国末期杰出的军事统帅、政治家，罗马帝国的奠基者。

信仰中还是在行动中——以及想象生活的疲惫，判断及证明生活的疲惫。意志必须找到一个替换物，而三相中第一相的精力总是暴烈并且破碎的。道德的抽象不再可能，意志也许会通过对人和动物生命的了解，来寻找替换物，它好像被连根拔起，缺乏一切相互关系；也许有对孤独的仇恨，终身强加的和蔼；然而它所寻求的是不带有社会道德的，某种激进而让人难以置信的东西。当以西结[1]向"左和右"侧躺着吃粪，以便将"其他人举至对无限的感知"时，他也许如此寻找过。印度与牝黄鹿结合的圣人或许也这样寻找过。

如果此相的人不寻求生活，而寻求与超感官的统一相关联而彼此孤立的人生的认识，并首先寻求对孤立的肉体生活或行动的认识——那本身就是具体的——他能看出它们的畸形和对精确的无能，因为他能在生命和行动与其源泉的关系中，而非它们相互的关系中看见它们。当我们考虑牺牲的天性时，我们将[2]发现它们的意象把他置于与催眠幻象相似的状态中。他必须孤立地判断他过去的行为，按照每一行动与其本源的关系判断；而这种本源被体验为知识而不是爱，将作为坚硬可怕的判决出现于他的心中。

迄今为止，他可以问根本的人："我是否和某人一样好？"如果他依然是对立的，他就会说："不管怎么说，我良好的意愿没有失败，它被全部接受了。"他会自我原谅；但原谅

1　Ezekiel，公元前6世纪，以色列人被掳到巴比伦时的祭司和先知，是具有影响力的祭司撒都家族的后裔。我们对他生平的认识，来自《圣经·以西结书》。

2　这个问题属于此系统的心理学，我尚未完全掌握。我还得把文献中许多散乱晦涩的片段重合起来，加以研究。——叶芝原注

的方式是每一行动都分别加以判断，善行不能把判断从恶行转到它这边来。他站在令人目眩的可怕的光中；如果可能，它会诞生为蛆虫或鼹鼠。

二十九　第二十七相

意志：圣人。

面具（来自第十三相）。真：放弃；假：竞争。

创造性心灵（来自第三相）。真：精神接受力；假：傲慢。

命定的躯体（来自第十七相）：除个人的行动外一无所有。

例子：苏格拉底、帕斯卡[1]。

在来自面具的、看似自然的人身上，有一种对精神权威的极端欲望；而思想或行为的目的就是显示热情和权威。竞争总是越来越激烈，这是因为这里的竞争不是基于争论，而是基于心理或生理上的分歧。第二十七相在与灵魂有关的三相中是灵魂的中间相位，如果出于相位，这人会武断地宣布对机能或超出他人的超敏感特权的要求，他有一个使他优于他人的秘密。

如果忠实于相位，他会放弃情感来取代竞赛，取代从前判断的辛劳和对罪恶的承认。他会敲着胸膛，狂喜地叫喊他

1　Blaise Pascal（1623—1662），法国数学家、物理学家、哲学家。

必须忏悔，他是世上最坏的人。不像第二十六相，他对孤立的生命和行动的感知并不比对整体生命清楚，因为整体生命突然显示了其源泉。如果他拥有理智，他只会用理智来为感知和放弃服务。他的喜悦在于什么也不成为，什么也不做，什么也不想；只允许其人性中表达出来的整体生命注入他，并通过他的行为和思想表达它自己。他与整体生命并不一致，他没有被它吸收，若是这样，他就不会知道他什么也不是。他甚至不再占有他的躯体，也不知道他甚至必须自救的欲望，不知道整体生命与他的虚无相爱。在自我通过第二十二相之前，有人认为整体生命获得了名为"神圣的情感"（Emotion of Sanctity）这样一种东西，而这情感能与死后的生命相联系。综合被抛弃、命运被接受的瞬间，"神圣的情感"就出现了。据说在第二十三、二十四、二十五相，我们使用这情感，但直到通过了第二十五相，我们才理智地意识到神圣的天性本身，而神圣被描述为对自救的放弃。"神圣的情感"是第八相早期个性实现的颠倒，从第八相直到通过第十一相，意志与集体行动相关联。过了第二十二相，人开始意识到理智无法把握的某种东西，而这种东西是灵魂超感官的环境。在第二十三、二十四、二十五相，他通过技艺的成就，通过道德、信仰，使所有的企图屈服于理智的理解，并把理智与他自身的感官和机能联系起来。在第二十六、二十七、二十八相，他允许那些感官和机能淹没于它们的环境。如果可能，他甚至会不摸、不尝、不看："人感知不到真理，上帝在人身上感知真理。"

三十　第二十八相

意志：愚人。

面具（来自第十四相）。真：遗忘；假：狠毒。

创造性心灵（来自第二相）。真：躯体行动；假：狡猾。

命定的躯体（来自第十六相）:愚人是他自己命定的躯体。

　　自然的人，欲望其面具的愚人，变得狠毒，不像驼背那样妒忌那些仍能感觉之人，而是恐惧地妒忌那些能理智地、有效地行动的人。他真正的使命是成为他自己的对立面，从第十四相的伪装过渡到第二十八相的真实，而他在自己的思想和躯体的影响下做到了这一点（他是他自己命定的躯体）。因为他不具备主动的理智，除了自己的躯体和思想，什么外界的东西也没有。他不过是被风吹动的稻草，除了风，别无思想，也没有行动，只是莫名其妙地飘飘来去。他有时被称作"上帝的孩子"。境况最坏时，他的四肢和双眼、他的意志和情感服从于朦胧的潜意识幻觉；而境况最佳时，要是他能了解任何事情，他就能了解所有的智慧。物理世界使他想起与其需要甚至欲望无关的画面和事件；他的思想是漫无目的的梦幻；而他的行为也像他的思想一样漫无目的；正是在这漫无目的之中，他获得喜悦。随着此系统的自我完善，他的重要性将变得越来越明显，而现在只需指出，人们从乡下的愚人到莎士比亚的愚人，发现了自己的很多形态。

　　池塘外面，

躺着被杀的恋人与杀人的恋人，

泛起不快乐的愚人苍白的快乐。

三十一　第一相

意志

面具（来自第十五相）

创造性心灵（来自第一相）　　─除完全的可塑性外别无描述

命定的躯体（来自第十五相）

　　这是超自然的显现，像第十五相一样，这里有完全的客
观性，而人类生命又不可能是完全客观的。在第十五相心灵
完全被生命吸收，而现在躯体完全被超自然的环境吸收。心
灵的意象不再互不相干，因为不再有任何它们能与之有关的
东西；而行为不再是不道德或愚蠢的，因为那儿没有任何可
以被判决的。思想和倾向、事实和欲望的客体无法分辨。面
具淹没于命定的躯体，或意象淹没于创造性心灵，也就是说，
存在着完全的消极、完全的可塑性，心灵已变得对善与恶、
真与假漠不关心；躯体已变得毫无差别，像面团一样；灵魂
越完美，心灵就越漠然，而躯体就越像面团；而心灵和躯体
取得各种形态，接受各种印在他们身上的意象，执行任何强
加于他们的意图，的确是超自然表现的工具，是活着的人和
更强有力生命之间的最后联结。也许有极大的喜悦，那是意
识到的可塑性的喜悦；正由于这种可塑性，这种液化或捣击，

这些从前一直是知识的，变成了本能和机能。一切可塑性都不服从任何控制者，如果我们用月相和占星术解释，就会看到微妙的超自然意志的工具与粗糙的能量的工具有哪些不同；但一切东西，无论最高的还是最低的，都是无法自主的。

1922 年内战期间
完成于巴里利塔堡

卷 二

哈里发所拒绝学的

I 沙漠几何学或哈伦·赖世德的礼物

库斯塔夫·本·卢加是我的名字，我写信给
阿巴德·阿尔–拉班；从前的欢宴者
现在是好哈里发博学的财政大臣，
我写信就是给他。
　　　　拿着这封信
穿过财政大厅宽敞的走廊，
那里哈里发的旗帜高悬，黑夜一样的颜色。
但又像黑夜的刺绣般灿烂，
等待战争的鼓乐；穿过小巧的走廊；
穿过来自拜占庭的典籍
它们是在缎子上用金字写成的，
最后停在，我刚想说
停在萨福的情歌集旁；但是不！
要是你把我的信留在那儿，一位少年
失恋后冷漠的双手或许会拿起它
然后让它默默落到地板上。

停在巴门尼德[1]的论文旁

把信藏在那儿，因为哈里发到了世界末日

都必须将它完善地保存，正如他们保存萨福的歌

芳名远扬。

      当适当的时间过去，

羊皮纸将揭示一个奥秘给某位学者

一个除了野蛮的贝都因人

什么人也不会记载的奥秘。我欣赏那些流浪者

他们在帐内欢呼过伟大的哈伦·赖世德

以及通过波斯使节或是希腊战争

赢来的土地或是掠得的东西

或是那些需要他的战利品或法律的人，

必须全面不予理会；我也无法掩藏真理，

它漫游于沙漠中，像翅膀下的空气

一样平凡，却有鸟的智慧。

以后他们会经常提起我，

议论我的幻想。回忆那一年，

我们所热爱的哈里发为了莫名的原因，

把他的大臣杰弗判了死刑。

"要是我身上的衬衣知道其中缘由

我会撕下它扔进火里。"

镇上的人知道的只有这一席话，但杰弗

似乎片刻间又变得年轻，

---

1 Parmenides（约前515—约前445），诞生在埃利亚的古希腊哲学家，是前苏格拉底哲学家中最有代表性的人物之一。

好像是故意的，杰弗的朋友低语道，
没有人会知道他的良心受到谴责——
那是叛徒的想法。我已感到满足，
在那一年的初夏，世界上最伟大的亲王
向他最卑微的朝臣走来；
在喷泉的大理石边沿坐下，
一只手伸进池里的金鱼群中：
就在那时进行了一场谈话，
我要求所有的记载者来证明，
暴烈而伟大的心怎样才能
失去痛苦，并找到蜂巢。

"我把一位窈窕的新娘带进了宫殿；
你知道那句老话'春天来了换新娘'。
她和我沉溺在幸福之中，
不堪想象当黄昏轻拂茉莉花时，
你踏上这条小径，还没有新娘。"

　　"我在堕入岁月。"

"但你和我还未衰老得像那些
靠习惯生活的人。每天
我带着猎鹰骑马到水边
或是将信扎在我背上，
或是向一位妇人求爱；敌人

猎鸟或女人都不会把同样的事再做一遍；
所以猎人的眼睛
模仿青春。诗人的思想
来自体内，像纯粹的大理石般
落下，消失于湛蓝的天空，
现在百合叶和鱼鳞在沐浴，
你也想模仿？"

　　　　"如果我们的灵魂
比那些既不游戏又无节奏的灵魂更接近
肉体的表面，这又有什么关系？
灵魂自己的青春而非肉体的青春
在我们的面容上显示出来。我的烛火很亮；
我的灯笼很忠实，不肯证明
它是在伟大的父王统治时制成的"

"然而茉莉花的季节温暖着我们的血液。"

"伟大的王子，请恕我直言
你认为爱情有季节，你还认为
如果春天带走它所带来的，
那么心灵不必忍受折磨；但我
接受了在阿拉伯人看来不自然的
拜占庭的信仰，我认为
我若选定了新娘，就是终身的选择，

若是她的眼睛不会为了我的而明亮，
或只是为更年轻的眼睛而闪光，
我的心每天都将埋在废墟之中，
永远找不到良药。"

"但我已照亮
一位妇人，她和你同样渴望破碎的事情，
尽力向我们的生活之外眺望，一只眼睛
永不明白尽力看永远不会显得明亮；
而她本人似乎正是青春的喷泉，
整个用生活镶边。"

"假如这是真的
我早就会找到生活最好的礼赠，
与那些神秘的
使男人或女人的灵魂成为它自己
而非别的灵魂。"

"那种爱
在此生及来世中
永恒不变，宁静平和，每个哲学家
都应赞美这种爱。
但我无名之辈要赞美它的反面，
仅仅思想就使我的激情更为强烈，
像欲望扰动孔雀和他的同伴，

野牡鹿和牝鹿；那嘴对嘴
是男人对不变的灵魂的嘲弄。"

于是他的恩赐
用秋风摇下缤纷的花朵，
比蓬勃的春天还多。
一位坐在母亲房间窗口的少女
看到我每天来来去去；
听到了我过去不可能的故事；
想象我不可能的故事
住在我身边；想想时间破坏性的触摸，
让女人更有理由谨慎。
是她对我的爱，还是她对那
迷乱了我目光的刻板神话的爱，
困惑了她的幻想并计划了她的谨慎？
还是那神秘的火炬
在这光影中映出我的面庞
两种冥想的欲望由于全然迷惘
选定了一个主题？她把书放在膝上，
询问那些图画和内容，
她还没踏过花园的小径，也没数过有多少房间；
在最初的日子里我经常看见她
凝视那些深奥干枯的字句，
一束永远不能使春天的繁华
喜悦的干枯柴把；或移动一只手

仿佛那些字迹或标着页码的书页

是某张可爱的面颊。

   在一个无月的夜晚，

我坐在能望见她睡姿的地方，

借着烛光写作；她的身躯动了一下，

我担心烛光会打扰她的睡眠，

便起身用一块布把它遮住。

我听见她说："把蜡烛熄了，我好解释

是什么使你弯腰驼背，面颊苍白。"

我见她直直地坐在床上，

是她在讲话，还是某位伟大的神灵？

我说是神灵在讲话。整整一个钟头，

她像渊博的学者，我像无知的小孩；

没有根源的真理出现了，我所读过的无数典籍中

没有一本能产生这样的真理，

无论她还是我的头脑中的思想都产生不了，

它们是自生、高贵而孤寂的真理，

那些无法抗拒的可怕的直线

划经奇异的植物般的梦，

甚至当我的骨骼化为尘土时

还要驱策阿拉伯主人的真理。

   声音平静下来，

她躺在床上睡着了，

然后在第一缕晨曦中醒来，起身

打扫房子，歌唱她的工作，

像孩子一样，根本不知道发生过的事情。

十二夜自然的睡眠，而后

当满月游到最高峰，

她起身，梦中双目紧闭，

走过房间。不知不觉

我把她裹在头兜很大的斗篷里，

而她似跪非跪，跌倒在沙漠第一道埂上，

用她洁白的手指在沙上标出象征——

我日复一日，惊叹不已地研究的象征。

她还在沉睡，我把她带回家，

她再次起身打扫房间，

对发生过的一切像小孩一样无知。

即便是今天，七年后的今天，

或许每月三次，她的嘴

会絮絮道出沙漠神灵的智慧，

她还是那样茫然无知，对我的书

也丝毫没有特别的兴趣。

只要我在那儿好像就够了？啊，

我的老同窗，你最有耐心的耳朵

聆听我热情的青春所有的忧虑，

看起来我得用我的平和来买知识，

要是她不再无知，并梦想到

我爱她仅仅是为了那声音，

每一件礼物和每一句赞美

都不过是那午夜的声音的报酬，

那声音之于老人，就像牛奶之于小孩！

如果她因为丧失对我的爱的信心

便丧失她的爱，甚至丧失

它最初的单纯、爱、声音以及一切，

我美丽的羽毛会被全部拔光，

而我只能瑟瑟发抖。那声音已从她的爱的

独特品质中得到智慧的品质。这些符号和形状，

所有那些你幻想过的抽象，

都来自伟大的巴门尼德的论文；

所有那些螺旋、立方体和午夜的事物，

都不过是她的身体陶醉于青春的甘苦的

一种新的表现形式。

现在我的终极奥秘出来了：

女人的美是一面暴风雨摇撼的旗；

下面站着智慧，只有我——

所有阿拉伯恋人中只有我——

既不为绣花所惑，也没有迷失于

那纷乱的夜色般的褶皱，

能听到那全副武装的人说话。

1923 年

II 轮子的几何基础

一 螺旋

福楼拜一直说要写一部名为《螺旋》（*La Spirale*）的短篇，可还没动手写就去世了，他死后一位编辑从各种途径收集到小说的提纲。这个短篇说的是一个男人，睡觉时他的梦越来越辉煌，而他的生活却越来越不幸。他梦见和一位公主成婚，这时他自己的恋爱正乱成一团。斯威登堡写到过螺旋，尤其是在《灵界记闻》（*Spiritual Diary*）和《原理》（*The Principia*）中，他把物理世界描述为由点的螺旋运动和由这些东西合成的螺涡所构成，但除了描述物理世界时，其余都写得很模糊。也许他不得不对有关命运的东西保持沉默。我记得二十年前我问过几位爱尔兰乡下人，他们曾见过在上升的螺旋中离他们远去的精灵；还有后来人们发现的旋转的"四维空间的世界线"；当然还有笛卡尔[1]和他的旋涡，波米[2]和他的螺旋，若是我学识足够的话，就能在许多古代作家的作

1　René Descartes（1596—1650），法国哲学家、数学家、物理学家。

2　Jacbo Boehme（1575—1624），文艺复兴时期德国神秘主义者。

品中发现此类论述。我曾被赫拉克利特的一段文章所吸引，他的这段文字比它的英国评注者解释得更为清晰。

二　扩展的和对立的螺旋

由于具有诗人想象的头脑，当我发现自己处于抽象事物中时，我感到很不愉快，然而我需要它们来整理我的经验。我必须谈到时间和空间，我接受贝克莱[1]的观点，认为它们是人类心灵的抽象创造，是自己为自己所选择的限制。

线象征时间，它表达了一种运动——在空间里没有广延——并且由于情感在空间里没有广延，但是与它的客体密切相联，一条线就象征着情感的主观心灵，最简单形式中的自我。一个以直角切入这条线的平面与这条运动的线构成一个三维或多维空间。作为一切客观事物的象征，这是出于自然与理智的目的，因为理智是对空间中物体的理解，与情感相反。线和面组合于一个螺旋里，而且因为两种趋势中总有一个更强，螺旋总是在不断地扩张或缩小。为了表达的简便，我们把螺旋画成一个锥体。有时这锥体代表个人的灵魂，以及灵魂的历史——它们密不可分——有时表现一般生命。当锥体表现一般生命时，我们给它狭窄的一端，即未经扩展的螺旋取名为"人类灵魂"（Anima Hominis），给它宽阔的一端，即已经扩展的螺旋取名为"宇宙灵魂"（Anima Mundi）；但

1　George Berkeley（1685—1753），爱尔兰基督教主教、哲学家、神学家。

我们知道，如果没有冲突或兴衰，人的灵魂和自然的灵魂都无法表现，所以我们用两个锥体而不是一个锥体，其中一个是心灵与命运（Fate）的联系，而另一个则是心灵与宿命（Destiny）的联系。宿命是指意志在其内外创造的所有外在行为和形式，而命运则指从外部强加于意志的所有行为或形式。在创造出限制后，生命最初的行动仿佛就是将自己分为男性和女性，各以对方的生为死，各以对方的死为生。

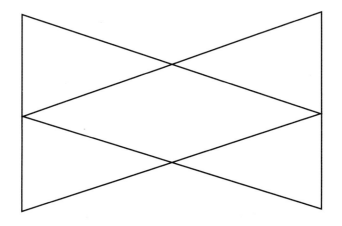

这些锥体与线和空间相联，线分别在其中运动，第一个螺旋不是在我们的感官所感知到的空间里与另一相对的、扩展得很大的螺旋相遇，而是在只有思想才能感知的空间里与之相遇。我们可以认为这两个相对的螺旋是固定的，可以用圆面或直线来代表它们。以后可以看到，这些对立的螺旋也是真与美、价值与事实、特殊与一般、质和量，那些与具象截然不同的抽象类型和形式、人和魔、活人和死人，以及有关我们的起源的所有的其他意象。

当人的生命变得越来越注定（predestined），在他生命深处有某种东西在抵抗，在渴望相反的东西；如果他的生命变得越来越命定（fated），他也渴望那正相反的东西。随着这些相反的东西在对立中变得越来越尖锐，随着它们越拉越开，意识变得更加紧张，因为意识就是选择。一种趋势的能量与另一种趋势的能量正好成反比，例如，在命运锥体中（见下图）标为 B 的命运螺旋，与标为 C 的螺旋与各自的最宽处的距离是相等的。当每一螺旋达到扩展的最宽点，生命内部的矛盾也就达到高峰。除了这两个扩张的螺旋外，还有两个收缩的螺旋，在图中标为 A 和 D。例如，随着人类理智的扩张，情感的天性以同样的程度缩小，反之亦然；但是，当一个缩小的和一个扩张的螺旋达于极限时，即一个缩小到极

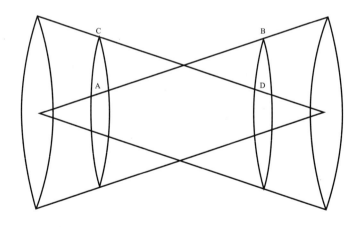

限而另一个扩张到极限，它们就换位，点对圈，圈对点；因为此系统把世界设想为剧烈变动的，它们像从前一样，一个不断缩小，另一个不断扩张，然而永远联在一起。在这四个

对折中——两个扩张的螺旋，性质彼此相对，两个缩小的螺旋性质也彼此相对——我们可以认为代表意志的那一个决定生命的性质。我们在表达人和魔时——忍受变化的生命最初两部分，人类灵魂和宇宙灵魂解体于其中——借用那些相对的螺旋或锥体来表示，我们就可以用巴门尼德或恩培多克勒[1]的说法给出大部分解释，尤其是用赫拉克利特的话："我将重新踏上我走过的歌曲之路，从我说过的话中得出新的说法，当斗争落于旋涡的最低点。"["不是人们设想的中心，而是终极界限"，伯凯特（Birkett）解释道。]"而爱（Love）达到了旋转的中心，其中所有的事物聚在一起以成一体；不是即刻就完成，而是从不同的四等分部分逐渐聚在一起；随着它们的聚集，斗争退到了终极界限……它流出多少，无瑕之爱的温柔与永恒溪流就流进多少。"到目前为止，一切都很清楚，也许正是这段文字暗示了福楼拜的做梦者——他的生活陷于困境，而他在梦中却很顺利。"由于来自真理，它们（爱和斗争）曾经或将要失去这一对——无限的时间却永远不会失去，它们轮流获胜，形成一个圆周，在彼此的前面离去，并在指定的时间里增长。"

如果我们掌握更多的恩培多克勒及其学派学说的片段，或许也就不难将我们象征几组对立——热和冷、光和暗——的四个螺旋联系起来。不管是在道德还是物理世界中，关于这几组对立，有很多想法。其两极被称为人类灵魂和宇宙灵魂的单一锥体，文献中说，它是由一个向上运动的、在后面

1　Empedocles（前493—前432），古希腊哲学家、思想家、科学家、政治家。

留下一个空圈的球体的旋转形成的；而双重锥体是由两个曾是一体的旋转球体的分离所形成的。这让人觉得，巴门尼德的思想似乎预言了我们最新的数学推测。"当它具有最远的边界时，它的每一方面都是完整的，绕着中心向各个方向旋转，像圆球的整体，因为它不可能有一处比另一处小……而且没有、永远也不会有与当下相异的时间，因为命运已把它连接起来成为整体，不可动摇。"

三　布莱克对螺旋的使用

布莱克在《思想旅行者》中描述了一种斗争，一种在男人和女人之间永恒重复的斗争，当其中一个衰老时，另一个就变得年轻，一位老妇人得到一个小孩，并且：

> 她扳着手指数每一根神经
>
> 就像守财奴数他的金子；
>
> 她靠他的尖叫和哭喊生活
>
> 他变老时，她却变得年轻
>
> 直到他变成伤心的青年
>
> 而她变成容光焕发的处女；
>
> 然后他挣断了镣铐
>
> 高高兴兴地把她按倒。

然后轮到他成为"年老的影子"，被赶出家门。而"从

壁炉的火焰里一个小女孩正在诞生","他必然流浪,直到他能赢得一位少女"。然后一切又会重演:

> 她稚嫩的双唇像蜂蜜
> 她甜蜜的微笑像面包和酒
> 她顾盼的眼睛任性的游戏
> 把他诱回到婴孩时期。

> 直到他变成刚愎的婴儿
> 而她变成哭泣的老妇人。

埃德温·埃利斯(Edwin J. Ellis)和我写完关于布莱克哲学的那本大部头时[1],我感到我们还没理解这首诗:我们解释了它的细节,因为这在他的诗或画中出现过,但没有解释整首诗,没有解释其中的神话,同一事物的永恒回归;没有解释布莱克写这首诗时所受的触动。但当我理解了双重螺旋后,我也理解了它。男人和女人是两个相争的螺旋,以彼此为代价而生长;但对于布莱克,一个是美另一个是智慧的说法是不够的,因为他认为这冲突处于一切爱情里——巴门尼德的元素之间,亚里士多德"放纵的爱",或是男人和女人之间——爱强迫其各自轮流成为奴隶和主人。在我们的系统里,任何与其对立面分离的事物——胜利就是分离——都"自我消耗",这也是一条主要原则。一者的存在依赖于另一者的存在。

1　指叶芝和埃德温·埃利斯编辑的《威廉·布莱克诗集》。

布莱克和他的夫人于1789年在一份文件上签名，同意建造斯威登堡教堂。他的兄弟至死都是一名斯威登堡的信徒，他的朋友弗莱克曼也是如此，他非常有学问，所以他本人有可能在信徒中发现了来自斯威登堡的有关螺旋和旋涡的知识，即使那时很难找到印刷本。也有可能，那些在《灵界记闻》中传授这知识的人，把这种知识传授给了布莱克。

四　对立的对子和四个王族的舞蹈

人们必须确定对立的对子（pairs）的特征，比如布莱克的主人和奴隶，或者，完全追随恩培多克勒，"火和水，土和气的顶点"。在文献中，这些是用图表示的。

命运和心灵的锥体处于阴影中，可以把意志外部的一切设想为黑暗的，因为使心灵见到一切的光束来自意志本身。我们对客体、存在的感知，就像普罗提诺所坚信的那样，不

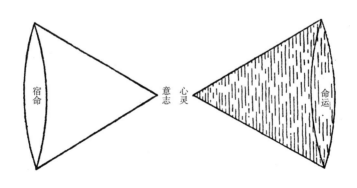

是消极的接受，而是一种积极的状态。宿命是意志自由的终极限度，它的另一个名字是美；而命运是心灵自由的终极限度，它的另一个名字是真。

但我们讨论的不再是简单的成分，而是它们的混合，所以我们把这些锥体或螺旋，加在另一些稳定且范围相等的锥体或螺旋上。为了表达的简便，我们可以把它们末端对末端地放置，虽然在现实中它们一者处于另一者之中——就像第二卷的第一张图。

将这两个虚线画出的锥体移进移出，我们就能直观地看出表示能量的 A，与它的宿命或是表示美的 B 之间不变的关系，以及表示心灵的 C 与表示它命运或真的 D 之间不变的关系。当 BB 接近右边锥体宽的一端时，A 接近此锥体窄的一端；当此运动反向时，BB 远离宽的一端，而 A 远离窄的一端。也就是说，当 B 四分之三是根本的、四分之一是对立

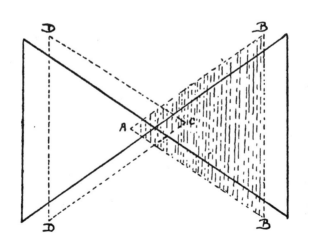

的时，A 四分之三是对立的、四分之一是根本的。依此类推，DD 和 C 的运动与这些运动完全一致，即每一螺旋——固定的锥体在运动的极限就是螺旋——与它的对立物保持不破的关系，虽然每一螺旋的性质在不断改变。文献中略去固定的锥体的描述，而以接近和分离的锥体不同的关系来表示对立面之间的关系；或是略去接近或分离的锥体，而用切割固定锥体的线来表现对立面。

但如果能用两个螺旋时偏要用四个，那就过于麻烦了。只要我们把两套锥体合在一起就行了，这样一条线包括了 BB、CC，另一条包括了 DD、AA，因而同一运动引起一条线的缩短而另一条线拉长。

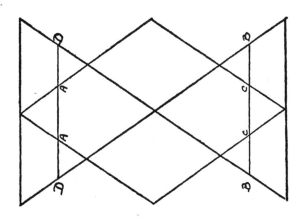

如果我们认为固定锥体的两边具有不同的意义，我们也会达到同一端点，那些固定的锥体一个置于另一个中。现在通过两个螺旋的接触形成的四个点，我们获得了对立的对子。

AB 和 CD 这两对现在是这样安排的，通过图形对立的边形成对立。如果我们研究一下它们的运动，我们就得到了巨轮的运动或四个王族的舞蹈。

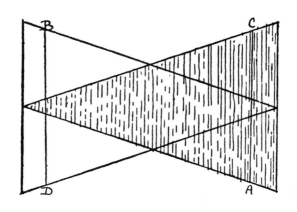

意志是意志，心灵是创造性心灵，宿命是面具，命运是命定的躯体。它们是四种机能，在描述巨轮时已对它们的机能做过解释，这里不再重复，随着对系统的熟悉它们自己会做出解释，这样我也许不至写得过长。刚刚给出的两张示图的人物是一个第十二相的人，由于每一螺旋现在都被看作一个旋转的圆盘，它通过内部和外部两个锥体时，显示出对立和根本在四种机能中的精确的比例。这种比例在巨轮中是用月盘在每一特定相位亮面部分的大小表示的。在第十二相，月亮接近满月的程度，正如在上一张图中 AB 螺旋接近它的最大扩展的程度。当达到螺旋最大的扩张时，相位是满月，诸如此类。意志和创造性心灵在其最大扩张处相互通过，正如在巨轮中一样。如果我们创造一个兼有月亮和太阳的符号，就会把这一点表达得更为完整，因为我们已经看到，根

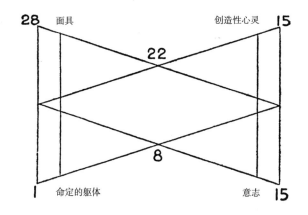

本的可以称为太阳的，对立的可以称为月亮的。反过来就不一定正确了，因为特征属于一个人留在肉体内的生命，而太阳的和月亮的也可能超出肉体。然而，巨轮却不是一个任意的象征，它是一个包含了十二圈显现（embodiment）的巨大锥体的单一螺旋（single gyre）。每一锥体的每一螺旋都等同于一个完整的锥体旋转通过二十八个相位或它们的对等物（equivalent）。

五　布莱克与锥体

我们对这个象征的解释不同于布莱克，因为他的专制者和奴隶、奴隶和专制者是出离相位的男人和女人，而他们的青春出现于我们象征的第八相和第二十二相，因为这两相拥有最大的热情；而他们的老年分别在第一相和第十五相，因

155

为在这两相，根本的特征和对立的特征取得完全征服，激情则消失了。在我们看来，这些分别是最大的美和智慧的时刻，因为我们主要研究的是忠实于相位的人。当人忠实于相位时，他在第一相和第十五相取得与他对立面的关系，不是通过冲突，而是通过和谐，因为它们只涉及某一机能或某一组机能，并且是在一个球体中，而不是在锥体中。如果我主要是研究出于相位的人，那我就不得不经常使用布莱克的解释，正如荷马把海伦和特洛伊被围放在同一首诗中。或是像阿维森纳[1]，他写道"一切生命来自腐败"。事实上，这个体系不断迫使我们将美看作战争的伴随物，将智慧看作衰落的伴随物。

六　太阳的运行和年度运动的象征体系

迄今，我一直将巨轮与月份中的日子联系起来考虑，但还有太阳年和太阴年的十二个象征性月份，以及太阳日。所有的圈都只是按不同的时间计量方式加以观察的单一原型圈，而作为春分和秋分、太阳东（Solar East）和太阳西（Solar West），以及作为分界点的日出和日落，被分别放在太阳圈的第十五相和第一相。为简便起见，我们有时由于月出而称第二十二相为太阴东（Lunar East），第八相为太阴西（Lunar West），第十五相为太阴南（Lunar South），第一相为太阴北（Lunar North）。第十五相对立生命的完满，第一相根本

1　Avicenna（980—1037），亦即伊本·西拿（Ibn Sina），欧洲人叫他阿维森纳，是著名的自然科学家、文学家、医学家。

生命的完满，落在张力最大的时刻，并战栗于太阳圈所象征的一切。我们可以通过两个相互包含的、按相反方向运动的圆圈代表生命的这两种品质。按照月亮的黄道运动，月亮圈从西向东；按照太阳的日常运动，或是按我们将看到的太阳向前的运动，太阳圈从东向西。

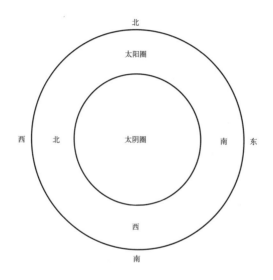

太阳圈代表来自人外部的一切，因而是新娘、是敌人、是精神生命、是物理世界，虽然要通过单个的机能，他才能理解它。因为太阳世界和自然世界之间，以及月亮世界和精神世界之间，存在着冲突，所以"从经验"进行的哲学创造被称为"燃烧"（"把自己消耗掉"），而从启示进行的哲学创造却带来生命。同理，据说精神性的存在"如果一有可能就欺骗我们"。真理的条件是两个世界互不分离，也不会变得"抽象"。

七　公元元年的螺旋和大年的太阴月

联系符号历数螺旋和太阴月时，我们将第一个螺旋、第一个太阴相，及黄道标记的中心一起当作起点。我们说黄道符号，不是指星宿，而是指我们后面所讲的数学区域。

I　　第一相（中秋、太阴北、巨蟹座、太阳西、天秤座）。

II　　第二相、第三相、第四相。

III　　第五相、第六相、第七相。

IV　　第八相（仲冬）。

V　　第九相、第十相、第十一相。

VI　　第十二相、第十三相、第十四相。

VII　　第十五相（仲春、太阳东、白羊座、太阴南、摩羯座）。

VIII　第十六相、第十七相、第十八相（大年的第一个太阴月）。

IX　　第十九相、第二十相、第二十一相。

X　　第二十二相（仲夏）。

XI　　第二十三相、第二十四相、第二十五相。

XII　第二十六相、第二十七相、第二十八相。

太阳月与此标记一致。

然而，上一张图中没有揭示运动，因此它没有误差，它只是构架，一切都围在一个圈圈中。为了更真实一些，我们创造了另一个图像，又加上两个圆圈，一个是太阳的，一个是太阴的，看起来是固定圆圈的映象。但为了方便，我用锥体代替了这两个圆圈；而且当二分点进入白羊座——即白羊座三十——我把一个锥体放在另一个锥体上，并假定太阳或菱形的锥体自东向西运动，而沙漏形锥体自西向东运动。

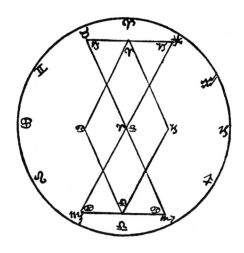

八 太阴年和太阳年的锥体

我使用两个窄端相遇的锥体，代表面具和意志的相遇，我称它们为太阴锥体；再使用两个宽端相遇的锥体代表创造性心灵与命定的躯体的相遇，我将称它们为太阳锥体。现在当二分点在双鱼座内，创造性心灵——与远东及二相点相一致——已从白羊座三十的历史出发点运行过了整个圆圈的十二分之一以上。

当太阳在春分时从金牛座运行到白羊座时，永恒之人（Eternal Man）的意志和面具分别在第十五相和第一相，及太阴南和太阴北，而其创造性心灵和命定的躯体在太阳东和

太阳西。在创造性心灵从太阳东开始，运行过一个符号期间，太阳和太阴锥体内部的螺旋将在十二宫外进行一次自变来完

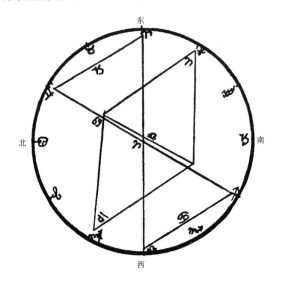

成它们的圆周，而在太阴锥体内，那一直是由南向北、再自北向南的过渡。

有必要指出，由于白羊座三十是太阳锥体的东或极点，而摩羯座三十是太阴锥体的极点，第十五太阴相不开始于太阳东，而是它的中心运动与东，即白羊座三十相应。这就是说，十二太阴区域的每一区域开始于某一太阳区域的中部。例如，与第十五相相应的螺旋区域开始于东和南，结束于与白羊座相应的太阳区域中部，而与第十六、第十七、第十八相相应的螺旋区域开始于此，或者我们把它转到天文学的符号体系中，第一次新月出现于太阳进入白羊座后的半个太阳月。我们的示图根据的是包含两万六千年的大年，因而太阳在三十

度进入白羊座，而并不像在年度运动中那样在零度时。但新月永远是北，因为它处于二十八个相位的起点。

这样我们再次得到基点（Cardinal Point）的符号系统，每一太阳区域开始于东，而把西作为它的中心点。永恒的人的意志在雅典和罗马文明的鼎盛时期，正通过与太阴锥体第十五相相应的一个螺旋，因而具有可能范围内最大的艺术能力，并在基督教创立时期进入第十六、十七、十八相的螺旋，而他的创造性心灵进入第十四、十三、十二相的螺旋；在下一次文明创立时，他的意志将进入第十九、二十、二十一相的螺旋，当太阳二分点触到双鱼座中心点时，他的创造性心灵将进入第十一、十、九相的螺旋。当大年开始于它的春分点时——白羊座三十而不是零——下一次文明将与它第二个太阴月相应。但正如我们后面将会看到的那样，这些旋转的锥体适用于一切时期，不管是对于历史还是个体生命，其中都含有根本和对立的相互作用。

当我们一起考虑太阴锥体和太阳锥体时，在太阴锥体内有两个分别代表面具和意志的螺旋，在太阳锥体内有两个分别代表创造性心灵和命定的躯体的螺旋，而且它们在大年的进程中完成一次公转。创造性心灵和命定的躯体在太阴锥体中只是作为外部的限制或阻碍而出现——我们以后还要提到它们——它们应通过面具和意志行动；而意志和面具同样出现于太阴锥体中，它们应通过创造性心灵和命定的躯体发挥作用。在圆圈对立的半圆中，我们马上就会看到，人的心灵处于太阴圈内；而在根本的半圆中，则处于太阳圈中。将它们分开考虑时，每一个锥体都可按其自己的意志行动，因为它是一个完整的生命；但我们仍可以保留这两个锥体，在每一锥体内放入四个螺旋。在这种情况下，不是用螺旋相互接触的点来确定机能，而是用螺旋本身来解释，我们也可以用两套锥体，在每套中每个锥体内有两个螺旋。

现在当意志和面具在沙漏形中分别从北向南运动，分别到达"旋转的中心"或东和西时，基本的运动是创造性心灵和命定的躯体的螺旋从菱形的极点开始，二者都来自"旋涡最深处"。有时据说在太阳锥体内只有一个螺旋，这是因为命定的躯体在我的心灵之外，面具和意志却在对立的心灵内。命定的躯体当然是魔的创造性心灵，而人的创造性心灵是魔的命运躯体，即外在于魔的存在。将太阴锥体和太阳锥体分开考虑时，我们称前者为机能的锥体，后者为要素的锥体；我们把机能的锥体又分为两个锥体，一个是太阳锥体，另一个是太阴锥体；再按同一方式将要素的锥体分为两个。这四种要素是精神（Spirit）、天体（Celestial Body）、外壳（Husk）

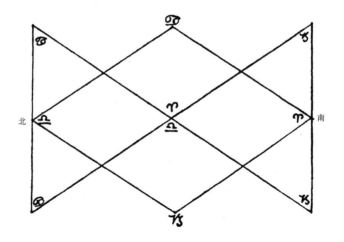

和激情的躯体（Passionate Body）——后面我们将分别加以描述——它们分别对立于创造性心灵、命定的躯体、意志和面具。在机能的锥体中，我们把意志和面具放在太阴圈或沙漏形中，把创造性心灵和命定的躯体放在太阳圈或菱形中；而在要素的锥体中，把外壳和激情的躯体放在沙漏形中，精神和天体放在菱形中。在每一组中，菱形和沙漏形相互围绕的旋转形成月份，太阳月处于被放入携带着要素的锥体中。

在巨轮的示图上，标有头、心、性器、衰落，在下次文明开端时，它们分别相应于精神、激情的躯体、外壳和天体；当大年的意志在第十八相和第十九相之间时，下次文明便到来。但这些点与巨轮本身没有直接联系，并暗示了另一张图，这张图是把两对四个锥体减少到一对两个锥体，让它们以直角相交获得的。

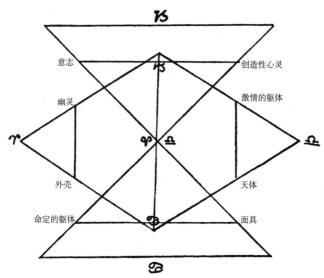

我并不使用这种安排，这里描述它只是因为若是把它置于巨轮上，就解释了头、心、性器和衰落的位置。它们非常混乱，人们必须记住，在北和南分别有着巨蟹座和摩羯座的黄道，可以用来代表一个完整的轮子。

此图中的菱形代表一种持续 26000 年的存在方式，而沙漏形——实际上的沙漏形和菱形——代表巨轮或二十八个体现时期，例如 2200 年，可表示一个由 26000 年锥体或菱形的两部分的旋转所形成的单一螺旋。标在图上的机能和要素在轮子的支配下，位置几乎保持不变。

九　根本和对立交替的月份

每一月份不仅仅是从第一相到第二十八相的孤立过程，还是由两个月组成的一个完整时期的一部分。这两个月本身就是一个完整的锥体或轮子，因此月份有时是对立的，有时是根本的。比如，对立于第十六、十七、十八相的太阴月，就文明来讲，就是根本的文明。严格地说，要素超出了特征，但它们有一个相应的变化，所以我们可以说基督在一个对立文明的高峰发出了一个根本的启示，随之而来的则是其反面。放在一个月内考量，只把他看作那个月的神性汇流点的话，他永远是永恒的圣人（Eternal Sage）——天秤座；但如按双月的轮子或锥体来考量的话，他时而是献祭，时而是圣人。在东永远是献祭，献祭的羔羊，他把自己作为牺牲献给无情的对立的心灵，因为在这献祭中要素的生命类似机能的生命，而且在东力量遭到放弃。但大年的每四分之一又是一个锥体，所以我们说月份是三个月一组；如果按这种量度计数，他最初是献祭，然后是圣人，再后来又是献祭。第一次由白羊座和金牛座诞生，第二次由天秤座和天蝎座诞生，第三次又是由白羊座和金牛座诞生；较大的圆圈与那个在其内部旋转得更快的圆圈相比，永远是根本的。

在太阳锥体和太阴锥体开始旋转运动之前，我先把它们看作两个相互包容的世界——无所谓内部与外部，太阳在月亮里而月亮在太阳里——就像柏拉图神话里男人和女人那种一体的存在。然后是持续无数世纪的分离和旋转，然后我看到男人和女人反映了更大的运动，各自有其黄道、运行及时间量度；一切都在不停地旋转。虽然这旋转是创造性的，但它不是恶，因为恶来自和谐的扰乱；由于这种扰乱，那些应按其季节到来的一下子都来了，或是到处争斗，螺旋在一片混乱中被抛到一边，而仇恨占领了一切。

十　古代的大年

读者想必已对这些锥体感到厌烦，所以在作进一步解释之前，我想看看古代是否有相似的计算方式。想想《蒂迈欧篇》中精巧的几何学，以及《理想国》中某些数学算式——现代学者对此有十七种不一致的解释——我们几乎能肯定一位柏拉图主义者，会觉得我们的计算方式非常简单幼稚。

弥尔顿是英国第一位哲学地使用黄赤交角的人，但是使弥尔顿能在《失乐园》第十章中，解释亚当被逐出乐园时气候的突然毁灭的，是太阳年度而非其岁差运动。但他肯定知道这种岁差，因为他的图书室里有拜占庭历史学家乔治·辛斯勒[1]的著作。辛斯勒解释了太阳的运行及这种运行所限定的大年。只有意识到人的古老，我们才能了解大年的概念是多么宏大而重要。

英国和德国的学者，把古代神话的演变与太阳从黄道十二宫的退离（retreat）联系起来，并将其中天放在春分点的双子座，就像北河二（双子座 α 星）和北河三（双子座 β 星）双子座代表双重的神或伟人，例如亚当和夏娃、该隐和亚伯，还把有着公牛特征的造物主的中天放在金牛座，等等，并在黄道中通过生与死、原罪与获救，发现了人类灵魂的历史，还认为巴比伦人和其他古人在提到"生命之书"时，指的就是星座，黄道就是它的文本和对南与北的注解。后来的确有某些学者——我想尤其是克芒特（Franz Cumont）先生——在讨论这种观点时，仿似在谴责罗马的错误的新教神学家，并坚持认为，在伊巴谷[2]于公元前150年发现分点岁差之前，人们对此一无所知。然而，在《宗教与伦理学百科全书》（*The Encyclopaedia of Religion and Ethics*）中写作"巴比伦历法"的阿尔弗雷德·杰里迈亚博士（Dr. Alfred Jeremias），写作"巴比伦年代"的弗里兹·荷麦尔博士（Dr. Fritz Homell），都提出了新的论据，宣称旧的观点已得到证明。

1　Georgius Syncellus（？—810？），拜占庭编年史家、神职人员。

2　Hipparchus（前190—前125），又译喜帕恰斯，古希腊最伟大的天文学家，编写出1022颗恒星位置一览表，首次以"星等"来区分星星。

荷麦尔博士把十二宫春分点最早出现的时间定为：巨蟹座公元前 7000 年，双子座公元前 5000 年，金牛座公元前 3000 年，白羊座公元前 1000 年。比起两千两百年的实际时间分段来，他显然更喜欢整数。我们无法准确地知道古代黄道的数学分区——如果它真的存在——从何处开始，在何处结束的，甚至不知道古代的星座在何处开始及结束。此书所阐述的象征体系就是根据同样的日期与数字。他用数学分区标出大年的起始月份，大年的月份与任何普通年的月不一致，因为普通年的第一个月，正如我们将会看到的那样，有它象征的起点，在白羊座零——在它的第十五度或者说中心，如果这样模糊的东西还能分度的话。

杰里迈亚和荷麦尔认为，运用大年知识的古希腊和古罗马权威著述，有《蒂迈欧篇》和《理想国》中的片段、西塞罗[1]的《西庇欧》中的片段；对于大年与另一较小圆圈的关系，是维吉尔《牧歌第四首》中的片段，以及各种注解的片段。当白羊座在春分点升起，巴比伦的大年开始；而辛斯勒认为"这是古希腊人和古埃及人的观点……就像《赫尔墨斯的吉尼卡》（*Genica of Hermes*）和《希兰尼德书》（*Cyrannid Book*）中所说的"，但西塞罗借影子的嘴说出的话，却没给任何特定符号以特定意义："按照常规，人们只是按照太阳的回归来测量年度，换句话说，就是按恒星的运行来考量。但是当所有星座都回到起始点，最初的天宫图经过漫长的时间被重新绘成，那也许可以真正称为大年，我几乎不敢想象

---

1 Marcus Tullius Cicero（前 106—前 43），古罗马著名政治家、演说家、雄辩家和哲学家。

其中会有多少代人。正如从前当罗慕路斯[1]进入圣殿时，太阳似乎要陨落并熄灭一样，在同一时刻和地点，太阳还将陨落一次，而黄道十二宫都回到它最初的位置，恒星被召回，然后大年圈将完满，而对大圈而言运行了还不到二十分之一。"在5世纪末，马克罗比乌斯[2]把西塞罗的希腊文著作译成拉丁文，并在他的评注中说西塞罗认为大年开始于一次日食，与罗慕路斯之死同时。他所说的"世界年"或"宇宙的公转""在很多个世纪中发展，这种想法如下：一切看似固定在天空的发光体和恒星——人类的智慧无法感知或探测它们的个体运动——都在转动……当所有这些发光体和其他固定的恒星回到某一确定的位置，就是大年的结束"。这里他补充道——柏拉图也有同样的想法，而用五分钟的演算就可驳倒这种想法——"这些发光体和五个恒星必然处于世界年开始时它们所处的位置上。"他认为，这在一万五千年后将会实现[3]。根据西塞罗一本失传的书，塔西陀[4]给的数字是一万二千九百四十五年，但现在我们知道真实的数字是二万六千年。

《牧歌第四首》初读似乎有些矛盾，它没有说大年刚于不久前开始，而是说大年正趋于结束。"库玛谶言的最后阶

1　Romulus（约前771—前717），与雷姆斯（Remus，约前771—前753）共同建造了罗马城。在罗马传说与神话中，他俩是一对双生子。

2　Macrobius Ambrosius Theodosius（约活跃于公元前4世纪），古罗马作家，其作品现已失传。

3　如果希腊或罗马的大年理论来自伊巴谷，那西塞罗的算法就肯定是基于伊巴谷认为最不可能的年度移动值：86秒。——叶芝原注

4　Tacitus（约55—120），罗马最伟大的历史学家。

段已经临近，它们庞大序列的循环重新开始；处女星出现，萨图恩的统治开始，天国的高处新的一代降临……阿波罗在你执政时期再度君临，波里奥在你执政期内光荣的年代将开始，而伟大的岁月将开始它们的进程。"

维吉尔所想的，并不是表面上的大年，而是每一年代平均有一百年的十个年代中的一个阶段。如果我们称它们为一年，或像我喜欢的那样称它为半年，它只能是马克罗比乌斯所说的"一个月是月亮的一年"。这个"按古太阳年分"（克尔·弗罗尔·史密斯语）的阶段在罗马时期，很可能开始于罗马的建立，或罗慕路斯死亡之时；据传在公元前966年伊特拉斯坎人[1]进入意大利时期。按照伊特拉斯坎人和罗马人为那事件分别选定的日期，我不能不把它看作从大年的开始、直到春分点进入荷麦尔的白羊宫中心的延续。马克罗比乌斯也许说过它的长度为一万五千年，因为从罗马建立到在他看来的第十个年代结束之时——公元前4年[2]——正好是整个长度的二十分之一，也就是说，如果他用十来除大年，是半个太阳月。流行的看法也许会把伊特拉斯坎政体分作十个时期，因为人们知道伊特拉斯坎人将一个人的生命分为十个时期，认为第十个时期在他七十岁时开始，这时灵魂和肉体分离，即使他活到九十岁。但我认为在神庙中，或通过预言家之口发声的人中，更大的时间量度已被知悉。如果不是维吉

1　Etruscan，古意大利北部伊特鲁利亚地区古老的民族，其居住地处于台伯河和亚努河之间。公元前6世纪时，其都市文明达到顶峰。伊特拉斯坎文化的许多特点，被随后统治这个半岛的罗马人所吸收。

2　有人说这个日期是第十个年代结束，也许是某个伊特拉斯坎人这样说的，但我在巴里利塔堡校改这些记录时，家里没有一本参考书。——叶芝原注

尔宣称第十个年代的黎明所发生的事过于盛大，千年难遇，并且别处的人肯定会认为它是世界上最盛大的事件的话，人们也许认为大年和较小时期的联系不过是偶然性的。据普鲁塔克[1]记载，一个喇叭从天空吹响，宣布第九个年代，苏拉[2]的崛起，罗马内战的漫长苦难，而马克罗比乌斯同时代的塞尔维乌斯（Servius）引用屋大维的回忆录证明，第十个年代或太阳年代，于公元前44年出现了一颗彗星，稍早于维吉尔写作《牧歌》的时候；而据3世纪的一位学者说，伊特拉斯坎的占卜者们曾预言第十个年代将使伊特拉斯坎国家灭亡。那个年代给一个国家带来毁灭，却给其他重建的帝国带来三百年和平。如果这样认为的话，维吉尔的预言就不仅仅是个人的臆想，而且是与更深刻、更神秘的事物以及对数学性的世界秩序的理解相统一。沙罗门·莱那赫（Salomon Reinach）在发现其中有某些思想源于希腊的某个狄俄尼索斯[3]神话时，拒绝认为那是一首为预期中恺撒的诞生而作的赞美诗；但我愿意相信，维吉尔为精神的根本和物质的根本同时发生的瞬间，唤起奇特而未知的情感，找到了熟悉的形式。另外，我不想为某个仅仅是因为它与古代的恒星信仰有联系，因而显得与其他预言不同的预言辩解。开普勒[4]预言了古斯塔

1　Plutarchus（约46—120），罗马帝国时代的希腊作家、哲学家、历史学家，以《希腊罗马名人传》一书闻名后世。

2　Lucius Cornelius Sulla（前138—前78），古罗马著名的统帅，奴隶主贵族政治家。

3　Dionysus，古希腊神话中的酒神，奥林匹亚十二主神之一。

4　Johannes Kepler（1571—1630），德国天文学家、数学家与占星家。

夫·阿道夫[1]的诞生，还准确地预言了他会在哪一年死去；萨伏那洛拉预言罗马城将遭到洗劫，以及哪位教皇会统治罗马，而许多无名之辈，也在梦里或白天的预感中预见了许多或大或小的事件。

西塞罗相信太阳在同一地方必然会再次发生日食，马克罗比乌斯相信一万五千年后行星必然回到同一位置，还有人相信从地球中心画出的线必然穿过所有的行星，所有这些都证明了有关于大年的信条被当年食古不化的人们不假思索地接受了。希腊和迦勒底天文学家早在很多个世纪以前，就已知道了使行星又回到同一点上的时期，而马克罗比乌斯列举了它们——火星在"我们的年的两年"后回归，木星在十二年后，土星在三十年后，等等；但没有人——甚至柏拉图算了那么多，也还是没有——计算过回归世界年的时期，这显示了对世界年的接受或半接受态度，不是由于其天象价值，而是由于其道德价值。我们对柏拉图的注解感兴趣，正是因为他像我们使用月相那样来使用它，仿佛它是一只在巨钟上移动的手，或是一个意象的象征体系，它可以帮助他更形象地发展，能加以辩证地证明的人类思想，也许还能帮助他确定这发展的日期。在《理想国》中，社会类型从以荣誉至上为原则的政体、寡头政治、民主政治、专政，又回到贵族统治的过程，被柏拉图解释为从黄金时代过渡到白银时代……这样一种过程，在西比尔或维吉尔眼中看来，与十个年代的某一分类一致；他把似乎是命运的看作宿命的。在另一段文

1　Oskar Fredrik Wilhelm Gustaf Adolf（1882—1973），瑞典国王，热爱中国陶瓷艺术，被公认为西方最伟大的东亚考古和艺术鉴赏家。

字中，他认为某种类型的社会，会结束于某些特性的过度发展，并把年的变化归因于一个相似的原因。

马基雅维利[1]说起话来也许像柏拉图的弟子。他坚持认为所有国家终将没落，而改革者顶多也只能使国家恢复到以前的状态。他的思想过于简单，无法明白，把国家推向过去，只能让它出离相位而处于幻觉中。

虽然我曾假定基督的诞生发生在大年第一个太阳月的象征中心，但我并不认为他诞生于它的正中心。的确，我所研究的这些文献说，基督诞生前的那个年代比它后面的年代长两三倍，但我无法找到有关这个论点的解释——他们坚持认为有一个数学的解释——我已忽略了它。我们认为每一次神圣的诞生都出现于象征性的新月，而基督的神圣诞生出现于或接近于第一个太阳月的中部，也许我们可以说它标志着太阳大年的第一天。脱离对称，满月与太阴日以及自其第十五天的新月第一天的孤立，按照系统来说将伴随有生命的不协调。我们称为太阴大年的第一天落在星座中一个明显的地方。不同长度的、有时还交叠的星座与太阳大年的十二区域、或与普通年的十二区域只有模糊的联系，但它们肯定比黄道十二宫中任何一宫都更多地支配了古人的想象。当我在唯一的星象图上——此图具有古代神秘的十二宫生物［普兰凯特的《古代历法》(Ancient Calendars)插图三］——发现春分点在基督的诞生点时，它正好落在双鱼的鱼身与白羊座的羊角的分界线上。也许从没有两张图把黄道动物画得完全一样，

1　Niccolò Machiavelli（1469—1527），意大利政治思想家、史学家、剧作家。

但差别不会太大。但在这张图上，白羊座和双鱼座的星宿排列得尤其相近。假如维吉尔或他的西比尔了解一点大年，就能发现运行中的太阳的位置是多么重要。大年的两度是三百年，相当于太阳年的两天。多个世纪以来，人们就把太阳从双鱼座到白羊座的过渡，与狄俄尼索斯正式的死亡与复活联系起来。接近过渡时，女人们为他恸哭，夜晚出现了与处女座分离的满月，在麦束或小孩体内有颗星星，因为在旧的天象图上她被画成有时抱着麦束、有时抱着小孩。西比尔也许知道某颗固定准确的过渡时刻的星，而不是一条模糊的线。我只找到四种可以理解的解释，但都令人难以置信，因为基督在过渡时刻前后诞生，这纯粹是出于偶然——那个基于对星星的观察的预言创造了一个如此这般的期待，以至它能够自我实现——从太古时期，在人类历史和星座之间就有一种极为精确、不可改变的一致性；在遥远的千年之前，也许是在第一个月被称为正义的牺牲之月、并确定牺牲的白羊座为其象征时，人们就可以确定文明的兴盛和衰落的日期，就像一位办公室经理早上看一下钟，就能说出他的职员午饭后将做些什么——基督教，就像托勒密·苏托[1]时期的塞拉皮斯宗教，是某些不知名的人物，利用他们的发现创造出来的。

为了证明人们曾期待救世主在一个阶段的中期降临——在我们的系统中是一个年代的第一个太阳月，我想是在罗马

---

1 Ptolemy Soter（前367—前283），古埃及托勒密王朝建立者，他在亚历山大建立的"亚历山大博物馆"（The Hellenistic Museum of Alexanderia）被称为世界上最早的博物馆。而英文 Museum 出于希腊语 Mouseion，原意为 A seat of the Muses。据1971年出版的《牛津英文大字典》解释，这一词的意思是"缪斯所在地"。

时代—— 我们不仅有斯多葛派[1]的观点，即艺术和科学的进步是以个体的灵魂为代价的，因而成熟的时刻也就是灵魂赤贫的时刻；还有早期基督教的信条，即基督诞生于自亚当以来的第六个阶段中期，而波斯人认为查拉图斯特拉诞生于六千年一个阶段的中期，正如"必处于躯体的中部"。人们或许还会想起，"世代连着世代，还有半个世代"（Times and times and half a time）。波斯人和基督教的信条实质上是一致的，因为年代是整体的缩影。但我不是学者，只是提一下我的看法，并接受判断；也许这只是我为自己的思想寻找的一幅背景，一幅画出的背景。

对立月和根本月的交替肯定是柏拉图式的，因为黄金时代的人出生时很老，而越长越年轻；在后来的年代中人出生时很年轻，而越长越老，然而，他使黄金成为对立的。另一方面，巴比伦人也有同样的交替，但我们知道他们的交替开始于白银和月亮。

十一　死人与恒星

因为可见的世界是一切生物的命定的躯体的总和，或是所有活人或死人的魔的创造性心灵之总和，我们称为命运的，

1　斯多葛派是古希腊的四大哲学学派之一，也是古希腊流行时间最长的哲学学派之一，古希腊另外三个著名学派是柏拉图的学园派、亚里斯多德的逍遥学派，和伊壁鸠鲁学派。从公元前3世纪塞浦路斯的芝诺创立该学派算起，斯多葛学派一直流行到公元2世纪的罗马时期，前后绵延500年之久。

和我们多数人自愿的行为一样，是某种单一的逻辑流的一部分；而变化最小的恒星，是逻辑流中变化最小的事物，以及所有找到不变的静止灵魂的行为。贝克莱认为，如果他合上眼睛时他的书桌依然存在，只可能是因为某种他称为"上帝"的更强大的神的思想。但数学家庞加莱[1]认为，时间和空间是我们祖先的作品。由于我坚信这个传统，我必须说所有的祖先都还活着，假如他们合上眼睛的话，时间和空间就会消失。

十二　个体生命的锥体

当我们把太阳及太阳锥体与个体生命联系起来考虑时，根据那生命是根本的还是对立的，太阳锥体或太阴锥体的下半部是个人的相位，相反的一半是面具或命定的躯体，在体内生命觉醒时期，那人也许不会越过中心点。他生命的对立状态，即他的魔的活动，在中心和他相遇，而与此状态的联系，时而是创造，时而是死亡。死亡之后，或阴魂附身时，或一般睡眠时，他进入了那个状态，因为不管人的相位如何，也不管他的魔的相位如何，人与他的守护神的关系总是对立的，而死或睡眠就是从太阴锥体过渡到太阳锥体。

如果我们用机能的生命来表述，我们可以说在机能的锥体中，开始于太阴南——生理的成熟——的意志，在死亡时到达太阳东（第二十二相），然后生命运行进太阳锥体中

1　Jules Henri Poincaré（1854—1912），法国数学家、天体力学家、数学物理学家、科学哲学家。

的创造性心灵——菱形，而且不是意志和面具在支配生命，而是创造性心灵和命定的躯体在支配，直到意志达于太阴西（第八相）的诞生。如果我们用要素的生命即精神来表述的话，可以说当自然的生命作为潜意识的生命继续时，生命停留在外壳中，直到生命到达了东，然后进入在摩羯座的太阳锥体中的精神，然后精神和巨蟹座的天体一起，取代了激情的躯体和外壳的支配，像我们已描述过的那样运行，并继续支配，直到外壳到达太阴西。

　　要素和机能，按其在锥体的哪一边上运行，改变品质和运行方式，因为白羊座所在的太阴锥的边与精神或创造性心灵相联，而天秤座所在的太阴锥体的边与天体或命定的躯体相联；而在太阳锥体中，摩羯座所在的边与外壳或意志相联，巨蟹座所在的边与热情的躯体或面具相联。品质或运行方式的这种变化，主要在心灵所在的锥体部分与我们有关，而且我们马上可以看到，死亡之后，精神在生命的第一个部分一直在斗争，要把它自己与激情的躯体分离开。它在锥体的激情的躯体边上运行，在生命的第二部分，它又把自己与外壳重新统一起来；在后来的自然生命中，面具在锥体受到天体影响的边上运行，而稍早一点是在受外壳影响的边上运行。

　　有时在菱形中只有一个螺旋，那只不过是说人只能认识一个螺旋，这也许是幽灵或创造性心灵的螺旋，而将天体或命定的躯体看作他自己之外；而人在自然生命时期同时处于意志和面具中，在死亡之后——如果外壳和激情的躯体被升华和变形——他也许通过精神和天体同时进入外壳和热情的躯体之天性。这就是为什么对立的人死后处于善或恶、光明或黑暗之中，而根本的人本来就处于善或恶、光明或黑暗之中。

十三　四种要素

外壳具有质感和本能，活时几乎是肌体，死后则成为它的记录。

激情的躯体是激情，但不像面具，它不带孤独（solitude）；面具在被允许统治思想时，是使人孤独的热情。天体是永恒生命能被分开的那部分。

精神几乎是抽象的思想，因为如果不与激情的躯体或天体联系起来，它既无实体又无生命。

与机能不一样，要素并不能创造孤立的或抽象的形式。

十四　死亡之后的生命

死后，意识选择进入精神之中，而精神应整个转向天体并服从于它，而不是转向现在已与命定的躯体不可分的激情的躯体，并开始了梦归。为简便起见，我把死亡之前和死亡之后的生命称为一个轮子相等的两部分，并按轮子来量度生命。这个状态可能延续到与第二十五相一致的部分结束为止，然后它被一个名为转换的状态所取代，转换一直持续到精神从激情的躯体、天体从外壳逃脱为止，它们在冥想和静止中彼此面对。然后出现一个名为至福的简短状态，它也许与冥想的时刻和第一相相一致。随后而来的是先行（Going Forth）和预知（Foreknowing），在此状态中，精神与外壳、天体与热情的躯体又联系起来——现在是爱情，而不是激情——在第四相之后，灵魂被即将到来的生命的思想所支配。当灵魂先通过锥体的下半部分然后通过上半部分，锥体本身也在移动，因而灵魂诞生时，比它前面的体现远一个相位。我已经论及它们，使它们在系统中各就其位；但我不过是谈及过罢了，后面我将详尽地加以描述。

十五　太阳的年度运行和公历年

如果我们像公历那样以太阳的年度运行为象征，就可将天体和太阳等同起来，因为太阳不像精神和创造性心灵那样，按颠倒的顺序从白羊座运行到双鱼座；我们把基督的诞生归于外壳在第八相时的冬至，把圣母受孕和基督受难——"他被杀戮于历代的墓上"——归于外壳在第十五相的春分。至少我们是按这种方式将其放在分类系统中的。但对早期的基督教来说，问题就复杂多了。因为他，或那些他从之学习的人，为太阴年和太阳年不同的开始和结束所困惑。他们试图以一个传说来解决这个问题，即这个世界——人们还可以推断太阳——创造于春分，而月亮则在两天以后以满月的形象被创造出来。由于基督的生命必然模仿已经开始的大年，他的受难及圣母受孕都是在春分后两天发生的。然而，他们没有在一个固定的日期来庆祝这些事件；似乎是为了引起对年度象征体系的注意，引起对这些现在的和反复出现的事件的注意。他们把春分后第一次满月或接近满月的星期日，选为举行复活节典礼的日子，而不管是在月份中的哪一天。但人们惊讶地注意到，虽然圣母受孕的日期年复一年有所改变，但基督诞生的日期不变。我们时代的头四百年中，1月6日被选为基督诞生的神圣纪念。基督教对这个日期的解释是一种武断谵妄的计算，或是某种幼稚的寓言。有时他们通过把大主教的生命加在一起，计算世界的年代以及基督与大年的关系，而且有时指出，由于1月6日是在冬至的十二天后，因而赞美了十二门徒。我认为马克罗比乌斯斯和西塞罗已经掌握了大年的教义，他们简单地接受了这个日期，从较古老的文明的学者那里，也许从希腊人和迦勒底人那里，甚至是从亚历山大的科尔的崇拜者那里，在那一天，那些崇拜者从神殿墓室中抬出一个头、手和膝盖上画有十字架和星星的木头人，喊道："圣女已经生出了上帝。"但是，如果人们计算九个太阴月，从圣母领报节后第一次新月算起，像希腊人所做的那样，让每个月交替有二十九天和三十天，人们就会发现1月6日夜晚，正是第十个月亮的朦胧新月能显示的夜晚。九个半月的妊娠期已过，而神圣的生命被看作与四季的生命一致。

> 摩西白色的手掌从树枝间伸出
> 耶稣从地上爬起来，惊叹不已。

日期的选择，经过四个世纪的犹豫，才选定冬至日为圣诞日。这很像我们自己也会经历的选择和犹豫，假如我们在对个性的需要初次出现的第八相和个性自我显示的第九相做出选择的话。在我孩童时期，人们习惯于认为把耶稣生命中的事件分别与四季联系起来，这是与异教徒的节日竞争的结果；而现在我们知道，联系出现于象征之前，而基督教本身就是恒星信仰的一部分。

古代伟大的牺牲者，基督、恺撒、苏格拉底——爱、正义、真理——是否死于春分后第一次满月之下呢？基督死于此时，正如复活节的日期所示；恺撒死于此时——留心，3月15日[1]——苏格拉底也是在此时被宣判，这时圣船起航，最近的研究结果表明，是驶往提洛岛[2]去参加3月的一个庆祝阿波罗和大地复苏的节日。三月节是否开始于新月呢？当圣船驶进港时，比雷埃夫斯[3]上空的月亮是否为满月呢？苏格拉底喝下毒药时是否为满月呢？在我写下这些话时，回想运行的太阳位置，怎能不毛骨悚然呢？古代的奇术在沉默中守护的究竟是什么呢？

按圣克里索斯多姆[4]的说法，施洗者约翰的母亲是在秋分受孕的，而圣母是在春分受孕的；那么按其相位关系来说，他们分别是根本的和对立的，一个是仲夏的孩子，一个是仲冬的孩子。达·芬奇画的圣约翰看起来像狄俄尼索斯，在他作画时，他是否知道圣约翰的父亲是在葡萄成熟时得子，而

1　这是莎剧《尤利乌斯·恺撒》（*Julius Caesar*）中的名谶，有人警告恺撒留心3月15日，恺撒不听，后果于此日遇刺身亡。

2　Delos，爱琴海上的一个岛屿，是古代希腊爱琴海上的宗教、政治与商业中心。

3　Port of Piraeus，位于希腊东南部，为希腊最大港口。

4　Saint John Chrysostome（347—407），君士坦丁堡的主教。

他的母亲是在地中海岸谷子成熟时怀了他呢？

十六　特征的开始和结束

特征的结束曾在巨轮部分描述过，是由天体和幽灵、创造性心灵和命定的躯体相互之间的偏见所引起的，此时意志处于第二十六相与第四相之间，这里与上帝的统一是可能的；而他们在第十二相和第十八相之间的开始，是由这样一个事实所引起的，即机能的分离在统一的生命内部得到理解。一个特征在另一特征之前开始或结束这一事实，无疑是锥体的一边比另一边上升得稍高的螺旋作用的结果。

十七　伟大神话的螺旋

宗教或文明也属于双重锥体的下半部，而作为文明起始原因的宗教，却在中心淹没、死亡。当双重锥体的下半部与锥体分离并且自身成为一个双重锥体时，以前的中心现在是它的北。当它达到此锥体的南——我现在称此锥体为历史的锥体——它就找到了宗教的统一与活力，以及她的生命统一形式。在后面我对此运动的详尽研究中，我将再次把历史的锥体分开，这样就又有了一个从北到南的锥体，和一个从南到北的锥体。在考察死后的生命并把她与此生命比较时，我将用一个双重锥体的一半来象征每种状态，因我既无学识又

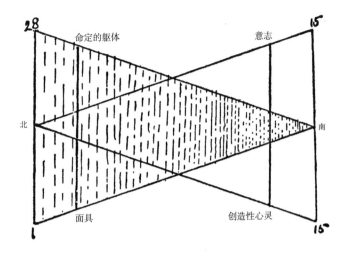

无能力，无法做一种在复杂性上可与《神曲》相比的分析。

　　这些就是形式最简单的历史锥体，关于相位的普通的双重锥体。

　　在基督诞生时，意志离开北，而命定的躯体离开南；当意志到达南，而命定的躯体到达北时，它们换边并回归：在公元1200年，它们处于图中所显示的位置。但我们也可按同一时期，把它们安排在那个位置上。

　　于公元1年出发的意志沿有阴影锥体下面的边运行，到达公元1000年或南，然后沿上面的边运行。于公元1年出发的创造性心灵沿锥体上面的边运行，直到它在公元1000年到达南，然后沿下面的边继续运行。面具和命定的躯体也从北开始，而另两种机能已从有阴影锥体的宽端开始了。面具和命定的躯体从没有阴影的锥体的窄端开始运行，它们也向南运行，在南换边，向北回归。这种方式画出的一条线

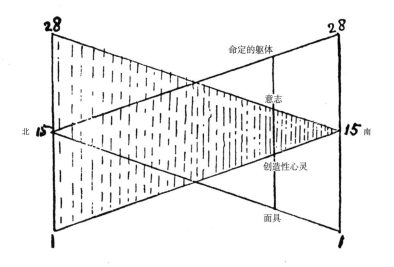

能显示出所有四种机能的位置。与把四种机能放在表示整个两千年的锥体上一样。如果把这条线分成二十八个部分，第十五部分在中间，而第一部分在最接近公元1年意志的出发点那一点上，人们会发现，锥体的边与线相交的那些点显示了四种机能在较大锥体上的位置。如果意志是按这种方式放置的，那么任一种其他机能如被放在线上，将来会处在与上一个还未结束的千年相一致的日期里。如果把两千年分进各一千年的锥体中，这条线就与巨轮上的头、心、性器和衰落有同样的功能，它显示出较小区域与较大区域的关系。

我们在特定的时期，通过机能所在的线的聚拢或岔开，可以表示一段时期内某种机能对立的或根本的性质，而且每一锥体在总体上也有其根本的或对立的特征。如果我们拿一张相似的、表示锥体上半部分的图来改变这张图，就会有两条平行的线，每一半都表示其所在的一半上的四种机能的位置，我们就会得到第四节中的第三张示图。

我们的这张图是卷三中历史图表的基础，也可以说是专为那张图而画的，因为人们一眼就能看出哪个年代受到哪些机能的影响；而且，由于它包括了两千年，并显示了从北到北的运动（如果你在完整的轮子上计算的话，就是从中心到中心），被分成二十八相的两部分。我所研究的文献只以"近似的精确"把历史事件标于这张图上。整个纪元向南的运动是文明下落的浪潮，物质或宗教是上升的浪潮；向北的运动与此正相反。在每一千年的南是一个艺术创造时期，第一个千年时期主要是宗教的艺术，在第二个千年则主要是世俗的艺术。由于纪元的北是太阳西，纪元的南是太阳东，在第一个千年，思想发展得更东方化，在第二个千年时期更西方化。在公元前的一个相似时期，即公元前 5 世纪，思想发展得西方化了。但是，作为完整锥体的一部分，时代与时代通过超感觉的、或幽灵式的相互作用而彼此影响。卷三中的图是为我们的年代而画的，而意志的位置通过其创造性心灵受到君士坦丁时代的影响。几年前我在牛津大学时，一位现今已故的杰出学者给我看了大量精心编写的证据，证明她和她的朋友在卢浮宫看到的幽灵就是君士坦丁大帝。据说时代之间的相互影响，是通过某些幽灵[1]，或是某位作为灵媒的人实现的。

这张图与前文中表示之前两千年的图在形式上有所不

---

[1] 有一次威廉·克鲁克斯爵士（Sir William Crookes）对我说，有一位自动写作的作家告诉他，如果他焚一炷香，"东方三贤将会出现"，然后他便看到某种未知语言的字迹，原来是古波斯语。极为费劲地读完后，他发现是一张草药单，但没人知道那些字指的是哪些草药。我认为，由其在螺旋中的位置而产生的各时期之间的联系永远不会被打破，不论其间隔了多长时间。——叶芝原注

同，也在形式上与任何一张记录第二泉之影响的图不同。这种差异是由与特征内部交换相似的运动引起的，但我们不用根本的和对立的这种词来表述，而用太阳的和太阴的。在每一泉，文明的螺旋会进行锥体的互换；那些与创造性心灵和意志有关的，我们称之为太阴的，而那些与面具和命定的躯体有关的，我们称之为太阳的。例如基督诞生之前，太阴螺旋走向它们锥体的窄端；基督诞生时，则进入另一锥体的宽端，并继续合拢。另一方面，太阳螺旋从宽端步入到窄端。太阳螺旋是宗教的和物质的，而太阴螺旋是情感的和理智的。这意味着随着内部生命的天性发展得越来越对立，宗教生命就发展得越来越根本，直到抵达创造的瞬间。然而在南没有互换，只有回归，一种方向的改变，曾经分散的螺旋现在开始合拢，反之亦然。为了将它与南的主动变化区别开，我们称这种变化为往复式的。

十八　三个泉和显现圈

　　泉（Fountain）分为四组，每组三个；轮子的每四分之一部分有三个，每部分的第一个分别在第一、八、十五、二十二相的中间开始，每部分的第二个在后面三个相的中间开始。而每部分的第三个在轮子每四分之一部分的最后三个相位中间开始。它们也许与希腊诗人阿拉图斯[1]所采用的黄

1　Aratus（前315—前240），古希腊说教诗人。

金、白银、青铜时代相应，而不是赫西俄德[1]所划分的四个时代。但最清楚的一点是它们轮流是献祭和圣人。献祭被称为坚强的灵魂，因为他取得了最大的力量却又放弃了；而圣人被称为脆弱的灵魂，因为他的力量处在包围着他的事物中，我们不妨说处在他的教义中。基督虽然也是圣人——力量的发现，脆弱的灵魂——但如果把他作为他的四分之一部分的三个泉中的一个放在巨轮上加以考量，他就是献祭，白羊座，放弃力量，而即将到来的主将是根本年代的对立启示。人类重生的圈，与永恒之人的那些圈不同，是在太阴锥体上加以量度的。它从太阴北开始，这些月份或圈最初与大年的太阳月有种对称关系；但是当巨轮第一回公转结束后，它并不停止转动，所以轮子最后到达了所有的太阳月和太阴月，仿佛它们落在一起并相互混淆起来。又仿佛是经过结晶，这些月份这样安排了自己——十二个太阴月在每个年代中按特定的顺序开始。所以我们说第一个圈在基督诞生时，把它的第一个灵魂送到世界上，而第十二个圈在新泉诞生的前一瞬间，把它最后的灵魂送来。然后将出现新的连续的第一圈，即第十三圈，它是一个球体而非锥体。我说一个圈的第一个和最后一个灵魂时，并不是指那个圈要结束了，因为它不断开始又不断结束。我们把这些开始放置于一个时代的两千年中，我们发现每五百年中，三个圈都有它们类似的开始，从而赋那个时代以它们的特征。

1　Hesiod（前 8 世纪，享年不明），古希腊诗人，原籍小亚细亚，从公元前 5 世纪开始，文学史家就开始争论赫西俄德和荷马谁生活得更早。他以长诗《工作与时日》《神谱》闻名于后世，被称为"希腊训谕诗之父"。

还有许多别的东西我必须留给我的学生去发现——如果有的话——让他们在符号和符号之间进行比较。他们的任务将比我的容易些，因为我必须从杂乱无章的心理笔记中，从仅有的几张图中去发现一切，用了许多个月精疲力竭的劳动才写出这不多的几页文字，但所有的笔记和图都能相互论证。在判断一个人时，人们不仅应该知道他的相位，还应知道他的圈，因为每个圈都有不同的特征，但目前由于缺乏资料，我还无法探讨那些圈。我们把同一性别放到一个圈中，然后换为另一个圈。据说一些爱情上比别人幸运的人、身体或精神上比别人更美的人都具有数个圈。总的法则是：它们和相位遵循同样的发展进程。

十九　民族的锥体与思想的运动

我们必须记住，在大年圈内运转的太阳锥体和太阴锥体中间，是每个独立的民族的锥体，以及思想和行动的各个流派的锥体。我们称这些锥体为"大集会"（Covens）。大集会要求个体之间为自己的认同建立联系，而且与它们对立面"自我消耗"（Cousume themselves away）分离。构成四种机能的四个大集会，也许沿巨轮的圆周运动，并通过它们的相位，就像个体的男人和女人所做的那样。当思想的运动，例如宗教唯灵论哲学，变得朦胧感伤，这也许是由于在创造性心灵的位置上，通过物质的或精神的根本、与某一心理学流派的联系已经结束。大集会由它们在男人和女人群体中的魔所构成——那些男人和女人成为魔的躯体——每一大集会的魔都试图把其意志强加于相互联系的另三个大集会。当一个大集会把它的创造性生命，延续到相位和历史时代所允许的程度时，便会出现一种重生，一种向下一相位的运动。

我自己选择了"大集会"这个名称，它是女巫审判中记录下来的苏格兰女巫团体的名称，因为我们可以想象民族和哲学各有一口女巫的大锅，其中盛满药汤或魔鬼的肉汁。自此，我们一定可以推想，如果没有一个生命或生命的团体，就不可能有哲学、民族或运动；而我们称为哲学的证据的，不过是使哲学能够诞生的东西罢了。这个世界是一场剧，人物一个跟着一个出场，虽然对话为每个人的出场都作了铺垫，但这本身并不能证明某个人。在即将被哈姆雷特杀死时，波洛涅斯[1]也没有被证明是错的。一旦哲学、民族或运动清晰地呈现出其本来面目，我们就知道它的主要特征并没有呈现出来，没有从一切过去中呈现出来，也没有从戏剧目前的紧张中呈现出来。但它是唯一的，是它自己内部的生命。当一切事物永远并存时，便无所谓原因，无所谓结果了。

二十　性爱的锥体

性爱的各种象征需要更详尽的思考，在本书中我只能简

1　Polonius，《哈姆雷特》中承前启后的人物，由他的死开始，整个故事气氛趋于紧张，情节急转直下。《哈姆雷特》剧以几乎所有出场人物的死亡作结，而第一个死去的就是波洛涅斯，其重要性可见一斑。

略地涉及一下。在每对恋人中，每个人对自己本身来说都是意志，对方则是命定的躯体。他们激情的躯体是由最初固定的圈构成的，正如太阳锥体和太阴锥体一样；而它的进程应反映出那些包含三个泉的锥体。如果我们从另一个角度来考虑，取一个小些的轮子，那么这进程应反映出那些从泉到泉的锥体。爱情按这种方式被反映为命定的（fated）和注定的（predestined）。有三种形式的危机，每一种形式位于一个组合锥体的末端，称为第一关键时刻，第二关键时刻和极乐幻象。这种爱与死者的关系和泉之间的关系类似，在第十三锥体的支配下于每次危机时出现。也就是说，这时会出现球体的和谐，或球体对锥体的取代。在和谐到来之前，激情的四种机能是作为创造性心灵的欲望，作为命定的躯体的残酷，作为意志的服侍，以及作为面具的支配。在和谐到来之后，创造性心灵成为智慧，命定的躯体成为真理，意志成为爱，面具成为美。还有创造了象征的支配地位的起始关头，由于紧要关头破坏了那种支配，起始关头落在螺旋触到锥体边沿的地方——北和南—— 它们的数目不明。因为根本的生命只有单一的运动，所有对立的生命看起来好像是性生命的一种形式。由于冲突，它变得生机勃勃；由于和谐，它变得喜气洋洋；如果二者缺其一，它就会自我消耗掉。和谐是由对命运的认识而产生的（太阴锥体对太阳锥体的认识），但由于每个人对另一个人都是太阳的，所以一个人的宿命是另一个人的命运。太阴的人对与之对立的太阳精神的认识，可以称为信念，它创始了宗教情感和哲学经验。

二十一 互补的梦

这一部分探讨人死后的状态，我使用了"互补的梦"（complementary dream）这一术语。如果两个人建立起超感觉的联系，那么不管他们距离多远，当他们冥想同一主题时，在我的经验里，他们心灵的眼睛必会看到互补的意象，这些意象互为补充。例如，一个人也许看见宁静的海面上一艘满载骚动人群的船，而另一个人看见骚动的海上一艘满载宁静人群的船。即使这些联系是暂时的、表面的，这种情况也会发生，有时在其范围内还会包括数目可观的人。例如，一个人在梦中见到一只熟了的苹果，另一个人见到一只未熟的苹果；一个人见到一支点燃的蜡烛，另一个人见到一支未点燃的蜡烛，等等。

在同一个晚上，母亲会梦见她的孩子死了，或正在死去；孩子会梦见她母亲死了；而父亲会在夜里醒来，不知什么原因，突然对物质财富忧虑起来。我把这样的一次经历写进一首诗里，开头是这样的——

> 我身边躺着的女人，她的梦
> 是否与我的梦重叠，
> 抑或在第一缕凛冽的晨曦下
> 我们将同一个梦分成两半？

整个时代也许就包容于一个梦或是轮子里，所以虽然没有可见的影响，但它的创造具有完全相同的特征。

二十二

整个世界被看作一个单一的生命，在东西方之间具有一种关系，就像互补的梦之间的关系一样。欧洲是对立的，亚洲是根本的。太阳锥体和太阴锥体中的基本方位，不仅是黄道和白道的基本象征，而且用来指示实际的地理方位。可能太阳锥体中的那些基本方位指思想的运动，以及它们的发源地，至少我是这么认为的；而太阴锥体中的那些方位，在它们还保持着对最初环境印象的情况下，指种族本身的起源。

约瑟夫·斯齐戈夫斯基[1]说："从一开始，南方的居民就应用绘画艺术来表现生物。"这话事实上描述了南的对立性质。在他把几何形式和来自手工艺人的各种"非表现性"的装饰归因于北时，他解释了根本的北；他的东方观念——传教士和国王身上的力量给人造成的困惑和惊奇——描述的当然是象征性的东方；也许在他对西方的描述中——他说西方既吸收又利用，是一个母体——描述的也是我们象征性的西方。

二十三　锥体——更高的维度

本书所依据的注解中，有一篇说，在一个锥体内部所有

1　Josef Strzygowski（1862—1941），1892年成为格拉茨大学的首位艺术史教授，1909年被聘为维也纳大学艺术史系讲席教授，并于同一年在维也纳创立了比较艺术研究学会，这一学会的通报发行至今。

存在的维数比我们所知的要多，而另一篇认为创造性心灵、意志和面具与我们认识的三维相一致，而命定的躯体是未知的第四维，时间只是外在地被感觉到。当我看到这篇注解时，努力想理解一点现代对此问题的研究，但发现我缺乏必要的训练，于是在本书中将它忽略。然而，高维度与低维度之间的区别解释了锥体和轮子连续的分裂——它们不断分裂为更小的锥体和轮子，但跟斯威登堡的旋涡一样，并不改变主要运动。斯威登堡的螺旋是由许多个螺旋构成的。在度标中，每一维度与低于它的所有维度都处于直角。如果巨轮是一个旋转的平面，而任何一个构成锥体的运动都是与那平面成直角的旋转，那么第二种运动无论如何也影响不了第一种。同样，球体的旋转也是一种运动，与包括所有已知运动的圆围成直角。我们只能想象那个球体永恒在转进转出，因而有了阿赫恩所引述的，关于巨蛋从里面翻出、却不把蛋壳打破的格言。

　　除了那些留心于上升运动的波斯人和犹太人，古人似乎都持有尼采关于永恒轮回的信念；但如果宗教和数学是正确的，而时间是幻觉的话，那么除了道德影响，这并不会产生什么差别。

二十四　四种要素和新柏拉图主义哲学

　　我尚未考虑过事物的最终起源，我手里的文献也未给出一个直接线索。宇宙之灵这个术语经常出现，而且用法与普罗提诺[1]哲学中的用法极为相似。我愿意在天体、精神、激情的躯体及外壳中，分别从他的太一（One）流溢或投射出理智的原理、世界的灵魂以及天性。激情的躯体被描述为把一个生命与另一个生命联系起来、把天体从孤独中解救出来的东西，而在普罗提诺的论著中，这是世界灵魂的部分职责。就像在文献中实际所使用的那样，宇宙灵魂是情感意象的容器，情感意象已从那些把它们同一个人而非另一个人结合起来的事物中净化出来。第十三、十四、十五圈被描述为球体，而且肯定是分别来自世界的灵魂、理智的要素和太一的投射，但这个系统与普罗提诺的系统之间存在着根本的区别，虽然也许只是表达上的。在普罗提诺那里，一体就是善；而在本系统中，灵魂能与现实结合之前，善与恶是被排除在外的，而现实是淹死我们的现象之流。

---

1 Plotinus（205—270），新柏拉图主义奠基人，其学说融汇了毕达哥拉斯和柏拉图的思想以及东方神秘主义，视太一为万物之源，人生的最高目的就是复返太一，与之合一。其思想对中世纪神学及哲学，尤其是基督教教义有很大影响。

卷 三

鸽子或天鹅

历史锥体

括号中的数字表示相位数，其余的数字则指公元年数，在稍低于 250，900，1180 和 1927 等数字的线横切锥体，标出的是那一时刻的四种历史机能。

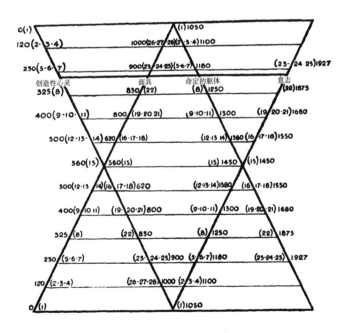

I　丽达

猝然一击：巨大的双翼依然拍动
摇摆的少女上空，他的黑蹼将她双股
摩挲，用喙将她的后颈衔住，
且将她无助的乳房拉向他怀中。

那些受惊而茫然的手指怎能够
将羽饰的荣耀从双腿间推开，
置身于白色激流，躯体又怎能够
不觉出奇异的心狂跳在她的胸脯？

腰际一阵颤动，那里播下了
残垣断壁，燃烧的城楼和屋顶，
阿伽门农死去。
被空中残忍的血水
如此地卷入如此地凌驾，
她可曾就神力吸取神的智慧
趁那冷漠的喙还未将她放下？

II 巨轮与历史

一 漫想

人们必然记住，基督教时代就和之前的两千年相似，是一个完整的轮子，其每半也各是一个完整的轮子，而当每半到达自己的第二十八相位时，也就是到达了整个时代的第十五相位。那么每一千年的第十五相位，按照时间的象征量度来说，则相当于整个时代的第八或第二十二相位。阿芙洛狄忒是自风暴交加的大海上升起的，而如果特洛伊不被围的话，海伦也就不可能是海伦了。时代本身不过是一个更大时代的一半，其第十五相在战乱时期出现。大数字总是较小数字更为根本，因为大的包括了小的。一千年是一个生命的象征量度，先是取得柔韧的成熟，而后便沉入僵硬的暮年。

文明是一种保持自控的斗争，在这一点上，它特别像某些伟大的悲剧性人物，比如说，一个尼俄柏[1]式的人物，不得不显示出超人的意志，否则她的哭泣就无法引起我们的同情。思想的失控是在末期出现的：首先是道德生命的沉沦，

---

1 Niobe，希腊神话中的底比斯王后，因哀哭自己被杀的子女而化为石头。

而后便是最后的投降、丧失理智的吼叫、启示——朱诺[1]的孔雀的尖叫。

二 公元前两千年到公元元年

想象天神向丽达宣布创建希腊的启示时，我想起古希腊人曾把她未孵化的蛋作为圣物挂在斯巴达一座神庙顶上展示；从她的两个蛋中分别诞生了爱情与战争。但所有事物都自其反面而来，当我困惑地猜想她所驳斥的到底是什么样的古文明时，我看到飞鸟和女人遮住了巴比伦数学星光的一角。

是否像犹太文明那样的远古文明也认为长寿是天神恩宠的证明，而古希腊人竟如此明确地断言早死者乃是受天神宠爱，从而把他们的悲剧意识强加于一个充满喜剧的时代？当然，这些部落第一次受到密集的启示——在魔或神谕的主宰下——之后，便瓦解了一个伟大的帝国，并用理智的混乱取而代之。我想，约公元前 1000 年左右，他们的宗教系统臻于完善，而他们自己却变得像亚细亚人一样野蛮。随后出现了荷马、社会生活、一种无疑是受神谕支配的对社会秩序的渴望，以及后来（希腊第二次千年盛世的第十相）对独立的社会生活思想的渴望。公元前 6 世纪（第十二相）前后，人格出现了，但那时还没有任何思想是孤立的，一个人可以

1　Juno，罗马神话中的天后，婚姻和母性之神，罗马十二主神之一。朱庇特之妻，集貌美、温柔、慈爱于一身，被罗马人称为"带领孩子看到光明的神祇"。对应希腊神话中的赫拉。

统治整个部落或城市，但决不会固步自封，脱离广大民众。我想首次发现孤独（第十三相和第十四相）之后，便出现了大家今天都很感兴趣的视觉艺术：菲迪亚斯[1]的艺术，就像拉斐尔[2]艺术，暂时完全吸引了我们的注意力。记得以前在阿什莫林博物馆（Ashmolean Museum）看到的胜利女神像，像拉斐尔以前的艺术一样，具有一种未系统化的自然美；尤其是有几个罐子，浅亮的底子上绘着几匹几乎是超自然的怪模怪样的马，显得有些黯淡。自我实践之后，必定会带来力量欲——其工具的系统化，但诸如明晰、意义、优雅等至今在所有明亮的空间中看来轮廓分明的品质，似乎超过了其他的品质。如果把这种艺术同阿那克萨戈拉[3]以前的希腊哲学家的思想相比较，人们便可以发现相同的相位，而且总是更关注其真实程度而非其道德或政治意义。人们渴慕现已失传的那些剧作家的作品，这些作品曾在埃斯库罗斯[4]和索福克勒斯[5]这两个菲迪亚斯式的人崛起之前上演过。

1　Pheidias（前480—前430），被公认为最伟大的古典雕刻家，雅典人，其著名作品为世界七大奇迹之一的《宙斯巨像》和《帕提农神庙的雅典娜神像》，以及《命运三女神》。

2　Raffaello Santi（1483—1520），意大利著名画家，"文艺复兴后三杰"中最年轻的一位，代表作《西斯廷圣母》《雅典学派》等。

3　Anaxagoras（前500—前428），克拉左美尼人，古希腊哲学家、原子唯物论的思想先驱。

4　Aeschylus（前525—前456），古希腊悲剧诗人，与索福克勒斯和欧里庇德斯一起被称为古希腊最伟大的悲剧作家，有"悲剧之父"的美誉。代表作有《被缚的普罗米修斯》《阿伽门农》《复仇女神》等。

5　Sophocles（前596—前406），雅典三大悲剧作家之一。他既相信神和命运的无上威力，又要求人们具有独立自主的精神，并对自己的行为负责，这是雅典民主政治繁荣时期思想意识的特征。和埃斯库罗斯不同，索福克勒斯认为命运不再是具体的神，而是一种抽象的概念。

考虑这场运动，不仅要从历史锥体的起始方面考虑，还要考虑触及其边缘的螺旋，那种水平运动。还有那种持续的颤动，在别处我曾用国王、王后做它的象征；事实上，也可以是太阳与月亮，绕着圆塔不断回旋上升。

希波战争之后，紧随着爱奥尼亚式的优美出现了多立克式的雄浑；陶工曾热衷的肢体纤细的纨绔子弟，雕塑家曾热衷的像巴黎女人一样精心卷起头发的少女，统统让位于运动员。我怀疑这是有意回避东方的事物，或者说是一种道德教谕，就像那种曾把诗人从柏拉图的理想国里驱逐出来的教谕；也许是为最后的系统化做准备，我们也可以说，波斯入侵者摧毁了爱奥尼亚人的工作室；而所有的东西又都来自命定的躯体对灵魂的日趋孤独的反抗。在菲迪亚斯的作品中，爱奥尼亚和多立克这两种影响结合起来——想一想提香[1]——万物都被满月所改变，盈满而流。正如福特温格勒（Furtwingler）所证明的那样，到卡里马科斯[2]时，纯粹的爱奥尼亚风尚又复活了；他唯一的传世之作是一把大理石椅子，上面刻着一个波斯人，但人们可不可以从帕萨尼亚斯[3]描述的棕榈形铜灯发现一点波斯人的象征？他是一个复古的艺匠，努力把公共生活推回到一种更古老的形式中。无论是怎样的巨匠，有时也难免沉浸于逐渐衰落中的亚细亚。

---

1 Tiziano Vecellio（约 1488/1490—1576），英语国家常称呼为 Titian，意大利文艺复兴后期威尼斯画派的代表画家。

2 Callimachus（约前 305—前 240），古希腊诗人，亚历山大里亚派诗歌的代表，托勒密家族宫廷诗人。

3 Pausanias，公元 2 世纪希腊史地理学家、旅行家，《希腊志》一书作者。

每个时代都解开上个时代所系紧的绳结。这让人想到，菲迪亚斯及其向西运动的艺术之前，波斯陨落了；而当满月再次变圆，并向东运动，它给拜占庭带来光辉，而罗马却陨落了；在我们向西的运动——文艺复兴开始时，拜占庭陨落了。想一想实在有趣。一切事物都以其他事物的死为生，一切事物又都以其他事物的生为死。

菲迪亚斯以后，希腊的生命是对立的，缓慢又丰富地走过对称的月相，然后匆匆结束。记不清是哪位罗马或希腊作家，曾经谈到当时人们的俊美正在减退。艺术作品中什么都变得越来越有条理，对手也消失了。阿里斯托芬[1]遮蔽了激情的目光落到人们不得不相信的事物上；从罗马剧本来看，那是懒汉的目光。亚里士多德和柏拉图结束了创造性系统——到真理中去死也仍然是死——从此惯例开始。柏拉图死在真理中，但这种真理仍是死亡的一种形式。当他把永恒的理念从自然中分离出来，并证明它们的自足性时，他准备了基督教这块沙漠和斯多葛式的自杀。

我把亚历山大的远征及其王国的崩溃——此时希腊文明已循规蹈矩并在亚洲销声匿迹——看作与第二十二相相终始；某位历史学家曾记述亚历山大想挥戈西进，这表明他只不过是创造希腊化罗马及亚洲的冲动的一部分。到处都有表现无所事事之人的雕像，他们的每条肌肉都有人量过，每个姿势都有人争论过；所表现的也许是刚做完爱而心满意足的

1　Aristophanes（约前446—前385），古希腊早期喜剧代表作家，同哲学家苏格拉底、柏拉图有交往。相传写有四十四部戏剧，现存《阿卡奈人》《骑士》《和平》《鸟》《蛙》等十一部，有"喜剧之父"之称。

肉欲性男人，或是涂着脂粉的女人，也许是皮肤赤褐、露天锻炼的人。成功与失败的岁月（第二十二相）用机械取代了力量，此后的每一次发现都是一种消失——对技巧的陶醉（第二十三相），对往昔的敏感（第二十四相），以及某种主导信念（第二十五相）消灭了理智。柏拉图和亚里士多德之后，心灵已疲惫得像亚历山大临终时的军队，不过斯多葛派信徒们尚能发现道德，从而把哲学变成一种生活的准则。他们是首批受益于柏拉图对模仿的仇视之人。在他们当中，我们肯定可以找到我们现代人格及琐碎面孔的施予者；此时面具已经撕开，最终在轮子的最后三个相位中，罗马征服的希腊，或者说被希腊征服的罗马，必须崇拜物质的或精神的力量，而欲望已经泯灭。公元前 2 世纪，这种崇拜开始，并掀起一场世界范围的宗教运动，但终于被后来的运动所淹没，而没有留下足够的记录。人们不知道在多大程度上，一贯谦卑的亚洲把希腊人和罗马人推进一个密特拉[1]陷坑，让他们一丝不挂地站着，像在沐浴时颤抖，又像是要吸尽公牛身上的最后一滴血。受崇拜的意象不管在什么地方都只取唯一可能的形式，就像对立的时代，在最后的狂暴中死去——以人类或动物的形式。在柏拉图以前，对于斯多葛派及伊壁鸠鲁派[2]信徒来说都还亲切的人类集体形象——亦即作为道德象征的青铜

---

1 指古代的秘密宗教密特拉教（Mithraism），密特拉教在公元前 1 世纪到公元 5 世纪强盛。它主要是崇拜密特拉神，源自波斯和印度的神密特拉和其他琐罗亚斯德的神。

2 伊壁鸠鲁派（Epicureanism）作为最有影响的哲学学派之一，延续了四个世纪，广泛传播于希腊－罗马世界。罗马时期，伊壁鸠鲁学派的著名代表有菲拉德莫和卢克莱修。卢克莱修写的哲学长诗《物性论》，系统地宣传和保存了伊壁鸠鲁的学说。

或大理石雕运动员——就已被阿那克萨戈拉所唤起；他认为创造世界的是思想，而非对立的两极。英雄式的生活，充满激情却又残缺不全的人，以及一切伟大的诗人及雕刻家所能想到的东西，都开始消失；人们的想象力不再寻找高尚的对手，而开始向神圣的人和荒唐的魔鬼走去。此时圣人已把男人从女人的怀抱中引诱出来，因为在那些怀抱中人只不过是碎片罢了。启示来临时，运动员与圣人合而为一；基督最早的雕像，就是模仿已被神化的亚历山大大帝像而制的，传统从此生根，直至今日还在向我们宣扬基督恰好六英尺高，从身体方面来说是一个完美的人。即便是完人，基督也还是得死，唯有如此，根本力量才能达及对立的人类，而人类被封闭在感官圆内，只在最个性化及物质化的领域里触摸外界的事物。我想到启示前的一瞬间，想到了莎乐美——她或许也涂着脂粉，皮肤赤褐，在希律王面前狂舞，手中捧着先知约翰的头颅——我怀疑对于我们来说是颓败堕落的东西，不过是强健的身体与圆满的文明之狂喜。就在我寻觅意象时，我看到她因为缺少光照而按当时的一个药方，用狮子脂肪涂抹她赤褐的四肢，以便取得君王的宠爱；又想到同样的冲动会创造加利利人的启示，并神化那些日盘环绕的罗马皇帝雕像的头颅。无论在王座上还是在十字架上，神话都会变成传记。

三 公元 1 年到公元 1050 年

上帝现在被设想为人类外部的某种事物，是人的手工制品；而随后对菲迪亚斯和斯科帕斯[1]的雕像的崇拜，必然是偶像崇拜。他是天国里的父，最终将在忒拜[2]发现天国，那里世界变为毫无特色的泥土，可以渗过手指。这些事情在超乎人类天才的奇书中得到证明，并且得到一种超凡的宗教证明。随着螺旋越转越宽，这种宗教会把人变得像泥土和沙粒般毫无特色。既然人类已被告知他什么也不是，黑夜就将降临于人类的智慧。他本已发现或近乎于发现地球是圆的，还有很多星体与其相似，但如今他必须相信天空不过是支在水平地面上的一个帐篷——他也许会受刺激进入一种焦急的疯狂状态，进而引起道德变革——他必须抹掉他很多世代都生活于其中的认识或半认识，并认为一切永恒取决于瞬间决定，而天国本身——当变革已经停止——肯定会显得极为朦胧，极为宁静，以至它看起来不过是对人类弱点的一种让步。对这种信仰来说，很有必要宣布，上帝的那些信使，那些将上帝的意志在梦中显示、或在梦呓中宣布的生命，根本不是人。希腊人认为那些人常常是过去的伟人，而现在对人类的让步已被禁止。一切都必须缩窄为取火镜所投出的太阳的意象，而人类除此意象外别无所知。

带来这种变化的心灵，如果只在人类范围内考虑，在希腊和罗马人的思想中会是其年代中冲突的高峰；但如果在大于人类的范围内考虑，是上帝控制了新毕达哥拉斯派和斯多

---

1 Scopas（前395—前350），古希腊著名雕刻家、建筑师。雕刻的作品包括以弗所的阿尔忒弥斯神庙和哈利卡纳苏斯的莫索拉斯陵墓。

2 Thebes，又译作底比斯，位于中希腊维奥蒂亚州的城市。因为这座城市是关于卡德摩斯、狄俄尼索斯、七将攻忒拜、特伊西亚斯等故事的发生地，所以它在希腊神话中占有重要地位。

葛派所无法控制的非理性力量。上帝可以宣布新的年代，宣布一切人类所未想、未触、未见过的，因为上帝能用奇迹代替理智。

第二十二相的牺牲是自愿的，所以我们说上帝就是爱本身，但产生基督教品质的不是他的爱，而是他的怜悯，不是对理智的绝望的怜悯——虽然他身上的人性（在喀西马尼园[1]中就有了）像其年代一样是对立的——而是根本的怜悯，对普通大众的怜悯。人类的死亡看到他扶起拉撒路[2]，疾病看到他治愈许多人，罪恶见到他死去。

爱是由理智的分析所创造和维持的，我们只爱那独一无二的，而且爱属于冥想，而非行动，所以我们不会改变我们的行动。一位恋人会承认有比他的情人更美的人，但不会认为他们相像，并花费大量时间满心欢喜地研究她的言谈举止。只有在某种事物威胁到他空前绝后的唯一性时，他才怜悯。部分对部分感到高兴，并寻求占有，而不是服侍；好撒马利亚人[3]发现他与另一个人相似，浑身是疮，被盗贼遗弃在路旁，这种情况下，是他人服侍他自己。对立消失了，他不再需要拉撒路；他们不再以他者的生为死，不再以他者的死为生。

只能任意地选择一个罗马衰落的开端时期（第二相至第

1　Gethsemane，基督受难前祈祷的地方。

2　Lazarus，《圣经·约翰福音》中记载的人物，他病危时没等到耶稣的救治就死了，但耶稣一口断定他会复活。四天后，拉撒路果然从山洞里走出来，证明了耶稣的神迹。

3　The good Samaritan，典出《圣经·路加福音》。一个律法师试探耶稣，求问永生之法时，耶稣讲述了一个故事：一个犹太人遭盗贼打劫，被打个半死后丢在路边，接连有祭司和利未人路过，却都不闻不问，唯有彼时与犹太人对立的撒玛利亚人路过时，善意照应他，并自己出钱把他送进旅店。

七相，公元 1 年至公元 250 年）。例如，罗马的雕塑——在罗马影响下制成的雕像，而不管雕塑家的血统如何——没有达到自我完满的生命力，这只需我们考虑一下罗马的雕像与希腊直到基督教时代的不同之处。它甚至作为一个发现，影响了后来所有的雕像。希腊人给大理石雕像的眼睛涂上颜料，用搪瓷、玻璃、宝石制作那些青铜雕像的眼睛，而罗马人最先钻一个圆孔来代表瞳孔。我认为，这是由于对带有一种文明特色的目光的专注，而这种文明处于其最后的相位。这个伟大时期的大理石雕像的色彩肯定早已褪去，而一片阴影和一点阳光，尤其是在阳光充足的地方，就比油彩、搪瓷、彩色玻璃或宝石更为生动传神。他们能用石头表现出完美的镇静、行政人员的神态，在富于节奏的地方表现出警觉的关注、肉体的升华、无拘无束的精力。不正是这种对警觉关注的天赋使得罗马人，而不是希腊人，能表现出最后的根本的相位吗？在大理石雕出的元老院议员群雕中，人们看到机敏的官员，他们知道世上一切权力都从他们眼前经过，只需他们不慌不忙，永远留心，就不会把自己摔个粉碎。帕特农神庙的那些骑士具有全世界的力量，在他们运动着的躯体内，在仿佛舞蹈的运动中，人类的心和神庙上的兽像也充满力量；但随后一切都会改变，量度取代了愉快，舞蹈家活得比舞蹈还年长。那些年轻的少妇为什么需要谨慎的眼睛呢？但在 1 世纪和 2 世纪的罗马，舞蹈家本人已经死去，用脸和头部表现性格——这与我们现在一样——对他们来说就是一切的一切；而寻求任职官员们光顾的雕刻家，在他们的工作室里存放着披有宽外袍的大理石躯体，可以极快地把从模特翻下的头像安放在那些躯体上，这些头像遵从最严格的写实标准。我想到罗马时，总看见那些带着沉思世界的眼睛的头像，还有和社论里的比喻一样平淡无奇的躯体，再比较一下古希腊那些目光空洞、一无所望的眼睛，用象牙钻成、凝视幻象的拜占庭的眼睛，那些中国和印度式的眼睛，那些遮住、或半遮半掩、厌于世界和幻象的眼睛。

同时，非理性的力量只创造出无足轻重的部分。它本会创造出混乱和骚动，哭喊道"婴儿，那婴儿诞生了"——说着未知语言的妇女，用仆役的全部粗俗来阐示《圣经》启示的理发师和织工，发出拍击回声的移动石板——这些只不过创造出一些无足轻重的部分。

这是一种形式完整的、对立的贵族文明，等级森严的生命的每一细节，黎明时挤满请愿者的大人物的门口，各地掌握在少数人手中的巨大财富，如此等等，都依赖于少数人。上至作为神本身的皇帝，也依赖于一个更伟大的神，无论是在法庭，还是在家庭，到处都是不平等的法律，还有穿行于罗马化了的希腊诸神之间的健壮的身体。一切都僵硬而静止，人们用同一把剑和矛战斗了好几个世纪，虽然在海战中战术有些变化，避免了船与船的单独作战，这需要更熟练的航海术，但航船的速度从伯利克里时代到君士坦丁时代一直保持未变。虽然雕像发展得越来越写实，从而复兴了它的活力，但这种写实主义并不具有好奇心。运动员变成了拳击手，亮出被打变了形的嘴唇和鼻子，根根毛发在青铜雕出的单人单马像的肚脐周围露出来，但主题并没有改变。只有与非理性力量相关的哲学令人吃惊并具有创造性——非理性力量伸向埃及的奇术和犹太人的奇迹，但相隔数臂之距。然而普罗提诺和圣彼得一样是根本的，都与创造了罗马文明的一切相矛盾，而他的思想和圣彼得一样，在根本的群众中有深厚的基础。他的流派创立者是阿默尼亚斯·萨卡（Ammonius Sacca），亚历山大港的一位搬运工。他的思想和我年轻时曾接触过的奥利金[1]的思想，在我看来表达了同一种品质的抽象综合，展示了一种永远处于第八相之前的性格。因为犹太人的奇迹比亚历山大奇术更有力地控制了群众，所以奥利金取得了胜利；而君士坦丁（第十相）把十字架刻在他士兵的盾牌上，用真十字架上的一根钉子制成他的马刺，这个行为相当于人类在第一个太阴四分之一结束时，在动物性的混乱中要求力量的哭喊。君士坦丁直到临终时才皈依，根据这一点，我认为他一半是个政治家，一半是个奇术家，在对梦的盲从中接受了新的时髦的护符，钉在一起的两根棒子。基督徒在罗马帝国六千万或七千万人口中只占六百万，但他们从不在娱乐方面花费，因而非常富有，就像18世纪的新教徒；而世界变成基督教的"巨大无形的黑暗"的世界——4世纪的一位哲学家就是这样看的。他们除掉了"每一个美的事物"，不是通过群众的皈依或意见的一致改变，也不是通过任何来自下面的压力——因为文明依然是对立的——而是通过权力的行动。

我没有那种知识（也许任何人都没有），来追溯拜占庭帝国经过的第九、第十、第十一相的发展。按我给出的图表，

---

1 Origen（约185—？），古代东方教会最为著名的教父，亚历山大学派的主要代表，为后世基督教神学奠定了深厚的基础。

可以发现拜占庭帝国有一百六十年的时间处于它的第十五相，但我所了解的仅限于艺术，而且对拜占庭艺术也知之甚少，无法"大致正确"地确定连续的日期，也许只是为了提示才给出这些日期。为了叙述的简便，我选择在5世纪第十二相的中间而非结尾进行研究，在已知证据的情况下，那是拜占庭城市变成拜占庭帝国的时期。拜占庭以其物理力量的荣耀代替了从前罗马的华丽，拜占庭的建筑风格让人联想起圣约翰《启示录》中的圣城。我想我要是能到古代活上一个月，待在我所选择的地方，那我就住在拜占庭，稍早于查士丁尼[1]建造圣索菲亚教堂并关闭柏拉图学院时期。也许我会在某家小酒店发现干镶嵌活的哲学工匠，他能回答我的全部问题。他比柏拉图更接近于超自然的降临，因为他对精美技艺的骄傲会把权力的工具变成亲王、传教士、下层民众中行凶的疯狂，作为可爱而灵活的存在显示出来，就像完美的人类躯体的存在。

我认为在拜占庭帝国早期——或许这在有文献记载的历史中是空前绝后的——宗教、艺术和实际生活浑然一体，而建筑师和工匠——也许不是诗人，因为语言做过论争的工具，肯定已变得极为抽象——无论是对大多数人，还是极少数人，都会说同样的话。画家和镶嵌工、金银匠、《圣经》的装帧者都几乎不具人格，几乎没有任何进行独创设计的意识，他们完全沉潜于他们的主题及全民族一体的灵视中。他们可以按照福音书制作出文本一样神圣的图画，并将所有的画织进一

---

1 Justinian the Great（482—565），东罗马帝国皇帝，史称查士丁尼大帝。

个宏伟的图案中。这些杰作出自多人之手，而看起来却似出自一人之手，它使建筑、绘画、图案、栏杆和灯台等金属制品看起来完全像是同一个意象；这种灵视告诉世人，他们那不可见的主，具有那种希腊的崇高；而撒旦永远是静止不动、半神半凡的蛇，而不是说教的中世纪那些带角的稻草人的形象。

苦行僧在亚历山大港曾被称作"上帝的运动员"，现在已经取代了那些希腊运动员，这些运动员的雕像已经在麦田里或被熔化，或被砸碎，要不就是孤零零地立在那儿；但苦行僧周围有一种令人难以置信的光辉，就像是我们半睡半醒时，掠过我们闭合的双眼的光辉，并不是真实世界的反映，而是梦游者的梦。即使是打孔而成的瞳孔——如果是一种拜占庭工匠在象牙上打的孔—— 都会给纪念碑模糊线条中深深的阴影、机械的圈子带来梦幻般的变化，那里的一切都富于节奏，流畅飞扬，使圣徒或天使看到某只飞鸟凝视着奇迹。那时穿过教堂就能见到灵视者——教堂优雅而非神学地命名为"神圣智慧"——今天游赏罗马和西西里镶嵌画的人见到灵视者时，仍然能认出他以前合起眼皮时见过的某一意象。在我看来，最初基督教团体中的基督，不过是一位精神的驱魔人，由于他对完美上帝的赞同，因而有可能沉浸于超自然的光彩之上——那些带有闪闪发光的蓝、绿、金小方块的墙壁。

我想我能发现一种摆动，一种水平螺旋的旋转，就像在多立克和爱奥尼亚这两个拜占庭艺术主要特征之间的摆动和转旋。近来的评论把来自希腊的画像与来自罗马的区分开来，它们严峻的面孔，让人想起帕来拉的希腊壁画，和木乃伊棺盖上的希腊-埃及风格的绘画。画上典型的线条经过夸张，就像我们今天大部分作品一样。那种装饰似乎消除了我们的自控能力，它似乎起源于波斯，用一根葡萄藤作为恰当的象征，葡萄藤的卷须四处攀缘，在枝叶间露出奇形怪状的鸟兽形象，那些代表人们从未用肉眼看到过的生灵，但它们生出一个又一个，仿佛它们本身就是活着的生灵。

我是否可以认为主宰希腊的是上一个对立的晚期，而主宰罗马的是接下来的根本，并把它们的交替看作水平螺旋的作用呢？斯齐格夫斯基认为，看得见的表现圣徒的教堂装饰，对那些信仰基督二重性[1]的人来说尤为亲切；而那些用光秃秃的十字架来代表基督，其余一切都是鸟、兽和树的教堂装饰，对于那些相信基督根本不具人性的人来说尤为亲切。我们可以发现亚洲的艺术就是这样。

如果由我来决定的话，我会将查士丁尼执政时期作为第十五相，人们可以说就是在那个伟大的时期，拜占庭艺术达到了顶峰；一座像圣索菲亚教堂的建筑——按当时的描述来看，里面绘满了狂喜的景象——必然不像浮夸的圣彼得教堂，后者建于顶峰到来之前。关于顶峰时期我说不出什么，随后的从第十七相到第二十一相时期我也说不出什么来，因为我不了解这段时期；菲迪亚斯年代之后，或我们自己的文艺复兴之后，都没有与顶峰时期相似的时期，从而无法提供帮助。我们和希腊人一样向理智运动，而拜占庭和那时的西

1　基督身上"人"与"神"的二重性。

欧却从理智向外运动。如果斯齐格夫斯基正确的话，我们可以把对形象的破坏，看作对希腊装饰和也许来自古波斯王国的华美风格之复兴的破坏，是试图使神学更禁欲、更神圣、更抽象的一个插曲。显然是持基督一性论的主教薛奈斯（Xenaias）的追随者们向第一个破坏偶像的皇帝提出了破坏的建议，薛奈斯主教看到波斯势力对帝国的影响已经大得不能再大了。在我看来，形象的回归必然是由于综合的失败（第二十二相），是基督教世界在异教沃土中的第一次失落和死亡。欧洲发展得朴实而有生气；获胜一方的力量来自狂热者，他们像反对者一样准备好一有机会就破坏意象，把它碾成齑粉，像吃药一样把它就着水吞下去。人类在一段时期内会做他们所能做的，而不是他要做的或该做的，并接受过去和现在的信仰，因为他们阻止了思想。在西欧，我想我能从埃里金纳[1]身上看出哲学死亡之前的理智的综合，但我对他了解甚少，只知道他是以一本6世纪的书为基础的，而这本书是一位在最低程度上反对偶像崇拜的皇帝颁布的，也许书中给出了天使的秩序，也许还给了图象制作者一个主题。我还注意到，在图表中，第二十二相与查理曼帝国[2]的崩溃也是一致的，而且显然把查理曼与亚历山大[3]联系了起来，但除非在迫不得已的情况下，我本人并不想涉及政治事件。

1　Johannes Scotus Eriugena（约815—约877），爱尔兰哲学家，力图调和《圣经》与希腊哲学，他的著作被称为"古代哲学的最后成就"。

2　Charlemagne Empire，中世纪西欧早期的封建帝国，因建立者查理曼而得名。

3　Alexander the Great（前356—前323），即亚历山大三世，马其顿（亚历山大帝国）国王，世界古代史上著名的军事家和政治家。

随后出现了异族艺术，就像最后四分之一部分必然出现的那样：某本书中所提到的建筑形式中的犹豫，对希腊和罗马文学的兴趣，大量的模式与结合；而在为数不多的法庭和修道院之外，我似乎发现了一个亚细亚一样纷乱的欧洲。理智的锥体已急剧缩窄，以至世俗的理智已消失，强壮的人在不必要的地方习俗帮助下进行统治，各地超自然的事物都突然而暴烈，就像猝然一击或舞蹈症，对理智来说是一片黑暗。文献中讲到，在恺撒统治下的人们，形式上是一体，理智上是很多个体；但现在正相反，因为只有一个一般化的思想或教义，城镇之间、乡村之间、部族之间互不来往。神圣的生命在孤独地外溢，它的锥体已经扩张，但这个生命——世俗的理智已经熄灭——对人的行为几乎没什么影响，也许是一个梦，如果不是由于幻象或奇迹的话，可能永非意识所能及。我认为它就像梦游者幽深的梦幻，这梦也许还伴随着一个给人以美感的梦——也许是一条由鸟和兽的形象组成的罗马风格的溪流——但两个梦互不影响。的确，由于这种双重思想是在南创造出来的，所以对立的相位最多不过是暂时照亮的相位，就像闪电的光芒一样。对于现在与我们有关的南来说，不仅是较大纪元中的第十五相，而且是千年锥体的最后一相（第二十八相），按照它的物理法则，人类生命再次发展为自动的。我认识一个寻找绝对意象的人，有一回，他看到一个持续的意象，一只蛞蝓，仿佛在向他暗示，那非人类所能理解的神性，就反映在最无组织的生命形式中。理智的创造已然停止，人们开始与超自然事物打交道，并且一致认为如果你做出奉献，那么它不仅自己活，而且也让别人活；甚至圣徒或天使看上去也与他们自己差不多，人们认为守护天使会妒忌他们的女主人；如果一位国王在把圣徒的躯体拖向新教堂的途中遇到了麻烦，假设遇上了奇迹，他会把圣徒骂作粗人，并将其抛下。有三位罗马名妓先后使她们最中意的情人当选为教皇，非常有趣，她们向那些曾听过她们做爱时尖叫的耳朵忏悔她们的罪恶，并且完全相信这种行为超凡的功效，她们或许从玩弄过她们肉体的手中领略到了上帝的躯体。兴趣已缩小，只对附近的和个人的东西感兴趣，而且看到所有抽象的世俗思想也黯然无光，那些兴趣采取了最具物质实体的形式。在修道院和隐士的小屋中，从理智中逃脱的人们终于可以像野兽或小孩似的爬在地上，寻找他们的上帝。教会的法规只要不与政府、教会或国家有关，而是具有自己的灵魂，那么它就是完整的。人们已经了解获救所必需的一切，但在我看来，这个时代并没什么意思。人类在等待死亡和审判，世俗的机能一无所用，人类在世界的混乱面前一筹莫展，也许潜意识地相信世界就要毁灭了。复现（recurrence）[1] 的水流隐匿于基督教象征的运动中，即使在狂喜与启示时显现，也只以象征的形式显现；现在，它已注满了它的盆，而在它流出盆沿的一瞬间似乎是静止的。而我在冥思中想象那盆中心的血，并不是基督手上和脚上的血。基督只同情普通大众，为岁月的漫长和人类命运配不上人类而

1　文献区分了复现和延续（sequence）。复现是开始时强壮而逐渐死亡的冲动，延续是每一部分都相互关联的冲动。每个相位都是一个复现，而延续与存在的统一性有关。如果我正确地理解了柏拉图的完美与不完美的数字，它们的意思应该也大致相同。文献还将复现与延续和影射或无关的事实区分开来。第一相的精神只看得见影射。——叶芝原注

215

哀恸。两千年以前，他的先驱却只关注英雄们，也曾这样站在中心，并为时间的短暂和人类配不上他的命运而哀恸。

满月过去了，最后的显现将发展得更像我们自己，放下了那也许从菲迪亚斯风格的宙斯（如果我们能相信切法卢和蒙雷阿莱[1]）那里借来的冷峻的威严，还有去掉了粗陋的拜占庭意象的圣母，站在基督的身旁。

四　公元 1050 年到今天

当潮流改变，上帝不再能使人们满足时，法庭和城堡中肯定发生过某些事情，历史也许对此没做记载，因为随着极端对立启示的第一个曚眬的黎明的到来，在圣母的眼睛底下，或是在情妇的乳房上，人已经变成了一个片段。代替从前野蛮与禁欲的交替，出现了某种模糊而不肯定的事物，足有一千年它无法发现自己完整的解释。拜占庭的一位主教看到安提克的一位歌女时曾说："我久久地注视着她的美貌，知道在审判的那天我还会见到她，当我想到我还不如关心她的躯体那样关心我的灵魂，我痛哭流涕。"但在《天方夜谭》中，当哈伦·赖世德望着歌女的奇迹，并立刻爱上她时，他却用一小块绸子蒙住她的头，来证明她的美貌"已经退入我们信仰的神秘"。这位主教看到的是将被牺牲的美貌，而哈里发看到的是它自身神圣的美，正是这来自第一次十字军东征、

1　切法卢（Cefalù）和蒙雷阿莱（Monreale）都是以诺曼式教堂而闻名的意大利城镇。

阿拉伯帝国统治时的西班牙、或半个普罗旺斯省和西西里的神圣，创造了浪漫文学（romance）。也许是首创性的但被遗忘的幻想，把理智与修道院分开，并通过创造出梅林[1]这一形象，把理智与热情结合起来。当克雷蒂安·德·特罗亚[2]笔下的梅林爱上尼尼安时，他让她看一个饰有金银嵌画的山洞，这是一位亲王为他的恋人所建的；梅林还告诉尼尼安那两个恋人在同一天死去，并安放于"他们寻欢作乐的山洞中"。然后梅林挪开一块红色的大理石板（这石板只有他的法术才能打开），让尼尼安看那对裹在白锦中的恋人。那墓穴就一直开着，因为尼尼安对梅林说他们也可以回到洞穴中，替换那对死去的恋人过夜。夜幕降临之前，梅林却忧愁起来，躺下睡着了，于是尼尼安和她的侍者抬着他的"头和脚"，把他放入"墓穴并把石板合上了"，因为梅林已把咒词交给了她，"从那以后再也没人见过活着的或死去的梅林"。关于德国"帕西法尔"的传说中既没有教堂的典礼，没有婚礼或弥撒，也没有洗礼。相反，我们发现了最奇特的浪漫文学或生命的创造——"爱的幻境"。帕西法尔在这种幻境中，眼前只看见并不在身旁的情人；他战胜了一个又一个骑士，最后醒来时疑惑地盯着他凹痕累累的剑和盾；他在作战那天并没有向上帝或圣母祷告，而是向他的情人祷告，正是他情人的灵魂（与她的附身或睡着的躯体分开）来到他身边，把胜利带给了他。

1　Merlin，欧洲中世纪亚瑟王传说中的预言家和幻术家。

2　Chrétien de Troyes（1135—1191），法国作家、诗人。

图表把 1005 年到 1180 年这一时期归入所在千年的前两个螺旋，这一时期与两千年前的荷马时期相一致，让我感兴趣的是关于亚瑟王 [1] 传奇和罗曼风格建筑的创造。我在这种风格中看到第一次向世俗的欧洲的运动，但这场运动是出自本能的，以至并没有和以前的情形对立。每一位建筑师，每一位雕刻家，也许同时又是某位牧师，但在所有的装饰物中——人类的形体已全部消失，所有的鸟和兽都不是从自然界模仿来的，一切都比拜占庭本身更东方化——人们发现了曾创造梅林和他魔术的同一冲动。哥特式建筑是下一个螺旋，即第五、六、七相螺旋的特征，对此，我和 19 世纪总在寻找他们自己年代意象的历史学家看法不同。我并没有从中看出新的集体自由的创造，而是看见了权威的创造，是在集体自由同意下对自由的镇压，圣伯纳德 [2] 无疑也是怀着这种看法谴责罗曼风格建筑的。我想起维拉·德·豪尼考特 [3] 那本令人惊奇的速写本，它坚持采用数学的形式——教堂、修道院、城堡和市镇到处都是那种昏暗的几何图形，拜占庭相形之下几乎是绚烂的彩霞了——而且在我看来，由于教会越来越世俗，它也许会与一个新诞生的世俗世界进行斗争。它宣称只献身于宗教：贵族和阔太太们加入拖运教堂石块的人群中，他们这样做不是出于对美的热爱，而是因为一路滚

1　Arthur Pendragon，传说中的古不列颠最富传奇色彩的伟大国王。

2　Saint Bernard（1090—1153），法国教士，罗马教皇顾问。罗马天主教为收复圣地耶路撒冷，十字军曾九次东征。第二次十字军出征前，圣伯纳德向军队布道，是实际意义上的战前动员令。

3　Villars de Honecourt，中世纪法国艺术家，但除了他的速写本，人们并未找到关于他生平和作品的材料。

来的石块能治愈跛子和瞎子；这些石块以前曾用来阻挡敌人的交通。透明的镶嵌画布满所有的窗口，吸引了所有的目光，画中人物彼此争吵，仿佛她们都是美丽绝伦的女人，雕像脸上又一次现出微笑，这微笑曾一度随古希腊一起消失。那微笑是肌体根本的喜悦，是从超自然恐怖的逃脱，在对立的忧郁之前，没有责任感的普通生命阶段开始了。多明我会修士用一种全新的、严厉得令人难以置信的语调布道时，那些微不足道的崇拜者好像就在驰骋他们的想象，而观察力敏锐的雕刻家或象牙工匠，在模制圣女时记起了她们漾着微笑的嘴唇。

这些教堂，以及圣托马斯的哲学，不正是稍早出现于第八相和第二十二相前的抽象产物吗？不正是在第一个四分之一结束时，试图控制普遍混乱的道德的综合产物吗？当时肯定极为混乱，或者人类必定发现了某种尚未为人所知的敏感性，正是这种冲击创造了现代文明。图表把1250年至1300年这一时期与第八相统一起来；当然是在这一时期内或接近于这一时期，骑士团和基督教世界已被证明是不足的，国王控制了前者，教会控制了后者，正好把君士坦丁的成就颠倒过来，现在是主教冠和王冠在保护十字架。但我喜欢在我更了解的方面，找到关于个性第一次胜利的例子。但丁在《宴会》中哀恸因贫困而失去的孤寂，写下了第一行现代自传。在《神曲》中，他把他的人格强加于一个系统和直到那时还未个人化的幻景之上；国王发现四处都是他的疆土。

1300年到1380年这一时期被归入第四个螺旋，即第九、

十、十一相的螺旋，此螺旋在乔托[1]到安吉利柯修士[2]的绘画中，在弗瓦萨尔[3]的编年史中，在彩绘玻璃上方精美的天盖中发现了它的特征。每个古老的传说都还活着，基督教世界还未崩溃；画家和诗都为传说找到新的装饰，他们要强烈地感到各种事物的魅力，因为那魅力带有古风；他们去闻花盆里凋萎的玫瑰。实际的人们面临叛逆和异端，几个世纪以来都未曾像他们现在这样暴烈，但由于拜占庭传统而与生活分离的艺术家们，甚至会夸张他们的温柔，而温柔和暴烈同样表达了螺旋的犹疑。曾使但丁和圣托马斯安心的那种公共的确定性消失了，然而也没有个人的确定性。是否人类的心灵现在渴望孤独，渴望从一切世袭的光彩脱逸出来，而不知道自己烦恼的原因？是否意象本身得到新技巧的鼓励，得力于那种灵活的笔法，而非一成不变的玻璃？是否意象已倦于群魔乱舞时它自己扮演的角色，而渴望孤独的人类的躯体？那躯体出现于 1380 年至 1450 年这一时期，是由马萨乔[4]、乔叟（他部分属于前一螺旋）、维庸[5]（他完全属于新的螺旋）所发

1　Giotto di Bondone（1266—1337），意大利画家，雕刻家与建筑师，被认定是意大利文艺复习时期的开创者，欧洲"绘画之父"，以摆脱拜占庭程式化的艺术著称。

2　Fra Angelico（1395—1455），意大利文艺复兴早期画家，其英文名 Fra Angelico 意味着"修士天使"，被称为"祝福天使"。

3　Jean Froissart（1333 或 1337—1405），法国编年史作家。

4　Masaccio（1401—1428），意大利文艺复兴绘画的奠基人、先驱者，被称为"现实主义开荒者"。他的壁画是人文主义最早的里程碑，是第一位使用透视法的画家，在他的画中首次引入了"灭点"。

5　François Villon（1431—1470），法国中世纪最杰出的抒情诗人，他继承了 13 世纪市民文学的现实主义传统，一扫贵族骑士抒情诗的典雅趣味，是市民抒情诗的主要代表。

现的。马萨乔是个感情丰富而早熟的人，和奥伯里·比亚兹莱一样二十六岁就死了；就像无法感动他的后继者一样，他也无法感动我们，因为他发现了开始让我们有点厌倦的自然主义，他让等待洗礼的裸体年轻人冻得直打哆嗦，从神奇的鱼嘴里把钱掏出来时，圣彼得因为费力脸涨得通红；而亚当和夏娃从天使的剑前逃走，显出因苦痛而扭曲的面容。大概正因为我是个诗人而不是画家，我能更深切地体会到维庸的痛苦——他作为人是第十三相的，在时代里也是十三相的，或接近第十三相——在他身上，人类的灵魂第一次孤独地站在永远呈现于想象中的死亡面前，没有正在逐渐瓦解的教会的帮助，也许这是因为我记得奥伯里·比亚兹莱（他虽属截然不同的时代，但同属一个相位），而把我们的现代意识读进维庸的苦痛中去的缘故。当我们接近一个时代的结束时，现代意识就获得了强度。在我看来是毫不留情的自我评判的强度，也许不过是英雄的快乐。孤独与反对孤独的品质——肉欲、贪婪、野心，对各种物理的好奇——的斗争日益激烈。随着孤独的到来，哲学已重新出现，将教义驱除。即使是最虔诚的崇拜者也一心只想自己，当我看打了孔的眼球时——它极富启示性——我注意到它的边缘已不再是那么机械的完美，眼球的凹陷也不再那么深沉，如果我能通过维多利亚和阿尔伯特博物馆的模型加以判断的话。天使和佛罗伦萨的贵族必然用一只眼睛仰望，这眼睛看上去黯淡而羞愧，似乎在承认对天国的义务。这是个放在众人面前的范例，他们发现用两只眼睛看很困难，似乎有点头晕。没有什么可供凝视的奇迹，因为人类已从他如此费力地爬上去的山上下来了，一切又都重新变得很自然。

当我们接近第十五相时，总体运动的特征越来越趋向西方。我们注意到水平螺旋的摆动，仿佛没有什么生命的统一可熔化的东西，还能胜利地自我展现。

多那泰罗[1]和后来的米开朗基罗一样，都显示了米隆[2]式的冷峻和凝重，预言了文艺复兴之后必然出现的情形；而雅可布·德拉·奎尔查[3]及大多数画家，如后来的拉斐尔，相形之下更具爱奥尼亚和亚细亚风格。从1450年到1550年这段时期分配给了第十五相的螺旋，这些日期毫无疑问是为了标志某个模糊的时期，这个时期在一个国家较早开始，在另一个国家内则较晚。我发现除了轮子的前半部以外，要使其余部分与中心时刻吻合是不可能的。意大利文艺复兴时的第十五相——整个年代锥体的第二十二相——与公元前菲迪亚斯年代一致，基督教综合的崩溃，就是伟大的传统信仰的崩溃。轮子的前一半包含了佛罗伦萨学院的主要活动，这些活动促成了异教与基督教的和解。这种和解，在教皇尤利乌斯[4]看来，意指希腊和罗马的古代与犹太人的古代同样神

1　Donatello（1386—1466），意大利文艺复兴早期的第一代美术家，也是15世纪最杰出的雕塑家。

2　Myron（前480—前440），古希腊雕塑家，擅长青铜雕塑，善于把握人体的准确结构及其在运动中的变化关系，并达到精神和肉体的平衡和谐，被认为是希腊艺术黄金时期——古典时期的开创者。代表作《掷铁饼者》，及双人雕像《雅典娜和玛息阿》。

3　Jacobo della Quercia（1374—1438），文艺复兴早期锡耶纳学派的伟大雕塑家，代表作品《依查亚·德尔·卡特罗之墓》。

4　Giuliano della Rovere（1443—1513），教皇史上第218位教皇，被教廷认为是历史上最有作为的25位教皇之一。

圣，就像是"基督教的门厅"。丢勒[1]在螺旋运动时期去过威尼斯，在他的理论考察中，他认为从古代雕像量度得来的人类躯体标准，是上帝的第一件手工制品，是"比例极为完美的人类躯体"。这在但丁看来似乎是象征化了的生命的统一。苦行僧早在一千年前拜占庭镶嵌画的金色底子上就已改变了形体，但没有变成运动员，而是变成了运动员梦中的无所事事者：第二个亚当已变成了第一个。由于第十五相超自然的体现，它永远无法进行直接的人类表达，于是它使作品和思想带上一种刻意雕琢、想将不相容的成分融合到一起的特点，而这种融合难免使人想起某种超自然的东西。是否有过某位佛罗伦萨的柏拉图主义者给波提切利解释过斑岩？因为我在国立美术馆他的那幅《耶稣诞生图》中的那个洞穴中，看出了这种斑岩，那个洞穴在较近的入口处有茅草屋顶，使它看上去有点像一般的马槽。当然画中还能瞥见远处的森林，在黄昏的光线里朦朦胧胧，以及在四周有意画出的奇妙景致，给人一种神秘的情感，这在绘画中还很新鲜。

1　Albrecht Düer（1471—1528），德国艺术家，以绘画、木版画和插画著名。

2　在这幅画的上方有一段希腊铭文，说波提切利所处的世界是《启示录》中的"第二个灾难"，在数次其他的启示事件后，这幅画中的基督将要出现。他可能在萨伏那洛拉关于天堂和人世、神圣和世俗的最终结合的许诺中，发现了某些说法，把它画成相互拥抱的天使和牧羊人。正如我依据岩洞和马槽所作的猜想，当我在卡普里看到密特拉岩洞时，我怀疑那是否就是斑岩岩洞。那儿有两个入口，一个从海面大约登一百米高的梯子，从前虔诚的水手们就是沿这条路上来的；另一个从上面下来约走一百五十个台阶，导览手册上说从前这条路是供教士使用的。如果波提切利知道那个可能得到承认的象征的话，他就会比在伊萨卡登陆时的奥德修斯更有可能在岩洞里发现象征。——叶芝原注波提切利、曼特尼亚[1]、克里维里[2]和达·芬奇都属于这一时期。通过某种我们可以称之为理智美的东西，或是我们可将其与卡斯提格里奥尼[3]称为"灵魂胜利的果实或纪念碑"相比的东西，他们使马萨乔和他的追随者们看上去迟钝而平凡。理智与情感，根本的好奇与对立的梦想，暂时合为一体。自从11世纪世俗的理智重生以来，机能与机能、诗歌与音乐、崇拜者与被崇拜者都相互分离，但都还留在一个共同的、慢慢消逝的圈子里——基督教世界，所以在人类的灵魂中，意象与意象已相互分离，但一直是作为对灵魂本身的探索；形式陈列于永远明亮的光线中，由于相互分离，直到它们彼此之间以及与一般联想的联系被打碎，这些形式才达于完美；但过了第十五相，这些形式相互挤撞，造成一片混乱，就像是急流暴雨。在艺术家的思想中，对力量的渴望取代了对知识的渴望，并将这种欲望传递给形式和观赏者。伴随着第十六、十七、十八相，并在1550年到1650年间自我完成的第八个螺旋，随拉斐尔、米开朗基罗、提香一道开始，形式总是唤起性欲，比如说在提香作品中——我们从来就没想过要触摸波提切利，甚至达·芬奇的所画的形体——要不那些形体就像米开朗基罗的形体一样，让我们感到恐惧，而画家本人则是以有意识的灵巧或狂喜来运笔。题材也许源

---

1 Andrea Mantegna（1431—1506），15世纪意大利北部最重要的画家，也是意大利早期文艺复兴的伟大画家之一。《耶稣受难》壁画结构宏伟，悲剧气氛扣人心弦，对16世纪的绘画产生了深远影响，现收藏于法国巴黎卢浮宫。

2 Carlo Crivelli（1430—1495），威尼斯画派画家。

3 Castiglione（1487—1529），意大利人文主义作家。

于某种教谕，就像在教皇要求下，拉斐尔在梵蒂冈签字大厅、米开朗基罗在西斯廷教堂中，把希腊庙宇的圣人和学者，罗马女预言家和希伯来先知，画成相反且显然完全相等的人物。从这时起一切都变了，既然灵魂的统一找到后又失去了，自然自己现在处于从前圣母和基督所在的最高位置，画家可以只画出他的肉欲，而且由于为自己要求的越来越少，很快就会把画他根本不欲望的东西作为骄傲的事情。我认为拉斐尔差不多属于前一个螺旋（也许是个过渡人物），但我把米开朗基罗、拉伯雷、阿雷蒂诺、莎士比亚、提香（他显然属于第十四相，看上去不太典型）与第八螺旋产生神话、难以控制的开端联系起来。在莎士比亚身上，我看到那之前一直受到对教会的依赖和对自控的需要所抑制的人格，像炮弹一样炸开。也许经过五百年斗争，终于使自己获得解放的世俗的理智，使莎士比亚成为最伟大的戏剧家。但由于对立的时代，自身就能将其统一性展现于一幅画或一堵神庙山墙上——无论是出自百人之手还是出自一人之手——我们可以假设，如果索福克勒斯的全部作品都流传下来的话（这些作品产生于相似的斗争，但对象不同），我们也许就不会认为莎士比亚是最伟大的剧作家了。我们观看那些比我们自己更富于活力的人物，他们处在众多毫不相干的异族人以及根本的好奇中，从罗马到威尼斯，从埃及到古英格兰，或是在一部剧中，从罗马神话到基督教神话，看到这一切，我们怎能不感到像旅行一样不得休息呢！

假如他本人不属于下一个相位，而是和他的年代一样属于第十六相，并且自己喝个大醉的话，他根本就不会写剧。

但他在男人和女人中发现了他的机会，他们仍然被通过心理上的感染在人们中间传布的思想所震撼。当螺旋最初的暴烈开始消沉时，我从弥尔顿身上（他是此刻的典型）看到一种尝试，要回到梵蒂冈签字大厅和西斯廷教堂的综合。正是这种为时太晚的、在仍然暴烈的螺旋音乐和壮丽中的尝试，赋予弥尔顿虚构性和冷静的雄辩。这两种成分在赞美诗《圣诞之晨》中分离开来，前者可称为神圣的，后者可称为亵渎的，而他的古典神话已变成一种人工的装饰。但从 1450 年至罗马被掠这段时期内，没有哪位伟大的意大利艺术家看出这二者之间的任何区别，这种区别——就像在提香身上所发生的那样——就是看似人造的上帝与天使间的区别。

螺旋在井然有序、非常理智地衰落。詹姆士一世时代的诗人取代了伊丽莎白时代的诗人。随着信仰的消亡，出现了考利[1]和德莱顿[2]。基督教世界在别处还暂时保持着一种光谱的统一，综合中的这种或那种成分轮流占据着主导地位；雄伟的雕像破坏了古教堂的外观，无数半人半兽的特里同[3]和尼普顿[4]从嘴里喷出水来。从前曾炽烈的太阳的美，已从凡·戴

1　Abraham Cowley（1618—1667），英国作家、诗人和散文家。

2　John Dryden（1631—1700），英国诗人、戏剧家。他的剧作《论剧体诗》中大体涉及了英法文学对比的问题和古今之争的问题，写四位绅士泛舟湖上，就戏剧问题发表各自的看法。这部理论著作为人们了解戏剧创作的题材、内容、形式，提供了一个新的思考方向。

3　Triton，古希腊神话中海之信使，海王波塞冬和海后安菲特里忒的儿子。特里同一般被表现为一个人鱼的形象，上半身是人形但带着一条鱼的尾巴。

4　Neptune，罗马神话中的海神，罗马十二主神之一，对应希腊神话中的波塞冬。在罗马有他的神殿，即世界著名的许愿池。

克[1]那些高贵却无能的面孔上消失了。远比欧洲其他国家早到达新螺旋的低地国家，把这个世界转换为受到限制的好奇，转换为某些得到承认而不断重复的生动的形式：在客栈门口偶然的旅行者、坐在火边的人们、滑冰的人们。同一种姿态或同一群人，从一幅画到另一幅画反复出现，虽然主题不同。这个世界开始渴望任意的和偶然的，渴望奇异的、可憎的和可怖的，那也许能矫正他的欲望。第九个螺旋，第十九、二十相与二十一相的螺旋已经出现，欧洲大部分做准备的时期开始于1650年，也许持续到1875年。

此螺旋的开端和前一个螺旋一样暴烈，灵魂崩溃了而世界成了碎片。此开端的一个主要特征就是17世纪的唯物主义运动、归纳推理的创立、雄辩的宗教派别、从英国开始被法国效尤的不顾礼节的论争。这一切也许都源自培根[2]。一切在圣彼得教堂的贝尼尼大祭坛上都有自己的意象和偶像，那些形象的宗教性的扭曲痉挛好像成了魔鬼式的扭曲痉挛。人们从推理到推理、从意见到意见迅速变换着，在一个时期只有一种印象，而且总是以同样的强调语气说出来，而不管他们变换得如何频繁。然后螺旋在外景中发现了一种新的一致性；暴烈的人们一个接一个地出现，各个都是某种普遍化的主人。拿破仑是第二十相的人，处于历史的第二十相（人格艰难地进行着最后的一般化），他是最典型的。一般化运动

1　Sir Anthony van Dyck（1599—1641），比利时弗拉芒族画家，是英国国王查理一世时期的英国官廷首席画家，查理一世及其皇族的许多著名画像都是由他创作的。

2　Francis Bacon（1561—1626），英国文艺复兴时期最重要的散文家、哲学家。

特征最集中的艺术生命，显示了特征关闭带来的影响。它是外在的、感情丰富的、合乎逻辑的——蒲柏[1]和格雷[2]的诗，约翰逊和卢梭的哲学——情感和思想都同样简单，不过是新形式中原有的摆动。人格四处徒然地伸出它的手指，愈加痉挛地抓取世界。物理科学的优势，各种财政经济学的优势，民主政治的优势，庞大人口的优势，各种风格掺在一起的建筑的优势，各种性质的报纸，这一切都证明机械的力量转瞬之间就要变成至上的力量。

但丁发现了将对立材料安排在巨大的对立结构中的艺术，但在弥尔顿那里变得拉丁化和人工化了，正如托马斯·布朗爵士[3]所说，阴影"窃取或骗取了躯体"。现在它又改变了，以便将物质安排在静止的对立结构中，于是现代小说出现了。但就在螺旋到达幸福的终点之前，受崇拜的英雄、对吸引人的事物的非分之想，所有这些露骨地对立的事物都消失了。

除了外来的艺术，此螺旋的艺术都是文艺复兴的回声，它变得越来越保守，越来越黯淡，但自从文艺复兴——年代锥体的第二十二相——之后，"神圣的情感"，即与精神的根本的第一个联系在最私密、最个人的事物中已成为可能。但直到千年锥体的第二十二相，一般思想才能做好表达

1　Alexander Pope（1688—1744），英国诗人。他从小身患重病，矮小驼背，但才华非凡，16岁开始写田园诗，并于1709年发表。1711年发表成名诗篇《论批评》，宣扬新古典主义。1713年发表叙事诗《温莎树林》，充分体现古典主义的原则。1714年写出其代表作滑稽史诗《夺发记》。

2　Thomas Gray（1716—1771），英国18世纪重要抒情诗人。

3　Thomas Browne（1605—1628），英国学者、物理学家、作家。代表作《医生的宗教》《瓮葬》等。

的准备。神秘的联系首先可以在绘画中感觉到，然后是在诗歌中，最后才是在散文中。在绘画中，神秘的联系出现于低地国家的影响，和意大利影响相互混合的时候，但这种联系一直很不清楚而且极少出现。在华托[1] 身上我没有发现这种联系，但是已经有了一种准备，一种原有兴趣的枯竭——魏尔伦[2] 说，"他们甚至对自己的幸福也不相信"——然后神秘的联系突然出现于庚斯博罗[3] 的妇女的脸上，自从埃及雕刻家木雕公主的形象埋进坟墓之后，这种神秘的联系还一直没有出现过。雷诺兹[4] 与神秘的联系毫不沾边，作为一个刚从罗马回来、很爱卖弄的时髦人物，他很满足于渐趋衰落的文艺复兴情感和现代好奇。在脆弱的女人脸上（贝斯波罗夫人的脸映现在我眼前），灵魂苏醒了——几个世纪积累起来的学识一扫而空——就像黎明一样望着我们这些智者和愚人。然后到处都是这种神秘的联系，它找到 18 世纪的乡村神灵，并将他变成歌德。尽管如此，他还是得不出什么结论，他的浮士德在他百年之后仍像垂垂老矣的查尔斯·格兰迪森爵士[5] 或伏尔泰那样开垦荒地。这使得简·奥斯汀的女主人公

1　Jean-Antonie Watteau（1684—1721），法国 18 世纪洛可可时期最重要的也是最有影响力的画家。

2　Paul Verlaine（1844—1896），法国象征派诗歌的"诗人之王"，在法国诗歌史上占有重要地位，与马拉美、兰波并称象征派诗人的"三驾马车"。

3　Thomas Gainsborough（1727—1788），18 世纪英国著名的肖像画家和风景画家。

4　Sir Joshua Reynolds（1723—1792），英国肖像画家。1768 年创建皇家美术学院，出任第一任院长。

5　英国作家塞缪尔·理查森（Samuel Richardson）的书信体小说《查尔斯·格兰迪森爵士》中的主人公。

们不像她们的祖父母那样，去寻找神学或政治真谛，而仅仅选择良好的教养，似乎这比任何实际成就更为重要。只有在诗歌中，这种神秘的联系才得以完全表达，因为诗歌是情感天性（天体通过面具发挥作用）的一种品质；在现代英语诗歌中，它创造了从布莱克到阿诺德的最优美的作品。这些绝不是渐趋消逝的回声，人们发现那些象征派作家中也有它的痕迹，如维尔哈仑[1]等就完全用个人智慧代替了15世纪、16世纪的形体美或热烈的情感。在绘画中，追求古风的地方经常出现这种神秘的联系，仿佛它是流行画家称之为颓废的伴随物，仿佛旧的情感首先要枯竭掉。我想起法国的肖像画家里卡，对他来说，那种神秘的联系与其说是心灵的幻象，不如说是一种研究，因为他会对被画像的人说："太幸运了，你真像画中的你。"我还想到查尔斯·里科兹先生，是他在很多方面教育了我。他的想象力经常僵硬地运动，就好像穿着化装服饰，然后有一些东西——斯芬克斯[2]、达那依德斯姐妹[3]——让我想起卡里马科斯又回到爱奥尼亚式的精雕细琢，也让我战栗，仿佛望着一道满是苍鹰的深渊。这种联系或幻象在各地都不很明显，一直很脆弱，经常间断；狄更斯在《匹克威克外传》一书中，以客栈客厅中的友情取代了简·奥斯汀那种高贵危险的探索。那种性质的友情也许是每个人都希

---

1 Emile Verhaeren（1855—1916），比利时诗人、剧作家、文艺评论家。

2 Sphinx，最初源于古埃及神话，也常见于西亚神话和古希腊神话中，但斯芬克斯在各文明的神话中形象和含义都有不同。古埃及第四王朝的法老哈夫拉按斯芬克斯的形象建造了一座石像，后世称为狮身人面像。

3 Danaides，希腊神话中的人物。

望获得的品质，但直到亨利·詹姆斯[1]开始写作，它一直没有再现过。

有些人开始设法通过创造性心灵来表达新的情感——虽然合适的表达工具并不存在——以便在我们越来越多的根本资料中，建立起对立的智慧；但像布莱克、考文垂·帕特默尔[2]，以及尼采这类人为数不多，有时充满了病态的兴奋；而从理查森到托尔斯泰，从霍布斯[3]到密尔[4]和斯宾塞[5]这类人却越来越多，他们是面目越来越安详的人。前一类人诞生于西斯廷教堂，仍然认为，只要足够有力，一切事物都可以变形；然而，当永恒轮回这种信念从尼采眼前闪过时，他于一瞬间就明白无法将任何事物变形，他差不多属于下一个螺旋。

1875 年至 1927 年（第二十二相）这一时期——在某些国家及思想形式中，是从 1815 年至 1927 年——和 1250 年至 1300 年（第八相）期间一样，是一个抽象的时期。它们前面后面也都是抽象时期。第八相的前面是经院哲学家，后面是立法者和审判官；而第二十二相前面是伟大的物理科学和经济科学的普及者，后面将是社会运动和应用科学。始于第十九相的抽象将在第二十五相结束，因为这些运动和科学

1　Henry James（1843—1916），美国小说家、文学批评家、剧作家和散文家。代表作有《一个美国人》《一位女士的画像》《使节》和《金碗》等。

2　Coventry Patmore（1823—1896），英国诗人、批评家。

3　Thomas Hobbes（1588—1679），英国政治家、哲学家，欧洲启蒙运动时期的杰出人物。

4　John Stuart Mill（1806—1873），英国著名哲学家、经济学家、逻辑学家、政治理论家，西方近代自由主义重要代表人物。

5　Herbert Spencer（1820—1903），英国哲学家、社会学家、教育家，社会达尔文主义之父，代表作为《社会静力学》。

会把消除理智作为它们的目标和结果。

我们这一代已位于顶峰，处于我在《面纱的颤动》（*The Trembling of The Veil*）中所说的变幻的道，也许已见过最初的厌倦，当高峰过去时，我们将看到普通世俗情感开始崩溃，并消散。托尔斯泰在《战争与和平》中仍有偏爱，能够对这个或那个问题争论一番，信仰上帝而不信仰拿破仑；福楼拜在《圣安东尼的诱惑》中却既无信仰又无偏爱。所以，就在意志的普遍屈服之前，由于其自身的缘故出现了综合：没有专横的指导者的组织，作者全然消失的书籍，以及某种绘画，无论是画人体还是瓶子，晦暝的风雨还是灿烂的阳光，不同凡响的画笔都怀着同样的喜悦或倦怠的公正。我还想到那些综合程度达于极限的名作，想到那些具有不连贯成分，或对在其之前一直受到忽视的丑的发现的作品；我还注意到，当接近或超过极限，到达屈服的瞬间，当新的螺旋开始颤动时，我会极为兴奋。我想到近期的数学研究，甚至我这样无知的人也能把它和牛顿的研究相比较（它显然是第十九相的），与它理智所能理解的客观世界相比较；我还看出极限本身已成为一个新的维度，这个潜藏着的、使我们束手无策的事物已开始压制群众。在极限上碰伤了手的人，自 17 世纪以来第一次把世界作为冥想的客体来看待，而不是作为要重造的东西；而极少数在特别研究中接触到极限的人，甚至怀疑是否存在普遍的经验，也就是说怀疑科学的可能性。

据说在第八相永远有内战，在第二十二相永远有战争，由于这种战争对那些征服者来说永远是失败，所以我们已经重复了亚历山大的战争。

我在我的一些朋友身上，以及他们所崇拜的作家、诗人和雕刻家身上，发现了轮子最后四分之一的第一个相位——第二十三相，这些朋友具有强烈的爱憎形式，这种形式在此前的艺术中还未曾有过。对他们来说，生活在他们自己的瞬间是有关良心的事情，他们像神学家一样捍卫他们的良心。他们都沉浸于完全排除了个人梦幻的技术性研究中，仿佛石头，也可能他们梦幻中的形式开始以一种非人类的能量运动。这些常常是机械的，可以说是维持物理根本的数学形式——我想到温德海姆·刘易斯[1]先生的作品，他那强劲有力的"沙丁鱼罐头的不和谐音调"，想到那些大理石蛋，那些经过上色、绘彩而被称为蛋的金属物体。我还想到布朗库西[2]的作品，在可辨认的主题，也就是在个性上，他比刘易斯先生走得更远；我想到那些肯定会被当时正直的分裂教派成员斥为不良分子的雕塑家，想到斯堪的纳维亚的米勒斯[3]，想到密斯特洛维奇[4]，想到那些掌握了几何图案节奏的人（这种节奏似乎把自身整个从思想之外强加进来），想到"立于自身之外"的艺术家。我将这些与现代艺术或模特把其个性强加进去的雕塑或绘画进行比较。我尤其想到第二十一相的艺术，它常

1　Wyndham Lewis（1884—1957），英国画家、小说家。

2　Constantin Brâncuşi（1876—1957），罗马尼亚雕刻家，1904年移居巴黎，对现代雕塑有重大影响。他曾加入罗丹工作室，但只待了一个月就离开了，表示"大树底下无法长成任何小草"。代表作《吻》《睡着的缪斯》和一组题为《麦厄斯特拉》的变体雕塑。

3　Carl Milles（1875—1955），瑞典著名雕塑艺术大师，曾为著名艺术大师罗丹的助手，在雕塑艺坛上与亨利·摩尔并驾齐驱。

4　Ivan Mestrovic（1883—1962），克罗地亚雕塑家，后入籍美国。

常极为混乱。罗丹在《地狱之门》的片段中创造出强劲有力的艺术，而他发现自己无力将它们组合到一起——个人梦幻中的意象，他对西蒙斯[1]说，那是"波德莱尔而非但丁的地狱"。我在据说是首次出现对抽象的仇恨的第二十三相发现，理智转向其自身：埃兹拉·庞德先生[2]、艾略特先生[3]、乔伊斯先生[4]、皮兰德娄先生[5]，他们或是把诗人的幻想从暗喻中抽掉，并以对历史或当代的研究所发现的某种怪诞取而代之；或是打断思想的逻辑程序，用似乎是偶然闪现于脑海中的联想意念或词句将逻辑程序淹没。例如在《亨利四世》《荒原》《尤利西斯》中，他们将物理的根本——一个处于看护人中间的疯子，一个在煤气厂后面钓鱼的男人，描写了整整七百页的都柏林一天的丑陋——和精神的根本并置：谵妄、渔王、尤利西斯的流浪。直到文艺复兴的枯竭时期还一直保持着统一的神话和事实，现在仿佛已分离得如此之远，人类头一次认识到事实的严峻，也正是由于这种认识，他们唤起

1　Arthur Symons（1865—1945），英国现代诗人、评论家。代表作为《象征主义文学运动》。

2　Ezra Pond（1885—1972），美国诗人和文学批评家，意象派诗歌运动的重要代表人物，美国艺术文学院成员。他和艾略特同为后期象征主义诗歌的领军人物。他从中国古典诗歌、日本俳句中生发出"诗歌意象"的理论，为东西方诗歌的相互借鉴做出了卓越的贡献。

3　Thomas Stearns Eliot（1888—1965），出生于美国密苏里州的英国诗人、文学评论家、剧作家。1948 年获诺贝尔文学奖。代表作品《荒原》《四个四重奏》等。

4　James Joyce（1882—1941），爱尔兰作家、诗人，20 世纪最伟大的作家之一，后现代文学的奠基者之一，其作品及"意识流"思想对世界文坛影响巨大，代表作《尤利西斯》。

5　Luigi Pirandello（1867—1936），意大利小说家、戏剧家。1934 年获诺贝尔文学奖。代表作品有《六个寻找剧作家的角色》《亨利四世》等。

了神话——面具。神话现在仅仅从思想的黑暗中摸索出来，但很快会继续行进，令人震惊。在实际生活中，人们期望同样的技艺灵感，不是因为愿意或应该，人们才这样或那样做，而是因为人们能够，人们具有必然的许可，而且那些"出于相位"的混乱暴力大体上不受法律制裁。如果出现了暴力革命（这是政治革命所可能出现的最后一相），菜盘将是用餐具室里所找到的东西制成的，而厨娘将不会翻开她的菜谱。也许会出现比此前更大的能力，因为人们将从旧的束缚中解放出来；但在旧的理智统治消失时，会互相阻挠碰撞。人们试图发现会带来和平的第二十四相的天性——也许通过普遍接受的政治或宗教行动，也许通过更深刻的概括——把那些用我们的早期语言讲出其想法的人召唤到思想面前。佩吉[1]在其《圣女贞德》三部曲中，展示了法国贫民的民族及宗教传统，因为他（也许）是第二十四相的人，本来会接受这些传统。而克洛岱尔[2]在《人质》（*L'Otage*）中，展现了被设想为历史的宗教和世俗的统治阶层。我预见到一个时期，那时大多数人将接受历史传统，他们会发生争吵，不是争吵谁能把他的个性强加于他人，而是谁能最好地体现普遍目标。那时所有的人格都似乎不纯——"感伤""郁抑""自我主义"——这些东西不仅会使道德，而且会使良好的鉴赏力产

1　Charles Peguy（1873—1914），法国诗人、出版商。

2　Paul Claudel（1868—1955），法国著名诗人、剧作家和外交官。作为法国天主教文艺复兴时期的重要人物，大部分作品都带有浓厚的宗教色彩和神秘感，创作了很多诗剧、诗歌和宗教与文学评论。

生反感。那时不再有伟大的理智，人们只要求不停地行动；权利被义务所淹没，很难有孤独，除了公认的复古艺术或在非主流的团体之中，创造越来越不可能。第二十五相也许将升起，因为法典由于不断重复而耗尽，于是赋予服从新的动机；或者是因为某一科学的发现，此发现似乎是在与对普遍意志的热爱进行对比（激情的意志是目前的能量），而这不过是历史的默许——"西比尔，你要怎样呢？""我要死。"在最后一个螺旋必然出现接受统治的欲望，或者，看到那种欲望不过是死亡，会出现对精神或物理力量的崇拜，而社会作为机械力量将最终达到完善。

> 那些被铁丝加固的下巴和木肢所束缚
> 所支控、所迷惑、所弯曲或拉直的人，
> 他们自己也毕恭毕敬，
> 既不知善也不知恶。[1]

由于道德的不断发展，颓废将降临于一个团体，这个团体看上去就像纽约或者巴黎的妇女，她扔掉胭脂盒，毁了自己的身段，皮肤变得越来越糙，大脑越来越迟钝，在荒野的边缘喂养她的小牛或是小孩。有着暴烈的士兵和皮肤赤黑的运动员的希腊-罗马世界的衰落也是伟大的，这预示着那些生命的喧腾将变成大理石；而等待我们的是民主的和根本的，

1　出自叶芝的诗作《罗巴茨的双重灵视》（"The Double Vision of Michael Robartes"）。

这也许会让人想起结冰的池塘里的喧腾——数学的放纵的星光。

　　当新的年代带着非理性力量流出时，它将像基督教所经历过的那样，发展它的已经给少数人留下深刻印象的哲学。他们忠实于相位，在最后一个螺旋已经抛弃了物理的根本；但它必须从昏睡中恢复生命，不是丢勒的生命，不是布莱克的生命，不是弥尔顿来自神性的人类，也不是尼采的超人，不是佩特所夸耀的"死去的语言"的天主教徒（西斯廷教堂那一类），而是有机的组织，是从冻结的群众中溶化出的有生理或理智的血缘关系的大集会。我在设想那些似乎寻求支配的新的种族，一个如果不是由于它茫茫无际而很像希腊部族社会的世界——每个种族都有它自己的守护神或英雄的祖先——丽达孵化的战争和爱情；历史发展得具有象征性，传记变成了神话。我着重设想了各种对立物，不是像基督教徒的粗野与苦行那种无关痛痒的交替，而是真正的对立，每一物都以他物的死为生，都以他物的生为死。

　　据说根本的冲动"创造了事件"，但对立的冲动"紧随其后"，通过这一点，我理解了第二泉将在长期的准备之后升起。它看上去像是从人类知识中心产生的，而且似乎一出现就是高峰，没有间断。不断增强的与作为有教养阶层整体的社团的分离趋势，这些阶层的不断增长的确定性，以及我在一些艺术作品中看到的两种人类心灵的陷落，可能就是准备。在据说是随着第十一螺旋开始的1927年，必然出现一种哲学形式。它在第十二螺旋中将具有宗教伦理特征，与赫拉克勒斯[1]巨大的石膏像相反的一切事物中，这种哲学将是完全根本的思想。它在表现中将是具体的，通过直接经验自我确立，不寻求一般的协同，很少利用上帝或外部统一体；它将永远人所能够达到的自我完善为善，而不是任何别的什么。它将给出关于人类的不朽（也许其中并不缺少神圣），及灵魂的重新显现（re-embodiment），作为基本真理。至上的经验，普罗提诺的狂喜，圣人的狂喜，将要消退，人们觉得那太难了，于是用教义和偶像、各种抽象、经验之外的事物取代了那种狂喜。人们也许会长期满足于那更为琐碎的超自然的祝福，就像雅典娜提着阿基里斯的头发时一样。人们将不再把上帝的概念与人的天才、人类的各种各种形式的生产能力分离开来。

这种思想必须由最敏锐、最富记忆力的人来表达，这一点与基督教不同。基督教初期罗马的教师不过是些皮匠；庚斯博罗的面孔浮现出来；在学者们当中（各种学识）、在富人们当中（各种财富）、在有级别的人当中（各种级别），那些最好地表达了这种思想的人将获得力量，主要是由于他们实际上是这样，其次才是他们所做的许诺。只能思考到这里了，它们正好与我们所知的相反；但那些以前形成的族群必须服从非理性的力量，并创造出迄今还不为人所知的经验，或是无法描述的经验。

虽然这种思想无法隔断理智之流——思想由它所诞生，

1　Heracles，古希腊神话中最伟大的英雄，是主神宙斯与阿尔克墨涅之子，因其出身而受到宙斯妻子赫拉的憎恶。完成了十二项"不可能完成"的任务，还解救了普罗米修斯。

并在其内部运动——但思想也许会发展成一种狂热或恐怖，并从一开始就压迫那些无知的人，甚至无辜的人，就像基督教教义曾压迫智者。思想认识到人类的两半，能像在镜中那样——太阳在月亮里，月亮在太阳里——在另一半中解释自己统一性的那一天还很遥远，于是逃出了巨轮。

1925 年 2 月，完成于卡普里

卷　四
普路托之门

I 路边的愚人

当我那已从摇篮

跑进坟墓的时光

又从坟墓跑回摇篮；

当愚人缠在

线轴上的思想

不过是松散的线，松散的线；

当摇篮和线轴已成为过去

而我最终凝结成

一片阴影，

像风一样透明，

我想我或许会找到

忠实的爱人，忠实的爱人。

II 巨轮与从死到生

一 漫想

科尼利厄斯·阿格里帕[1]在《论玄秘哲学》(*De Occulta Philosophia*)中引用了《俄耳甫斯》中的一句话——"普路托[2]之门上的锁不可能打开,里面是一个做梦的人",卷四的书名由此句而来。在本卷中我必须考虑从死亡到诞生的情形。

我得经常提起魔,但只有通过互补的梦,我们才能对魔有所了解。她不属于任何相位,而我们必须假定她属于某个相位来讲述,因为她时而通过一种机能、时而通过另一种机能影响到人类的生命。如果要加强或减轻她的影响,我们就必须了解这些机能是什么。她与人类结合为一体的生命,既不知善也不知恶,成形于子宫里,并将形式铭刻于思想之上。她在预见和阐释的瞬间,在我们称为善和恶的无数命运中展现给人类。然而,要看到她一直留在第十三圈内,无法伴随人类到处漫游,她对人类的保护也不是永恒的;还要看到

1　Henry Cornelius Agrippa(1486—1535/1536),文艺复兴时期最有影响力的西方神秘传统的作者,代表作为《神秘哲学三书》,或称《魔法三书》。

2　Pluto,罗马神话中的冥王,灵魂世界的主宰者,对应希腊神话中的哈迪斯。

很多圈后人类也居于第十三圈中，在某种意义上具有比她更强大的力量。当二者并列处于同一圈内时，她像第十五相的幽灵，能与一位无疑选自她下一圈内的活人交流，而人能与数目不定的其他人交流。我们只能依靠意象，说他们结合成十二个圈，然后彼此散开，她成了满月（Full Moon），而他成了满日（Full Sun）；虽然当我们以活人的目光全面考虑时，他是月亮，而她是太阳。

现在我必须提到鬼魂的自我，本系统的创造者用此词来指永恒的自我。在个人中它也许相应于此人固定的圈，在太阳锥体和太阴锥体的旋转之前，既不是人也不是魔。它是每个人内部的唯一源泉。唯一，也就是说只有一个，无法把它解析成任何别的事物。

我并不认为死亡是从躯体的分离，而是从唯一的与一个躯体的联系的分离，因为据我所知，在任何对人类精神是可能的经验中，人类精神都从未停止过直接或通过记载使用活人的感官。另一方面，眼、耳和触觉对活人和死人来说，范围并不总是一样的，当死人和活人使用活人的大脑时，它的能力也不总是一样的，因为死人是活人的智慧。鉴于躯体是守护神的命定的躯体之一部分，也许可以说这个守护神，以及一切有关的守护神或幽灵，较之接近理智更接近于躯体。不一定非要认为死人过的是一种抽象的生活，因为死人就是创造了抽象的活人，这种抽象"把自我消耗掉"。

二 血缘的幻象

人死后进入一种在他以后看来似乎是黑暗和睡眠的状态；有一种落在命运上的沉降，与第二十二相个人锥体的沉降类似。在黑暗中，他被他的宗族包围，在他们的幻影中出现，或当他们处于生之间时，在他们的幽灵中出现，越是最近死去的人，就越可能出现。由于他们的出现，它被称为血缘的幻象（Vision of the Blood Kindred）。

三 四种天性的分离

幽灵最初在死去的人体内水平地流动，然后上升，直到立在他的头部。天体最初也是水平的，但躺在相反的位置上，它的脚之所在是幽灵头的所在，然后它像幽灵一样上升，直到最后在人的脚部站立起来。激情的躯体从性器垂直上升，立于正中。外壳在分离前一直留在躯体内，然后消失在宇宙灵魂中。天性与躯体的分离，是由于魔把过去生活的记忆（也许只是一个意象或思想）置于命定的躯体内引起的，这种记忆总是来自活人无意识的记忆，来自对那些曾被人见过，但未得到理智的注意或接受的事物的记载，这种记载永远是真实的。

四 幽灵的苏醒

与此同时，幽灵已从血缘的幻象进入了冥想，但我们对于这种冥想所知甚少，只知道它将要出现于"激情的躯体"发生时，只知道它与我们一起被埋葬，虽然在某些圈中它能被延长相当一段时期。在冥想时，幽灵也许出现于活人面前；但如果出现的话，它将在与濒死的躯体相仿的躯体中出现。冥想也许受到葬礼的感动与影响，因为躯体已成为一个象征，而幽灵已进入了梦的情境，葬礼在活人中激发起来的思想能够影响它的生命。现在轮到幽灵逐渐苏醒，据说这种苏醒开始时，会有一朵花出现在坟墓上，在一片黑暗中熠熠发光。人的灵魂现在就在这个世界上，有人看到它发出的光传到了某些物体上，而某个哀悼者的思绪将照亮那朵花。幽灵据说在某处出现时只是一片无色的轮廓，直到苏醒时才逐渐获得活人的颜色。它达到自知的时期也许很长、很苦。如果从前是悲惨的暴死，幽灵和激情的躯体在苏醒的间隔期间，也许会反复梦见那种死亡，在少数情况下它要梦一个世纪，或更长的时期。在赌博争斗中被杀死的赌徒会要求偿还他的钱，而曾经相信除了腐烂的躯体一切将不复留存的人，会作为腐尸的气味出现于他生前住过的房子里；至于一个人为什么也许看不见映在镜中的某个他所爱的幽灵，也没有什么道理可讲。而那个幽灵以为没有人在观察她，往她的脸上涂脂抹粉，就像戴维斯先生[1]的诗中所写的：

1　William Henry Davies（1871—1940），英国诗人。

她埋进坟墓的第一夜，

我朝镜中望去。

见她直挺挺地坐在床上

悄无声息；

看见她的手伸进衣服里，

去摸胭脂盒。

她坐在那儿，一直盯着我

我惊恐地望着她，

看她往脸上抹粉

那转瞬腐烂的尘土，

然后我的女人躺下，轻轻一哭，

她以为她的美貌长留，可怜的孩子。

五　回归

幽灵应该自己与热情的躯体及所有这类的梦分离，而寻找天体，只有这样分离之后，它才停止梦想，明白自己是死的。在所谓回归中，交替存在着醒态和睡态[1]；这两种状态彼此相像，因为两者中都有可感意象和感官印象；但这两种状态又彼此不同：在醒态中，这些意象及感官印象是由别的生命加予的，这些生命由于某些过去生活中的事件而受缚于死

1　这两种状态似乎分别与圣人（或教师）和献祭相一致。在醒态中，运动；在睡态中，螺旋静止。——叶芝原注

尸，而在醒态中，它们是由人的幽灵或激情的躯体从记载中取回的，只有在睡态中他才知道他已不是活人了。在一般称为教导的状态中，他被尽可能远地带到行动的各种泉面前，以后他就必然要细细地梦想这行动，直到他考察了所有的结果。他对泉的这种热情是从他自己的天体带来的，他的天体具有命运的性质，不断地梦想他过去生命中的事件。

如果他过去生命的思想允许，他会将那些影响过他的人，或受到他影响的人，作为活着的人或曾经活过的人来感知，这样就引起了行动。但如果他属于某种还不知重新诞生的信仰，他也许会考察那种需要象征表达的泉。

因为不管他的信仰如何，他都无法逃脱他生命的象征。他现在也许看到自己被火焰包围，遭受魔鬼迫害。人们会想到一出日本戏剧中的少女，她的幽灵把一桩微不足道的小罪告诉一位祭司，但由于那些没有预见到、也无法预见到的后果，这桩罪看起来就极为严重，那位少女遭到火焰的残害。只要她稍碰一下柱子，那柱子马上就烈火熊熊。祭司知道这火焰不过是她自己可见的良心，告诉她如果她不再相信它们，它们就不存在了。她谢过他，但火焰又重新出现，因为她无法不信它们，这出剧以表现她的痛苦的舞蹈结束。

醒态回归，而最初的激情退去时，教导幽灵（Teaching Spirits）也许会为他提供一种指导，看上去就像某个熟悉的机构、医院或学校的指导。这些幽灵仍然有着人类的思维，还保持着旧有的思维习惯，但它与机构的指导又有所不同，因为也许很多个世纪以来，这些幽灵就一直是他生命的一部分。回归的目的在于通过展示他过去生活的一切善与恶，来穷尽欢娱和痛苦。他有时也许会拜访活人，提示一些能修改其行动后果的思想，但永远无法看见他生命之外的任何部分，除非他通过后面会提到的幽灵的眼与耳与活人交流。在冥想中，他只能以濒死时的形体出现于活人面前，但现在人们见到的他的年龄，就是他梦想的事件所发生时他的年龄。降神会时的大部分幽灵据说就属于这种情况。

当幽灵暂时被幻觉效应（有时作如是称）耗尽时，激情的躯体将幽灵引向自己，从而睡态开始。激情的躯体和天体一样，永不停止梦想，运行事件时，不是按它们偶然出现的顺序，而是按其强度的顺序；而当幽灵回归时，幽灵被迫模仿此梦，因为除了来自这些躯体中的某个生命，它别无生命。人现在处于梦归（Dreaming Back）状态之中，按照古代和现代的传说，人们也许夜复一夜地看见凶手在杀人，或者在第一次杀人纪念日看见他杀人；也可能梦是愉快的，比如占卜者看见老猎人带他的一大群朋友，以及他所有的猎狗又一次出猎；如果梦半悲半喜，那就像所有民族的民间传说和招魂术历史记载所叙述的，母亲出现于她成为孤儿的孩子们面前。在激情的躯体的梦中，是把普罗提诺"孤独回归孤独"的说法反过来，是通过天体"神回归神性"（The Divine returns to the Divinity），因为母亲、杀人者、猎人是孤独的。如果所梦见的事件涉及很多现已死去的人，那些人也许的确会出现，但每个人都不过是将那些人活着时所发生的不加修改地再梦一遍，因为每个做梦的人都是孤独的。如果他们彼此交流一下此时的想法，就会出现对比、冲突以及创造，梦也就不会消失了。也许幽灵会把梦再做一遍或很多遍，其间有或长或短的清醒阶段，但人肯定会梦到其强度允许范围内尽可能远的事件和后果；他所梦到的不是那些在他活着时出现或那些他知道的后果，而是那些未知的或在他死后才出现的后果。考察越完善，他的来世生活越幸运，但他只关心事件，还有与之相随的情感。每一个如此梦到的事件都是某个结的表达，是某段抽离的时期情感的全神贯注，是来自整体生命或生活的一部分，而梦可以看作一种抹平或解开。但据说如果他的天性具有很大强度，事件的后果影响到很多人，他也许会在逐渐减轻的痛苦和喜悦中梦想好几个世纪。

当在活人所写的记载中发现了事件的一切后果——幽灵发现了用以完成戏剧的名字、日期和语言，激情的躯体发现了具体事件——我们也许能说死者保留了活人的一部分。据说如果杀人者和被杀者是不为人所知地死掉的，而罪行也不为人所知，幽灵就能够在它自己激情的躯体，或从死者的热情的躯体中发现某些事实。但很困难，而且这种梦归是不完全的。梦归是如此地不完美，如此地被延长，以至它占有下一个生命，并重生于同样的环境中，甚至通常是在同样的家庭中。教导幽灵也许会帮助梦者，而很多出猎之类无法言喻的情景和声音将在活人中间询问，这些询问进入询问者潜意识的思想，使做梦者的激情的躯体或幽灵能够完善它的知识。

当各类书籍与记载被拿到活人面前，甚至引起活人的注意时，幽灵就能够查阅这些书籍，但幽灵对任何与它无关的事情一无所见。如此梦想着的幽灵，如果看到活人认为它们是自己的梦的一部分，就不会想到或认识到自己是已死的。当梦结束时，幽灵离开了激情的躯体，而激情的躯体则继续它纯兽性的梦。可是在幽灵及激情的躯体与外壳重新恢复的联系中，还有一种独特的事件，既影响了梦归又影响了醒态。这个事件构成了真正的鬼魂，与幽灵和激情的躯体的梦截然不同。在这种状态中，幽灵也许会在一瞬间再次体验到喜悦和痛苦，这种喜悦和痛苦并不是一种消褪的记忆。这种状态对活人来说很危险，对死者来说是一种障碍，据说还包括了梦魇和妖精，也许还包括了那些剑桥柏拉图主义者所描述的存在（他们称魔鬼为"政治性的躯体"），以及女巫们通过奉献自己的血来供养、以维持其存在的东西。我们看到没有惩罚，只有梦归的延长，及其引发的对别的状态的排除，于是我们在与其外壳相结合的幽灵中发现了诱惑或罪恶的真谛。

六　回归与大集会的关系

尽管有些存在具有个性，它们的躯体也是由若干思想流或事件串在一起的，这些存在称为大集会，具有它们自己的梦归、记载、教导，等等，甚至在死后还为很多生命保持着那些构成它们躯体的思想。在他个体的梦归或教导期间，个体的人处于他的大集会形式之中——基督教的天堂和地狱、招魂术中的球体、爱尔兰民间传说中的仙境——在几乎没有什么变化的文明和信仰中，这些形式也许要持续好几个世纪。通过这些形式，第十三周期的生命把个体宿命与种族或宗教宿命联结起来，使个体的结与民族的结相一致，其中之一解开时，两者都会解开。

七　转变

在示图上，回归对立于第二十三、二十四、二十五相位相关的螺旋，在回归结束时，幽灵从痛苦与喜悦中解放出来，准备好进入转变。在转变中，幽灵从善与恶中解放出来，在这个作为理智的状态中，幽灵所度过的生命，据说在一切事物中都与世界上所度过的、回归中所梦想的生命相反。文献中这部分特别晦涩怪诞，我怕我会无意识地曲解了原意，所以我要引录几段。如果过去生命的环境曾经是"善"，它们现在就是"恶"，如果曾经是"恶"，现在就是"善"；如果一个人曾有过善的动机，"它们现在就是恶，而恶的动机现在是善……因为要成为善而不知恶，并不是美德；要成为恶而不知善，也不是罪恶……如果善不是对恶的征服，就不是善；如果恶不是对善的征服，也不是恶。"文献后来又对这一点进一步阐述道，如果一个人处于善中又了解恶，或处于恶中又了解善，那么这人就不受变形的痛苦。根据那人不自觉时整体上是善还是恶，这种情态对大多数人来说是"最坏的环境中最好的生命"，或正好相反。这种状态是由天性中的渴望而非外界法则所带来的，让人们了解到生活所掩藏起来的，即知道理智却不知善与恶的魔也许感到很满意，不存在痛苦，因为"在一个平衡状态中既没有感情也没有感觉"。对一切来说，"在从前生活的善与恶的限制中，灵魂了解了善与恶，而极善或极恶都无法强迫感觉或感情"。恶即反对生命的统一，而男人在女人身上寻找他的根本，女人在男人身上寻找她的对立，这种性的关系以其最微妙有力的形式展示了善与恶。据说在转变中，男人和女人再一次体验他们的爱情，但他们不像在梦归时去穷尽喜悦和痛苦，而是把属于他们的真正根本的或对立的，与那些自己穷尽了善与恶的分开。男人彻底了解了女人，所以他必然在一切他所未知的事物中重新体验他的爱情，将幸运转变为彻底的悲剧，或将悲剧转变为幸运，以便在各种火焰中考验他的爱情。如果这女人死了，而且情形相似，她将会出现于现实中；但如果她没死，就只能仿造一个。但不管她出现与否，梦都一样，因为除了自己的梦，他一无所见。没有得到双方承认的淡薄的爱，也许不会耽搁他很久，因为在梦归中环境与后果就已耗尽，而且对他的影响很微弱；但无知中产生的强烈的爱，或许也会被一遍遍地加以重新体验，但已不再痛苦，因为现在一切都是理智，而他整个是魔，启示真理时，悲与喜的环境一样都提供了理智的狂喜，而最可怕的悲剧最终看起来不过是舞蹈中的一个角色。他的梦和梦归的梦一样，不像是睡眠时的梦；虽然这梦看起来像是现实中的，但他在梦的旁边看见了他确实体验过的爱——看起来是梦的现实，没有这种现实他就无法使他的灵魂得到安宁。

在转变的醒态中，没有对过去生命的重新体验，虽然灵魂重新受到教导，但没有教师，而只有天体，因为天体是生命的一种形式；灵魂似乎卷入了自身之中。我们可以认为灵魂不处于空间中，从其忠实于相位的程度来说，它仅处于时间中，与过去和当下等距（文献中就是这么说的）。灵魂现在已从天体得到了它过去存在的记载，这一点很容易理解。除了这种记载，灵魂再也没有对自己的回忆，它还没有获得机能，像魔一样思考，而不是像人一样思考。抽象已消失，布上的任何线都无法与其他的线分开，整块布也没有展开。随着转变的结束，天体把灵魂带到它生命的一切典型品质存在之中，带到灵魂过去生命的朋友存在之中（按他们的相位顺序排列），这样灵魂不仅可以把它自己的爱，以及他们的爱看作一个独立的轮子，而且把灵魂带到善与恶的源泉存在之中，灵魂必然超越了善与恶；如果天体与第十三周期的生命有接触，灵魂也许会把与超越个体生命目的有关消息带给活人；或者另一方面，灵魂也许会从自己的天体把仅与个体生命有关的消息带来。在灵魂继续传递这些消息时——别忘了它只能听，不能看，只存在于时间中——它必然也通过回归的醒态中那些媒介，幽灵在第一相的媒介传递；如果灵魂渴望出现，它必须通过这类媒介将自己铸成一个生动的意象，对这种意象最生动的记忆可以在活人的无意识中找到，而这种意象总是那些为人所知的东西，因为它仍然具有"暗示性"。有时，这些信使通过与之有关的气味、声音或景象而让人知道它们的存在；通过这些气味、声音或景象，信使汲取了活人充沛的活力，或者从那人的魔的知识中汲取活力，那人就是它们被派去见面的人，或者是能帮助传递这信息的人。通过媒介，这些信使利用我们的眼睛，它们与回归中的信使不同，能够理解与它们自己的过去无关的记载。绝大多数情况下，信使们被派往那些在或近或远的过去它们曾与之一起生活过的人那里，而它们总是使自己获得它们要与之交流的人的精确的心理状态，如果它们伤害过它们要与之交流的人，它们就带上那伤痛的感觉……悲恸，怀疑，自我怀疑。

八　转变和回归中的人的偿还

人相互关联地一次次诞生。起先也许是母亲和儿子，然后是妻子和丈夫，兄弟和姐妹，而我们的爱情和友谊多种多样，每个人都是幽灵团体的一部分。我们的重新显现是由激情所控制和引起的，由于这些情况，我们必须在它们的所有形式中被消耗掉。据说所有强壮的激情都包含了"残忍与欺骗"，以此来获得偿还。因此，一个动机受到欺骗的人，如果不能完成生命和环境的转变，他就无法通过转变；而那些在行动中犯罪的人将被迫反复体验他的相位，直到他完成了解放他与受害者的灵魂的补偿。"行动或创造了行动的动机"要在"肉体生命中偿还"，但理智的过失要在"精神生命中偿还"。所以，如果一个人受到欺骗而又没有报复，他就在必然已被发现的转变中获得偿还；假如他采取过报复，那他就在肉体生命中得到偿还。肉体生命中的偿还是由渴望所引起的，渴望体验我们对别人所做过的，渴望在行动中把无实体的灵魂在思想中颠倒了的再颠倒过来，这完全是由于我们的魔。如果不是"残忍和欺骗"，我们的魔本会发现别人的魔。在补偿之后是延长了的或短期的魔的融合。偿还是生命的和谐，我们找到在另一个男人或女人身上反映出来的意象，以便在行动中实现它。意象影响到另一个人，他必须通过互补的梦在思想中实现意象，因为偿还是同时发生的。

同样的情形反复出现，直到行动得到补偿，仿佛梦归已淹没未来出现的生命。一位女人忍受一位醉酒的丈夫，是因为前生她让另一位丈夫受了委屈；而另一个女人由于某种误解曾抛弃一个男人，她就要献身于一个她并不爱的男人，并以自杀作为偿还。在这些偿还行动中，"对活性的抑制"会使生命忍受痛苦，这是一种"肉体的、情感的、精神的，而非道德涤罪"的痛苦，且总有一种命定感。这种抑制，这种命定感，并非永远是一种不幸。自愿屈服于他者的生命，能创造出对其对立物无意识的渴望，这种渴望能产生有利的自我安宁，安宁是命定的，是补偿性的。最初生命中有一个结，称为宿命的结；但在随后的生命中，这结也许就处于事物本身之中，不受生命的控制；然后就是命运的结。偿还的痛苦和喜悦，会影响一个特定的不具实体的灵魂，这灵魂的天体是通过它的幽灵强加给它的。在转变的醒态中，这天体是某个活着的男人或女人身上的意象。那个男人或女人为人所爱，并不是由于他们自身的缘故，而是由于死人的缘故。这个意象不是强加于欲望之上，而是强加于无意识的心灵之上，它没有产生新的欺骗和偿还。的确存在着这样一种灵魂的情形：一个在梦归中未耗尽的意象，会把一个肉体的意象强加给活人的欲望。但这不是偿还，虽然它可以混合起偿还，如果这人同时受到两个意象支配。已经完成的涤罪带来好运和幸福，以及一种幸运的意识。

种族有时会像个人一样，受到潜意识欲望的支配，渴望痛苦或安宁。与此相似，作为几世纪前对某个种族所采取的行动的补偿，种族有时也会受到支配，那个种族的大集会已进入了魔的生命。

还有一些其他的偿还形式，我在本书中不再讨论。但有一种形式，我后面必须提到，那种更强有力的超自然形式就是由它所产生的。

九　至福

在转变之后，幽灵暂时存在于"空间和时间"和其他任何抽象之外。据说它是在一个球体中运动，而不是在锥体中，同时出现于各地。至福是活人和不具实体的灵魂的偿还的结果，是最后建立起来的和谐。据说活着时我们从我们服侍的人得到喜悦（我们选择悲剧，他们却把没人要的喜悦扔给我们），我们从欺侮过我们的人得到狂喜，据说这是唯一完美的爱情。由于感情已经诞生，当我们爱时，我们就会厌恨地明白那是命定的。

在生命中，由于四种机能及外壳和激情的躯体抑制了一切，我们处于偶然事件和激情之中；但现在是幽灵和天体抑制了一切，幽灵召唤一切具体的宇宙品质和思想，而天体在唯一的意象中将其结束。我认为至福不是某种超出人类理解范围的状态，而是按某种排定的顺序出现在灵魂面前的存在。这存在来自灵魂的过去，来自人们的那些事件和著作，它们表达了人类所能理解的智慧美、力量的某种品质，比任何存在于特定躯体内的生命都更真实，更有人性。至福是幽灵和天体与鬼魂自身的暂时结合，它消融于出现在它前面的净化了的躯体的幻象，这是我们自己天体的幻象。当一切同时结束时，净化了的躯体将成为我们的天体。

[沉溺于基督教或根本的偏见中的叶芝先生，允许我说在罗巴茨的文献中，发现了这样一段文字："天体是借给所有人的神圣斗篷；圆满时斗篷滑落，基督重现。"这让我想起巴德森的《灵魂颂》(*Hymn of the Soul*)，其中说一位国王的儿子在埃及沉睡，他得到了一件斗篷，这斗篷是得到它的人之躯体的意象（通过面具行动的天体），他出发去他父亲的王国，身上披着那件斗篷。我还发现在提到鬼魂自身时也是这样，不是因为它看似不真实，而是因为后面出现的两个状态相应于第十三、十四、十五周期，而这三个周期又分别相应于圣灵、圣子和圣父。——欧文·阿赫恩]

十　名为前行和先知的诞生前的状态[1]

假如幽灵足够强大，假如它的人类周期已结束，那幽灵就会像在至福中一样，永远与其鬼魂自身相统一；或者再通过两个状态，幽灵会重新诞生于一个幽灵的周期中（在此周期中螺旋的运动与我们周期中自身的运动相反，我们无法理解）。但由于它对自己生命损失的恐惧，幽灵几乎肯定会进入人类的再生。不管它是进入幽灵的还是人类的再生，它必然要在至福中——巨蟹宫中——接受忘川之杯。一切在转变和梦归中从机能得到的思想和意象，或保留在机能中的思想或意象，必然要进入鬼魂自身，因而被幽灵所遗忘。幽灵

1　文献中描写至福和诞生之间的存在部分极为混乱，关于这个题目，我所写的主要基于我对整个系统的了解，而不是文献中的说法。——叶芝原注

现在没有固定的形式，或应说幽灵无法把固定的形式强加给它的媒介，或由一个固定的相关物所代表，因为幽灵现在不处于空间中，不像转变中的幽灵具有"暗示性"，虽然它与转变中的幽灵一样，居于在我们看来的黑暗之中。通过其媒介和我们的感官，幽灵具有它自己的黑暗，这几乎是对具体现实的无限的幻象。幽灵处于那些行动、那些男人和女人的存在之中。那些行动的互补的梦存在于我们的艺术、音乐或文学之中，而那些男人和女人已完成他们所有的周期，被称作"等待者"。我们甚至在活着时，在恍惚状态中就能听到他们的声音，不过听到的是些支离破碎的语句；他们所说的，永远是我们灵魂所能获得的最伟大的智慧。然而，由于幽灵现在必须重新找到或发现它的新外壳——对欺骗的渴望，对喜悦与痛苦的渴望——幽灵于是进入了前知状态中，进入了抽象化的类型和形式的空间中；那里的情况正好与梦归中的情况相反，幽灵看见了会影响它来世生命的事件和人，因为它只能看见影响而看不见活人。幽灵具有强烈的爱憎，它任性的激情能与梦归中命定的激情相比。这类灵魂如果沉醉于前知之中，也许会变成破坏者，他们通过对人类情感的控制，或者在更有力地控制着活人命定的躯体之存在的帮助下，阻止——或者说试着阻止——他们所害怕的事物的开端。

[罗巴茨告诉我说，在阿拉伯时，别人或他自己的疾病常常打断他这本书的写作，而他通过某种类似兽类的动物气味、或熔化的蜡烛，知道了破坏者的存在。他说这些气味是客观存在的，因为每个走进帐篷的人都闻到了。他把他所有

评注的零碎与混乱归罪于破坏者，那些涉及从生到死之间生命的评注，他坚持说库斯塔·本·卢加最初的启示也由于同样的原因而未完成（在有关启示的范围内）。他有一个奇怪的观点：即将要出生的灵魂常认为自己将要变小，这唤起了关于小兽、鸟和苍蝇的想象。他说他认识两个阿拉伯女人，在她们头一胎孩子出生的前一夜，一个女人在自己的鞋里发现了一只老鼠，而另一个在床上发现了一只老鼠。罗巴茨认为受到未出生者想象力控制的老鼠，也许真的存在过。——欧文·阿赫恩〕

在某些周期中，灵魂在某些限度内能选择它将托生的躯体；但大多数情况下，它必须接受别人的选择。随后是子宫里的睡眠，我想肯定是在这种睡眠状态中出现了朋友的幻象，把这个灵魂与血缘的灵魂区分开。

在至福中，以及在随后出现的状态中，那人只对他的守护神是主观的，没有睡眠和清醒的交替。在至福中，与活人的交流是通过灵魂的状态来进行的，在此状态中，极端的积极与极端的消极不可分。

> 心灵运动，但看似静止，
> 就像纺锤的尖。

在前行（Going Forth）中，那些行动和情感既无意识又有意识，就像是突然的暴怒或肉体欲望。通过这些行动和情感，更高尚的情感被从同一种东西中分开。通过媒介，前行中的灵魂可以利用各种各样并非至福独有的交流形式。

前行所持续的时间长于任何阶段，只短于回归。回归也许会持续几个世代。

十一 葬礼的意象，艺术作品，所及死者

在我们已描述过的另一生命中，没有关于独立的外貌的创造，这种创造是活人的作品。直到至福，一直不存在对外貌的主动选择。所有古人似乎都认为新近死去的人具有"暗示性"，被迫走到活人命令他们去的地方。我知道一位斯莱戈[1]马夫的故事，他被雇主解雇了，因为他令雇主死去的丈夫的幽灵出没于一座历经风雨的灯塔，那灯塔位于遥远的海湾里。临死的伊斯兰教徒有时由亲戚来看护，这样他就不会看见丑陋的女人，并以他见到的女鬼的外貌为自己的外貌。一位贵族曾对弗洛伦斯·法尔说，他不喜欢演戏，因为一个人若是在扮演哈姆雷特时死去，他在将来的生命中就会成为哈姆雷特。一位哥尔威女人告诉我的一位朋友，她曾见过这位朋友死去的丈夫穿着一件破旧的大衣，如果我的朋友按丈夫的身材做一件新大衣，并把它送给穷人的话，她丈夫就会穿这件大衣。我在蒙斯特也曾听到一个类似的故事，不同的是那鬼又穿着新大衣回来谢他的妻子。希罗多德[2]曾记载过一位

---

1 Sligo，叶芝母亲的家乡，位于爱尔兰西部。

2 Herodotus（前484—前425），古希腊作家、历史学家、西方文学的奠基人，人文主义的杰出代表。其历史著作《历史》一书是西方文学史上第一部完整流传下来的散文作品，希罗多德也因此被称为"历史之父"。

国王，他把邻近住着的妇人最华丽的衣裙都烧掉，好让他死去的妻子自己挑选。有个人对我讲过一个很长的鬼故事，说那鬼在他的床边出现，穿着一套模仿肖像画上的衣服，他还举出证据来证明，可我忘掉了。我们想一想古代的葬仪，他们埋在坟墓中的那一切——船、椅子、桨、武器、死者逼真的雕像、脸上的金面具——我们也许会得出这样的结论：那一切都是为了帮助幽灵的梦归，或幽灵在回归中的醒态。在过去的某段时期，有个活人曾经发现（更可能是得到了死人的指点）那些物品不过是"暗示"，泥或木头的意象和真船真奴隶一样好，甚至墙上的壁画也就足够了，因为使意象能够服务的并非其重要性或真实性，而是献仪的热诚与精确，即"暗示的"力量。最初的肖像是那些埋在墓中的雕像，我们认为这些雕像是为了帮助幽灵的梦归，而斯齐格夫斯基认为最初的风景绘画［某个马兹迪安教堂（Mazdian Temple）穹顶的镶嵌画中所绘制的风景］与死者的礼拜仪式有关，与那离去的幽灵的雄伟庄严有关。一本名为《光》（*Light*）的招魂术书籍提到：一位妇人在某个圣诞节前受幽灵的支配，做了一棵圣诞树，想让幼小的幽灵们高兴高兴。达到这个目的之后，她将把树上挂的玩具送给某家儿童医院。圣诞夜里，她和一个女巫在树下坐着，听见幼小的幽灵们要这个那个玩具，而年老的幽灵——无疑是教导幽灵——在回答它们。它们似乎是在解开挂在树枝上的玩具[1]。人们认为"雷蒙德"

1　去年圣诞节又举行了一次这样的仪式，这回在幽灵的帮助下，把要送玩具给他们的孩子们的名字，写在玩具旁边。这使献仪和古代一样精确。——叶芝原注

的那些"人造雪茄"中有一种悠久的传统；但人们也有权认为这些科学性的语言和解释，是借自提问者的潜意识，或借自某个有关之人的潜意识。

十二　第十五相和第一相的幽灵 [1]

据说第十五相的幽灵需要帮助，而第一相的幽灵帮助了它。第一相的幽灵之所以提供帮助，是因为它们是人和各级幽灵之间的交流工具，这种交流带有某种自动的成分。第一相的幽灵据说还提供了"生命之吻"，而第十五相的幽灵提供了"死亡之吻"。第十五相的幽灵在具有形体之前需要帮助，来去掉它们身上根本特征的一切痕迹，它们通过把一个对立的意象强加在男人或女人思想上就可以做到，而这个对立的意象需要根本的表达。这种表达也许是一次行动，或一件艺术作品，解放了第十五相的幽灵；而强加的意象是一种理想的形式，它们自身的一个意象，表达它们的一种情感类型，而它们只有依靠男人或女人的思想才能做到这一点。它们将来的生命取决于它们对那思想的选择。它们要忍受孤独的恐惧，只有完全变成对立的因而自足时，它们才能从恐惧中解脱出来。如果是个女人，到那时她就要把爱交给某个男人，

---

[1]　此章中的很多内容属于此系统的一部分，需要更详尽的研究，而我目前却无法提供。也许我会出差错，但我把它收进来，是因为文献强调这里所写的补偿形式的重要性，它们与卷二第十四部分那些关键瞬间和起始瞬间有关。——叶芝原注

但他不知道他的缪斯的存在（除非他出离相位，被女妖的创造物所惑），并可能以自己的幻想报答这份爱。这种幻想是幽灵强加于他的想象。这个幽灵提供"死亡之吻"，据说是因为幻想还没离开那男人的欲望，而她这样做是出于妒忌，这样就可以破坏别的幻想。这样的表现是一种和谐，把幽灵从恐惧中解救出来，把人从恐惧中解救出来。由人、由完全的孤独所诞生的，称为对立执政官（antithetical Arcon）。这类执政官与智慧的形式无关。我想我借艾玛（Emer）之口所说的，就是指那个吻：

> 他们发现我们的男人倦于战争，倦于狩猎，
> 沉沉昏睡，他们吻男人的嘴唇
> 把头发披散到他们身上；我们的男人对此
> 还一无所知，从那时起他们便是孤独的，
> 当夜幕降临，我们把他们的心
> 压在我们心上，他们的心凉得像冰。

如果第十五相的幽灵是个男人，则他必须把"死亡之吻"给予某个女人。

在否定经验之后，还会出现另一种偿还，即对表达的刻意拒绝。由于这种拒绝，鬼魂自身要忍饥受饿。在后来的生命中，这人身上出现对自身冲突的渴望，他自己曾遭受过冲突，他还渴望让鬼魂自身去偿还。他会把爱献给某个女人，而她会拒绝；或者他把爱献给不会成功的事业，或者他会追求钱财，到头来却赤贫如洗；或者他会追求知识，却发现一

无所知。他充满一种无法满足的欲望，这欲望之所以无法满足，是因为他所背负的诅咒，以及他隐秘的渴望。鬼魂自身似乎关闭在它自己大理石般的无时间性的无限中。在互补的梦中，赤贫也许会遇见丰足，就像在婚姻中一样，其他幽灵必然要干涉。他们仍然把别的幽灵（也许是魔鬼）作为工具使用，作为鬼魂自身的工具；由超自然的戏剧化所产生的危机，必然使人受到强烈的震撼。但丁是否从台伯河中得到了他献给贝雅特丽齐的那种疯狂？在对立的人身上，牺牲是超强地加于牺牲之上，因为死者（进行创造的人类情感的和谐）同时或随后会接受一个超自然的目标。一个男人会突然倾心一个女人，一个女人会突然倾心一个男人，要么——如果两人身上都有此死者和鬼魂自身的偿还——他们各自都会对对方产生情感，这情感已变成超自然的冥想。我就是这样来描写我的黛德（Deirdre）和纳西（Naisi）的，在胜利魔王出场、死亡来临时，他们仍在那儿下棋。我还写了《沙漏》来描述这类冥想，但根本的人不会为死者做什么补偿。在一种情形中自然的爱上升到极点，而另一种情形中不过达到理智的高度，而二者都化为虚无，因为灵魂会爱它所恨的，把必然发生的和它自己的生命同时加以接受，因为在人类和人的命运中，鬼魂自身是唯一的。这种时刻男人或女人有可能获得最大的天才，在这期间，鬼魂自身在灵魂上诞生了英明的根本的、或对立的执政官。在鬼魂自身的命令下产生了罪恶戏剧化的生命，是斯特林堡[1]的斯威登堡式戏剧中矫正的幽灵，那

1　August Strindberg（1849—1912），瑞典作家，瑞典现代文学的奠基人，世界现代戏剧之父。其代表作为《被放逐者》。

部剧的译名为《罪有种种》(*There are Crimes and Crimes*)。这些生命自身是执政官，由以前的戏剧化所诞生的鬼魂自身通过象征出现在那人身上。如果那象征或衣服不是第十五相的幽灵，而是第一相的幽灵，我们可以认为根本的执政官是由第一相的幽灵所诞生的，并从这个幽灵得到他的躯体。他的灵魂可以是任一选定的幽灵的鬼魂。一旦出生，执政官就创造了一条非个人化表达或探索的倾向。在各种超自然的交流和影响中，只要有一个公共的对象，都会存在这样的一个执政官，他超自然的躯体产生稳定与持续。这些在悲剧中诞生的生命也许会在喜悦中出现，作为新创造的作品（而不是来自欲望的、只能重复已知东西的作品），在它们或第十五相的人和幽灵所生出的存在的影响下出现了。不正是在基督受难时，在喀西马尼园的哀恸中，生出了这一存在，并将其历史呈现于基督教世界中吗？

还有一类执政官，是由第一相的一个幽灵，与第十五相的一个幽灵结合而诞生的。但这类执政官对自己的躯体既不表现也不研究，而只有艺术作品、哲学或行动本身。它们是思想的有机统一体。

十三　与幽灵的交流和睡眠的性质

睡眠时出现于意识中的具体意象，没有一个是来自记忆的；因为在睡眠中，我们就像进入了生与死之间的生命。我们也许整夜梦见情人、朋友、父亲或母亲，还和他们说话，并意识到慈爱或敌意；但如果我们刚一醒来，在清醒的思想还来不及改变那梦之前，即刻审视我们的梦，就会发现它已经被替换成了另一个意象，这意象也许很相似，但更可能极不相似，甚至一张桌子被替换为一把椅子。这种替换本身就是一种语言。如果我们对这种替换进行研究，就会发现我们情感的属性。出现在我们面前的具体意象，来自我们诞生前的某个状态，被思想无意识的幻想所改变，它们或者来自与我们自身有某种个人联系的宇宙之灵的意象，或者来自目前生活的意象，这些意象侵入了记忆，并独自进入了记载。所有这些具体的意象都与激情的躯体有关；但幽灵的抽象理智记忆——对名称和品质的记忆——继续在我们的梦中服务，虽然我们无法将它的内容与可辨认的事实联系起来。幽灵和激情的躯体是分离的，只有工作着的思想才能将它们聚到一起；如果它们获得了一致（这种时刻极少），在某种哲学或象征的梦中，在天体内就会发现一个新的一致性的中心。

[罗巴茨告诉我，他在巴格达遇见过一位上年纪的朱得瓦利医生，那医生在法国得到过医学学位，并曾在他的指导下，在一个阿拉伯小男孩身上做试验。这个小孩因身体失调来找医生看病，但这与他在梦中说话并能回答问题这一事实无关。有时候，罗巴茨与一个自动人格（有时似乎是这孩子自己的幽灵，有时似乎是外部的生命）谈论最深刻的灵魂问题。他发现小孩的激情的躯体在谈话期间持续做梦，只有当来自身体的肉体活动影响了关节，小孩才意识到在做梦。有一次小孩睡着后像猫一样舔舌头，他显然受到入睡前偶然听

到别人说的一个词的影响；还有一次他梦见嘴里塞满了羽毛，如此等等。如果事后罗巴茨问小孩梦见了什么，他只记得梦见了激情的躯体之梦。有一次当小孩舔舌时，罗巴茨学狗叫（他有时会对孩子学狗叫），孩子害怕极了，心跳加快，但此前罗巴茨几乎没怎么学过狗叫。这孩子思想的某一部分必然有意接受了暗示；那梦必然是他自己创造出来的恐惧。罗巴茨告诉我，激情的躯体在死后的梦就是这样创造出来的，幽灵在分享梦时，能与激情的躯体分离，去看人、景物或其他的幽灵，但它不能在梦之外行动或说话。——欧文·阿赫恩]

在梦中，我们与处于醒态中的死者交流；这些梦永远不会结束，而且只有在我们入睡时才为我们所知。它们是自动机能的一部分，有时在降神会上，能看见那附着于可塑性物质上的自动机能，它相应但又不完全等同于第一相幽灵的人格因素。在我们行走或呼吸时，自动机能延长了起先也许是自愿的行动，在来自幽灵或象征那幽灵的人格的冲动中，自动机能所进行创造的精确程度，根据冲动的强度和来自相反印象的自动机能的自由度，而有所区别。

[在我前面提到的那个小孩睡眠期间，罗巴茨有次破解了他自动人格的密码。在他完全清醒时，如吃东西或干活时，梦所创造的生命就会利用那孩子的脚或叉子轻轻拍打，或采取某种类似方式对罗巴茨的言谈或行动发表评论，而这孩子却对这些全然无知。有时他会通过小孩的嘴说话，在这种时候，小孩什么也没听见，虽然那声音很响很清晰，而孩子能

听见罗巴茨的话、他自己的话，以及房间里的各种声响，可就是听不到梦所创造的生命的话。随着自动人格力量逐渐增大，它使男孩身外的标记成为可见的，或是能被其他感官感觉到的，如突然的闪光，突然的冷或热，或某种浓烈的芳香（常常是花香），那些走进房间的人都能闻到这芳香。有一次罗巴茨听见入睡的男孩在和几个幽灵交谈，他停下来等幽灵回答。男孩讲起话来就好像他知道幽灵们是谁，知道它们的身份，以及它们生活于什么时代。幽灵们想告诉他在棘手的事件中如何处理，它们也许能在他头脑中留下这样一个深刻印象，即它们显然在反复述说他应在第二天某个时刻独自离开。男孩很不情愿地同意了。第二天他对此梦一无所知，但当那一时刻到来时，他就想一个人待着，然后漫步向田野走去。回来时，他说他已打定主意应如何应付那件棘手的事情。罗巴茨对此评论道，那孩子在自己毫无知觉的情况下，遵从了睡眠时接受的命令；他还接受了一个思想，但并不知这思想不是他的，这显示出魔对人类生命的控制是多么牢固。——欧文·阿赫恩]

自动的人格也许从不是将其创造出来的幽灵手中的木偶，它不仅一直具有自己自动的生命，还具有自己所反映出的生命。但是，当创造者的控制是持续的，思想和它的表达也许会显示出一种心灵，这心灵比那些显现的心灵具有更强大更迅速的调整力量。人们可以相当容易地研究其身体表达中的力量，而且人们早已知道巫师的手在这种影响下，可以描画精确的圆圈，或画出连绵的线条图案，那种迅捷和准确是任何有意的运动都无法达到的。人们知道捉弄人的鬼可以从相当远的距离外，把小石子从百叶窗的窄缝中扔进去，而活人即使在几步之外也做不到。人们在这里及别处注意到那种数学的精准，人们期望从魔的支配中得到这种精准。甚至有可能最早的魔术师并没有怎么模仿魔术的效果，而不过是显示手法的熟练，这是他们无意识的人格附身的结果。

某些思想阶段中的根本的人，例如雪莱的亚哈随鲁"通过可怕的节欲和对难以控制的肉体征服性的惩罚"，能够使他自动的机能远离欲望和恐惧（因而有了根本的哲学家赋予贞洁的象征价值），使自动的机能同时成为媒介与提问者。他的思想只有一种单向的、完全受支配的运动，而对立的灵魂也许会命令媒介与提问者的分离，要求它们的关系就像教士和西比尔、苏格拉底和狄亚提米、流浪的魔术师和占卜者的关系一样。这种关系在其最高形式中，暗示了宗教仪式永恒的交替发生，这种关系也许会反复交叉，从而使一个社会具有超人的洞察力。执政官的戏剧化把爱者与被爱者、朋友和朋友、儿子和女儿，或整个一个家庭和大集会带进危机之中，以至根本的对立与世界的和谐在他们的思想和命运中显示出来。在一者的思想中（契约在二者之间）必然出现对某种真理形式的需要，极为迫切，以至另一者的自动机能似乎变空了，以便接受那个真理。如果欲望不过是要把一个特定的信仰形式强加给别人或他自己，各种自动的人格就会行使它们对思想和数学运动的控制，来进行欺骗；但如果那人欲望真理本身，那么要出现的就将是他命运中所可能的最深奥的真理。但我们所谈的只是通过理智的词汇进行的真理的交流，在普遍生命中，清醒的幽灵通过对人类自动运动的控制，具有持续的影响。威廉·莫里斯有时把他的英雄们归因于幸运的眼睛，并预言一个人无意中所做的一切将很出色。

但还存在着醒着的人和沉睡的幽灵之间的交流，例如，在偿还期间和在创造艺术作品期间的交流。一个人创造力的自我耗竭所能使他的自动的机能可塑于醒态中的幽灵，但只有通过冲突，自动的机能才能达到创造的极限，耗竭的极限。耗竭和创造相互尾随出现，就像白天与黑夜，他的创造带来与精神的根本（spiritual primary）的一种形式的联系，他的耗竭带来与另一种形式的联系。但只有在冲突的强迫下，选择了躯体的根本，才能出现这种情况。如果冲突涉及性，而男人是死者的献祭，女人是鬼魂自身的献祭——分别是制造幻想和欲望对象的奇迹，他们就会彼此给出三重的爱，即对死者的爱、对活人的爱、对从未活过的人的爱。如果已成为献祭的两者诞生为男人和女人，那么在诞生之前和之后，都存在着四个魔的情形，而这四个魔都已从命运中解放出来。

十四　记载与记忆

我发现一种说法，认为极端的魔幻作品不得使用任何词或象征，只要这词或象征仍是活着的传统的一部分，且无论这种传统是否为提问者或媒介所认识。当然，如果幻象打断了睡眠，看到幻象的人就回到了遥远的过去，他在明亮的光线中发现了神话和象征，这些神话和象征只有通过漫长的研究才能证实。他已从个人记载中逃脱，进入了种族的记载。在相对较为肤浅的交流中，只要幽灵的实际思想在场，词语和象征就来自个体的记载，而不是来自个体的记忆。那些不带理智因素的事，例如与言语截然不同的风声和浪声，不断进入记载，无须通过记忆，就能轻易地传至传流者，而且后来当他直陈其事时，也经常用作象征。然而，各类在与幽灵交流过程中所使用的意象、言语及形式，无论现在还是过去，都通过了活人的心灵。一切形式都来自记载，而且几乎总是来自还活着的人所做的记载，极少来自幽灵自己活着时所做的记载。但有时幽灵也许会同它的外壳发生联系，然后再与它个人的记载发生联系，或是与另一个人的外壳发生联系（如果那人已完全将自己与外壳分离开）。它也许会把那个外壳误当作它的，因而发现很难对外壳和外壳进行区分。例如，要从这种外壳复原一门语言是很困难的，除非这门语言的语句完整，与它们相联的意思一起印在记载上。一个掌握了这种知识的幽灵，也许能用希腊文或拉丁文写或说完整的句子，因为外壳在活着时曾念过、写过或说过这些句子；但这个幽灵几乎不能自己组织最简单的希腊文或拉丁文句子，复原具体意象要比复原抽象意象简单。

十五 捕鲱鱼的渔夫们

　　这本书的大部分都极为抽象，因为它还从没被人在生活中实践过，任何人浸入生命的程度，都不会达到任何体系的一半深度。当我还是个孩子的时候，在一个漆黑的夜里，我和捕鲱鱼的渔夫们一起出海，他们把网撒进闪闪发亮的大海，然后再提起来，这在我身上一直作为主导意象保留着。我是否为捕鲱鱼的渔夫发现了一张好网？

十六　神话

现代哲学著作也许会证明我们的逻辑推理机制，证明我们有一部分超验的生命既无时间性、又无空间性，因而是不朽的，但我们的想象仍然像从前一样隶属于自然。伟大的著作——例如贝克莱《人类知识的原则》——会产生新的著作，甚至几代著作，但生命仍然在继续，丝毫也未改变。而古代的哲学就是这样，因为古代哲学家具有某种东西可以强化他的思想——天神、神圣的死者、埃及的神力、女祭司狄亚提米。他可以假定，甚至可以证明由分析所发现的各种思想状态（甚至那些无穷与无限的状态），是作为生动的经验显现给某个生命的。我们活着时可以在某种程度上与这个生命交流，我们死后可以与之分享这种经验。我们可以相信，每个小学生在某种程度上都具有最杰出人物所显示的自然机能，只要他们愿意，每个小学生都能理解几行弥尔顿或莎士比亚的作品。因此我们可以相信，所有的人都具有超自然的机能，我将把哲学家的神话归还给他。

1925 年 1 月，完成于锡拉库扎

III 万灵节之夜

午夜降临，基督教堂的大钟，

还有许多小钟，钟声回荡在房间里；这是万灵节之夜

两个细长破璃杯里盛满麝香葡萄酒

在桌上泛起泡沫，鬼也许会来；

这是鬼的权力，

他被死亡磨尖，

处境极好

他啜饮酒味儿

而我们张大嘴，啜饮整杯的酒。

我需要心灵，如果天涯四方

响起隆隆炮声，我可以

卷入心灵的沉思中，

就像木乃伊卷在尸布中；

因我有件精彩的事情要说

一件精彩的事情

只有活人才会嘲笑；

我不是讲给清醒的耳朵听，

也许所有听到的人

都会大笑，或恸哭一个钟点。

我所说的第一个人是 X。他爱怪诞的思想

知道骄傲甜甜的极限

称为柏拉图式的爱情，

他的热情达到如此的强度

当他妻子死去，什么也无法为他的爱

带来止痛剂。

说话不过是浪费呼吸；

他只有一个梦想：

那个或下一个冬天的严寒

会是死亡。

两种思想缠在一起，我不知道

他最想的是她还是上帝，

只想到他心灵的眼睛

仰望上空时，看到那唯一的意象；

那是个瘦小友好的鬼

疯狂而又神圣，

照亮了那间

无限神奇的神殿，

圣经允许过我们，

那鬼像缸里游来游去的鱼。

下一个我讲弗劳伦斯·爱默丽，

她在那受人爱慕、无比美丽的脸上

发现了最初的皱纹

她知道会有色衰的痛苦

越来越长相平平，

于是想离开亲友

到黑皮肤的人中去

教一所小学，在那里

消磨残年

不为世人瞩目。

她死去之前，从一位有学问的印度人比喻性的话里

得到了很多关于灵魂历程的启示。

月轨所及之处

它如何旋转

直到最终陷入太阳，

在那里——自由又坚定

它既是机缘又是选择——

忘掉破旧的玩具

最后浸入自己的喜悦。

我把麦格里格从坟墓里唤起，

在我第一个艰难的春天，我们曾是朋友

虽然近来我们疏远了。

我认为他是半个疯子，半个流氓，
我就这样对他说过；但友谊永存，
如果心变了，那又会怎样，
友谊随着心变而变了，
那时思想自动升起
落到他做过的那些慷慨的事上
而我瞎了眼睛也心甘情愿。

他当初非常勤劳，
非常勇敢，那时孤独
还没把他逼疯；
因为对未知思想的冥想
使人类的交往越来越少；
冥想既无报偿又无奖赏。
但他会因我不喝酒
而拒绝主人的敬酒；
他是一个爱鬼的人
做鬼后会变得更傲慢。
但名称什么也不是。它是谁又有什么关系？
他的处境如此美妙
麝香葡萄酒的味儿
可以给他敏感的舌头带来狂喜
没有哪个活人能啜饮整杯的酒。
我要讲几句木乃伊的真话
活人也许会嘲笑；

我不是讲给清醒的耳朵听的，
因为或许所有听到的人
都会恸哭，或大笑一个钟点。
这种思想——我一直牢牢地拥有
直到冥想理解了各个部分，
什么都留不住我的目光
直到那目光在世人的蔑视中奔跑
跑到受诅咒的人噤掉了心的地方，
那里受祝福的人在跳舞；
在这种思想的疆界内
我别无他求，
只要卷入思想的漫游，
就像木乃伊卷在尸布中。

1920 年秋，牛津

译后记

威廉·巴特勒·叶芝（William Butler Yeats，1865—1939），现代英语著名抒情诗人和剧作家，1923年诺贝尔文学奖获得者，20世纪初爱尔兰文艺复兴运动的领导人之一。他是后期象征主义诗歌在英国的主要代表，对现代英国诗歌的发展有过重大影响。

叶芝在《幻象》献词中说："我渴望一种思想系统可以解放我的想象力，让它想创造什么就创造什么，并使它所创造出来或将创造出来的成为历史的一部分、灵魂的一部分。"叶芝把神话作为人类智慧的象征表现，具体地纳入了他的哲学系统。这种哲学不仅仅是意义的阐释，更是经验的神话。

《幻象》以诗性的智慧和想象描述了人类和历史的发展。这种描述具有某种古代智慧的价值及象征的连续性。《幻象》全书分为三个部分。第一部分阐释历史循环论，第二部分为人类心理学，第三部分描述人死后灵魂的净化和转化过程。

《幻象》以二十八月相为结构，每相各代表不同的历史时期、生命阶段、主观程度、性格类型。每一相各有自己的"意志""命定的躯体""创造性心灵"和"面具"，还有各自的代表人物，例如第十六相的代表人物为布莱克、拉伯雷、阿雷蒂诺，以及某些美丽的女人。叶芝认为历史是螺旋性发展的，从顶点向外围发展，螺旋发展到最大时标志着一个时代的结束。

《幻象》是一个清晰而完整的象征体系，诗人试图借此体系来解释宇宙。《幻象》也可以说是叶芝诗歌的潜结构的表述，它极大地丰富和深化了叶芝对于人类复杂经验的感受，并使他的诗具有一种几乎是无可超越——至少现在西方还没有人超越——同时又是不可抗拒的力量。

西蒙

西蒙

1989 年毕业于国际关系学院国际新闻系。1997 年获中欧国际工商学院 EMBA。出版诗集《玻璃花园：超现实主义集》，摄影诗集《玻璃花园》。出版译作《幻象：生命的阐释》《史蒂文斯诗集》（与水琴合译）、《吉檀迦利》《我的回忆录》。

水琴

1985 年于国际关系学院就读研究生。1990—1993 年就读美国拉玛大学英语硕士。1993—1996 年以宾夕法尼亚大学最高奖学金就读比较文学与文学理论博士。此后在纽约市立大学研究生院研读哲学、艺术史及古典语言。长期居美，著有英文长篇小说《浮游》（*Floating*）和《天籁天问：蝶梦我思》，出版作品有《史蒂文斯诗集》（与西蒙合译）、《迪兰·托马斯诗集》《艾略特诗学文集》《当代英美流派诗选》《印说云南》（*Highlighting Yunnan on Seals*）等。

图书在版编目（CIP）数据

幻象：生命的阐释 /（爱尔兰）威廉·巴特勒·叶芝著；西蒙译；水琴校 . – 北京：北京联合出版公司，2023.8（2023.10 重印）

ISBN 978-7-5596-6665-9

Ⅰ.①幻… Ⅱ.①威… ②西… ③水… Ⅲ.①诗集—爱尔兰—现代 Ⅳ.① I562.25

中国国家版本馆 CIP 数据核字 (2023) 第 029787 号

幻象：生命的阐释

作　　者：[爱尔兰] 威廉·巴特勒·叶芝
译　　者：西　蒙
校　　者：水　琴
出 品 人：赵红仕
策划机构：雅众文化
策 划 人：方雨辰
特约编辑：陈雅君
责任编辑：夏应鹏
装帧设计：方　为

北京联合出版公司出版
（北京市西城区德外大街83号楼9层　　100088）
北京联合天畅文化传播公司发行
山东临沂新华印刷物流集团有限责任公司印刷　新华书店经销
字数187千字　　787毫米×1092毫米　　1/32　　9印张
2023年8月第1版　　2023年10月第2次印刷
ISBN 978-7-5596-6665-9
定价：78.00元